ANNA CASANOVAS

Vanderbilt Avenue

Editado por Harlequin Ibérica.
Una división de HarperCollins Ibérica, S.A.
Núñez de Balboa, 56
28001 Madrid

© 2015 Anna Turró Casanovas
© 2015 Harlequin Ibérica, una división de HarperCollins Ibérica, S.A.

Vanderbilt Avenue, n.º 196

Todos los derechos están reservados incluidos los de reproducción, total o parcial.
Esta edición ha sido publicada con autorización de Harlequin Books S.A.
Esta es una obra de ficción. Nombres, caracteres, lugares, y situaciones son producto de la imaginación del autor o son utilizados ficticiamente, y cualquier parecido con personas, vivas o muertas, establecimientos de negocios (comerciales), hechos o situaciones son pura coincidencia.
® Harlequin, TOP NOVEL y logotipo Harlequin son marcas registradas por Harlequin Enterprises Limited.
® y ™ son marcas registradas por Harlequin Enterprises Limited y sus filiales, utilizadas con licencia. Las marcas que lleven ® están registradas en la Oficina Española de Patentes y Marcas y en otros países.
Imágenes de cubierta utilizadas con permiso de Dreamstime.com.

I.S.B.N.: 978-84-687-6706-2

Para Marc, Ágata y Olivia

«Ahora sé que los tigres se comen a sus crías».
Al Capone

Chi ha l'amor nel petto, ha lo sprone a'fianchi.
«El que tiene amor en el pecho, tiene espuelas en los costados».
Dicho popular italiano

CAPÍTULO 1

Jack
Little Italy
Nueva York 1930

El primer puñetazo de Nick me lanza al suelo. No lo he visto venir, el odio y la incomprensión que han desprendido los ojos y las palabras de mi mejor amigo me han cegado y dejado indefenso. Aún no consigo reaccionar, me levanto y me llevo la mano derecha al labio, me lo ha partido y está sangrando. Quiero decirle algo, sin embargo las palabras caminan torpes por mi garganta y no consiguen salir. Nick sigue mirándome con los puños cerrados. Si intento moverme, volverá a golpearme, apenas puede contenerse. Sandy está de pie a dos pasos de distancia mirándonos a ambos, se ha llevado una mano a los labios para contener un grito y no desvelar nuestro escondite.

Les miro, ella me suplica con los ojos verdes brillantes

que no me mueva, sacude la cabeza de un lado al otro negándose a aceptar lo que acaba de suceder. O tal vez lo que quiere negar es lo que acabo de contarles.

—No quiero perderos —elijo decirles. Es lo más sencillo y al mismo tiempo lo más importante.

—Pues retira lo que has dicho —farfulla Nick—. Maldita sea, Jack, no puedes convertirte en un jodido policía.

Con la manga de la camisa me limpio la sangre de la comisura del labio y escupo al suelo. El gesto me proporciona la excusa para apartar la mirada de Nick y Sandy. Aunque pudiera contarles la verdad, no lo haría.

—Puedes volver a pegarme, pero esta vez te devolveré el golpe, Nick.

—Puedes intentarlo. —Da un paso hacia mí más que listo para seguir con la pelea.

—No tengo elección. —Vuelvo a mirarlos de frente y me arrepiento de inmediato de haber elegido esas palabras. Nick arruga el ceño y Sandy deja de estar asustada y sé que su mente prodigiosa ha empezado a funcionar.

—¿Qué quiere decir que no tienes elección? —Sandy se ha acercado a mí y se ha colocado frente a Nick.

Estúpido, soy un estúpido. Tengo que retroceder. Me paso las manos por el pelo, está empapado de sudor y siento un escalofrío al recordar durante un segundo el lugar húmedo y oscuro en el que he estado encerrado estos últimos dos días. Nick y Sandy no pueden saberlo. Nadie puede.

—Nada, ya me he inscrito en la academia. Tengo que presentarme el lunes.

Nick sigue observándome, buscando algo en mi rostro o en mis palabras con lo que poder atacarme. Mantengo mi indiferencia a pesar de que es lo único que no siento y los hombros de él decaen un poco, afloja los dedos y empiezo a creer que ha descartado la idea de que nos peleemos a puñetazos.

—¿Ya lo saben Fabrizio y Amalia? —Sandy sabe cómo atacarme, una herida certera que no derrama ni una gota de sangre.

Trago saliva y cojo aire, al respirar profundamente me duelen las costillas, creo que tengo una rota, pero tengo que disimular.

—No, aún no.

Primero he preferido decírselo a ellos dos, a mis mejores amigos. Tengo miedo de perderles a todos.

—Vas a matar a tu padre.

Me froto la nuca y aprieto los dientes, el dolor ha abandonado mis costillas para penetrarme.

—Tu padre se pasó ocho años en la cárcel, ¿acaso lo has olvidado?

No, no lo he olvidado, por eso estoy haciendo esto.

—El pasado de mi padre —la palabra se me atraganta— no tiene nada que ver con esto.

Nick suelta el aliento y camina furioso hacia la esquina. Estamos en nuestro callejón, el mismo que cuando éramos pequeños creíamos que nos protegía de la realidad.

—Oh, Jack —a Sandy le tiembla el labio—, ¿por qué lo has hecho? ¿Cómo vas a decírselo?

—Es lo mejor para todos. —Me meto las manos en los bolsillos y en mi mente les suplico que me entiendan a pesar de que no saben nada, que sigan a mi lado sin hacer preguntas, que me permitan fingir durante unos días más que soy el de siempre—. Se lo diré esta noche.

—Mierda —sentencia Nick—, esta noche me toca trabajar. Le prometí a Silvio que haría unas entregas.

Vanderbilt Avenue

Con esa frase tan corta y, en principio absurda, Nick recupera la normalidad conmigo. Si pudiera le diría que no fuera con Silvio, le advertiría de los peligros que corre, pero Nick tampoco me creería y volveríamos a pelearnos. Me resigno igual que he hecho hace unas horas al firmar esos papeles. «Vive otro día, guarda esta lucha para más adelante».

—Yo estaré en casa —añade Sandy—, mamá tiene el turno de noche y me quedaré con los gemelos. Puedes pasarte, si quieres.

Asiento, los gemelos son los hermanos pequeños de Sandy y el turno de noche con el que tiene que cumplir su madre es en la barra de un bar. El padre de Sandy desapareció cuando teníamos cuatro años y el de los gemelos ni siquiera llegó a pasarse por el barrio.

—No te preocupes por mí, Sandy. Te prometo que vendré a verte si te necesito.

—Vas a necesitarla, Jack. Tu padre va a echarte de casa en cuanto se entere de que vas a ser un jodido policía.

Les odio con todo mi ser.

—Hay algo que no nos estás contando —adivina Sandy—, ¿dónde has estado estos días?

—Sí, ¿dónde has estado? —Nick se acerca a mí y clava sus ojos azules casi transparentes en los míos tan negros.

Sandy ha quedado a mi derecha y los suyos, verdes como los prados de Irlanda de donde procede, me penetran. Tengo que mentirles, no pueden saber la verdad.

—Conocí a una chica en el Blue Moon. —Eso no era mentira—. Fuimos a su casa.

Ese comportamiento no encaja conmigo, lo sé yo y lo saben ellos, pero tampoco es del todo inusual.

—¿Cuándo? —insiste Nick.

—El miércoles, tú no estabas y Sandy tampoco. Salí un rato.

Dios, si solo pudiera borrar un día. Solo uno. Cambiar una decisión. Mi vida hasta el miércoles por la noche había sido miserable y maravillosa. No tenía nada, pero el futuro sin duda era un lugar en el que me apetecía estar. Nick y yo conseguiríamos un trabajo ese verano y empezaríamos a ahorrar para abrir un taller mecánico, con lo que ganásemos ayudaríamos a Sandy a pagar las clases de canto y de baile que ella afirmaba que necesitaba para tener un papel en Broadway. El taller sería un éxito, por supuesto, Nick se casaría con alguna chica italiana y probablemente se compraría una pequeña casa en la zona más respetable de Little Italy. Respecto a mí, las italianas no acababan de encajar conmigo, pero habría encontrado a alguien. O a muchas.

Ahora no había futuro.

Nick aún puede tener el taller sin mí. Tiene que tenerlo, y Sandy tiene que ir a esa maldita academia.

Y yo me convertiré en policía.

—No recuerdo que nadie me haya contado que te viera en el Blue Moon. —Sandy arruga las cejas—. Casi nunca os dejan entrar.

—La conocí en la calle y nos fuimos a su casa, Sandy, no fue una historia de amor. Solo follamos. —Utilizo esa palabra porque sé que le incomoda, es normal, Sandy tiene quince años y, aunque lo niega, una parte de ella sigue creyendo en los cuentos de hadas.

Nick vuelve a acercarse, tiene una moneda en la mano derecha y la desliza sin mirar por entre los dedos. Es nuestra moneda de la suerte, la encontramos de pequeños en el suelo de este callejón. Es una moneda procedente de Italia, una moneda de veinte liras, lo que vendría a ser un dólar. Decidimos que nos traería suerte y establecimos un sistema de rotación para que todos pudiéramos tenerla en nuestros bolsillos. La moneda cambia de manos cada mes y nunca nos hemos saltado un cambio ni la hemos perdido. Nunca. Los tres tenemos nuestras manías al tocarla; Nick la hace bailar entre sus dedos, puede incluso hacerla desaparecer (a Sandy solía ponerla muy nerviosa que hiciera eso); Sandy la lleva encerrada dentro de un medallón alrededor del cuello y si por algo tiene que quitárselo se lo enreda alrededor de la muñeca; yo la sujeto con la mano izquierda, entre el pulgar y el índice, y la acaricio hasta que el tacto del metal me traspasa la piel, entonces la guardo en el bolsillo derecho del pantalón.

—No puedes ser policía, Jack. No puedes. Tenemos un plan —me dice Nick a los ojos—. Tu familia no se merece esta traición y nosotros tampoco. ¿Qué diablos ha pasado? ¿Has matado a alguien y tienes que esconderte? Porque, si es eso, puedo ayudarte. Silvio conoce a los hombres de...

—¡No, no les metas en esto! Juramos hace años que jamás nos acercaríamos a ellos.

—También juramos otras cosas, ¿te acuerdas de nuestro taller, de las clases de Sandy?

—¿Eso? —Levanto una ceja y la comisura del labio—. Eso fueron solo sueños infantiles, una estupidez. —Sandy recula dolida y a Nick se le hiela la mirada—. ¿De verdad creíais que íbamos a lograrlo? —Me estoy burlando de ellos y de mí, de lo más sagrado que ha existido jamás en mi vida—. Tú y yo jamás íbamos a reunir el dinero necesario, Nick, asúmelo y Sandy —me odio por lo que estoy haciendo—, Sandy probablemente acabará como su madre.

—Eres un hijo de puta.
Nick intenta golpearme de nuevo, acierta. Yo le devuelvo el golpe y cuando veo mis nudillos manchados por la sangre que brota de su nariz siento náuseas.
—¡Basta! —Sandy se coloca entre los dos— ¡Dejad de pelearos!
—Me he alistado en la policía porque es la única manera de salir de este maldito barrio, Nick, y tú deberías hacer lo mismo antes de convertirte en un matón o de acabar muerto en cualquier esquina. Y tú, Sandy, busca a un hombre que te quiera y que te lleve bien lejos de aquí.
—Apártate, Sandy —dice Nick entre dientes.
—No. —Sandy aparta la mano que tiene en mi pecho y me da la espalda, ahora solo mira a Nick y coloca ambas palmas en el torso de él—. No vale la pena, Nick.
Tiene razón, no la valgo. He sido un iluso y un estúpido al pensar que podía estar con mis dos mejores amigos durante esos últimos días. Es mejor así.
Nick me mira, tiene la respiración entrecortada y la nariz y la mejilla manchadas de sangre. Levanta el puño y creo que va a pegarme otra vez, pero afloja los dedos y nuestra moneda aparece entre ellos.
—Quédatela, te va a hacer falta. —La deja caer al suelo—. Aunque pensándolo bien —escupe encima de la moneda—, supongo que ya no sirve de nada. Vámonos de aquí, Sandy.
Nick se da media vuelta y coge a Sandy de la mano para tirar de ella con suavidad. El día que la conocimos estaba llorando frente al portal de su maltrecho edificio porque un «amigo» de su madre la había echado de casa. Nick, que en aquel entonces apenas tenía once años, subió la escalera

y le dio un puñetazo al desgraciado. Lo tumbó porque el tipo estaba borracho como una cuba y la madre de Sandy se había encargado de servirle otra copa antes de vaciarle la cartera, pero para Sandy Nick era desde entonces su héroe. Yo también, pero yo servía para otras cosas, como por ejemplo convencer al casero con mi labia de que Sandy le había entregado el sobre con dos meses de alquiler por adelantado y no solo uno.

—Vámonos, Sandy —repitió Nick al ver que ella seguía sin moverse.

Yo seguía allí de pie, intentado aguantar su mirada sin doblegarme de dolor. «Marchaos, marchaos de una vez».

Sandy ladeó la cabeza.

—Feliz cumpleaños, Jack.

Algo se rompe dentro de mí. Sandy y su habilidad por las heridas mortales. Intento decirle algo, las palabras se niegan a salir de mi garganta y ellos dos se alejan cogidos de la mano. Estoy allí de pie, el callejón me parece ahora asqueroso. Me agacho y recojo la moneda, mis dedos realizan los movimientos sin pensar y después la guardo en el bolsillo del pantalón.

Hoy cumplo dieciocho años y acabo de perder mi futuro.

Un gato negro entra corriendo en el callejón, le persigue un perro enorme con mandíbulas babeantes. El gato intenta esquivarle, a ninguno de los dos parece importarles que yo esté allí en medio. El perro le muerde la cola, el gato logra zafarse y subir por una escalera de incendios. Ojalá pudiera ser ese gato, yo no he logrado escapar.

Levanto la cabeza y la luna de Nueva York se mantiene indiferente, ella no sabe que a partir de esta noche todo será distinto. Respiro profundamente e intento retener dentro de mí aquella sensación, las costillas me están matando y no siento ningún alivio por lo que estoy haciendo. Ninguno en absoluto.

¡Vaya plan más absurdo!

Salgo del callejón, la farola apenas ilumina la calle en la que a pesar de la hora sigue el puesto de fruta del viejo Joe, creo que nunca lo he visto desmontado del todo. Oigo el traqueteo de un coche y los haces de luz de los faros reflejan dos líneas de bordes confusos en el charco de agua que se ha creado alrededor de una boca de incendios. Camino con las manos en los bolsillos más despacio de lo que he caminado nunca. Es la última vez que podré pasear así por esta calle, por mi casa. A partir del lunes seré un traidor y, cuando termine la academia de policía, el enemigo.

Paso por delante del restaurante de Silvio. Cualquier otra noche entraría por la puerta de atrás e iría a buscar a Nick. Juntos le haríamos uno o dos recados a Silvio y nos pagaría con una buena cena y unos cuantos dólares. En cuestión de meses pasaríamos a ocuparnos de temas más serios, iríamos a cobrar y a entregar mensajes. Tardaríamos años, pero tarde o temprano nos ganaríamos la confianza de los miembros más peligrosos y respetados (viene a ser lo mismo) de la familia. Acabaríamos siendo uno de ellos. Yo ya no, esa opción ha desaparecido para mí y me tiembla el mentón al comprender que mi amistad con Nick y Sandy también. Tengo que dejar a un lado estos sentimentalismos, pateo dos cubos de basura que están inocentemente en la esquina y el estruendo enciende las luces de dos ventanas de otro edificio. Allí vive Sandy, aunque su apartamento permanece a oscuras. Ella no va a terminar aquí encerrada, antes se lo he dicho para que se apartase de mí. Si alguien puede salir de aquí manteniendo parte de sí mismo, es ella. Es una luchadora, lo era cuando tenía cuatro años y su madre la encerraba en la calle para atender a sus amigos y cuando a los ocho las otras niñas del colegio la insultaban. Lo ha sido esta noche cuando se ha puesto entre Nick y yo consciente de que los dos tenemos bastante fuerza bruta como para matarla, aunque los dos preferiríamos morir a hacerle daño.

Tampoco puedo subir los escalones que preceden el oscuro edificio de Sandy, no puedo esquivar al viejo señor Osmizkoya o como se llame, que sale al rellano siempre que oye la puerta de la entrada dispuesto a reclamar el alquiler. Ni ayudaré a Sandy a llevar a la cama a los gemelos ni repasaré con ella las frases de alguna estúpida obra de teatro mientras esperamos a Nick. Acelero el paso para evitar la tentación de mandarlo todo a la mierda y subir esos escalones.

Mi casa está al final de la misma calle, mis padres siempre se han sentido orgullosos de tener vivienda propia y no un pequeño apartamento, aunque nuestra casa es minúscula, demasiado fría en invierno y demasiado calurosa en verano. Nick vive en otra similar, pero ellos no han pintado la fachada como nosotros cada dos años, esa es la frase que repite mi padre siempre que Nick o Sandy vienen de visita olvidándose de que ellos dos y yo somos los encargados de lograr esa hazaña cada dos veranos. La puerta está algo desgastada y por la luz de la ventana sé que mi madre estará sentada en el sofá cosiendo. Abro sin llamar, escucho el silencio durante unos segundos y al respirar un distintivo olor a limón se cuela por mi cuerpo.

—¿Eres tú, Fabrizio?

—No —contesto acercándome al pequeño comedor—, soy yo.

—¡Jack! —Se levanta de inmediato y el pantalón que estaba remendando cae al suelo—. ¿Qué te ha pasado? ¿Dónde has estado?

Apenas me llega al torso, pero tiene fuerza y me aprieta entre sus brazos.

—Hola, mamá.

—Nadie sabía nada de ti. —Me suelta y me mira enfadada. Creo que me tiraría de las orejas o me abofetearía si no estuviera tan preocupada—. Yo quería ir a la policía, pero tu padre me dijo que uno de los camareros del Blue Moon te vio subir a un coche con una chica.

—Sí, bueno.

Entonces me da una colleja.

—¡Muy mal hecho, Jack! ¿En qué diablos estabas pensando? ¿Acaso se trata de una buena chica? Yo no te he criado para que hagas estas cosas.

Empieza a santiguarse, yo mientras me froto la nuca. Sí, Amalia Tabone tiene mucha fuerza a pesar de su corta estatura.

—Lo siento, mamá.

—Y más vas a sentirlo cuando me entere de quién esa chica. ¿Cuántos años tiene? ¿Cómo se llama? ¿Qué día la traes a casa a cenar?

Está de nuevo sentada en el sofá y ha recogido del suelo el pantalón que estaba arreglando. Vuelve a hablar antes de que yo pueda contestarle.

—Iba a prepararte una cena de cumpleaños, pero no lo he hecho. Esta vez vas a tener que esforzarte mucho para que te perdone, Jack Tabone.

—¿Dónde está papá?

—Tu padre ha dicho que esta noche tenía trabajo.

Se me anuda el estómago.

—¿Trabajo? —Me acerco al sofá y me siento, allí me alcanza el calor de la estufa—. ¿Sabes con quién?

—Con quién va a ser. —Se lleva el hilo a los labios y lo humedece antes de enhebrarlo—. No creo que tarde en volver.

La puerta se abre justo entonces y el suelo de madera cruje bajo los pesados pasos de Fabrizio Tabone. Es alto, un poco más que yo, aunque intuyo que no tardaré en superarle. Hubo una época en que su rostro siempre sonreía, ya no.

—Vaya, veo que te has dignado a volver. —Cuelga el sombrero y la cojera está más pronunciada de lo habitual, igual que el olor a whisky.

—Vamos, cariño —mi madre se levanta y se acerca a darle un beso en la mejilla—, nosotros también fuimos jóvenes e hicimos tonterías, ¿recuerdas esa vez que…?

—¿Es cierto lo que he oído? —Él no la deja terminar, entrecierra los ojos y me fulmina con ellos. El alcohol le vuelve más arisco y violento, pero no le nubla la mente. Sabe lo que está haciendo.

Mi madre palidece e intenta cogerle por el brazo, él se suelta y se acerca a mí amenazador. Durante un segundo me arrepiento de lo que he hecho. Fabrizio Tabone nunca valorará mi sacrificio, ni siquiera si algún día llega a saber la verdad. Lo considerará una estupidez y me dará una paliza por haber elegido este camino.

Es el único que puede llevarme hasta el final.

—¿Qué has oído?

Tengo las manos a ambos lados de mi cuerpo y echo ligeramente los hombros hacia atrás. No quiero pegarle, no delante de esa mujer que tanto sufre por nosotros, pero sé que hoy no dejaré que me haga daño.

—No me provoques, Jack.

—¿Qué os parece si vamos los tres a la cocina y comemos un poco de pastel?

De nada sirve el intento de Amalia para aflojar la tensión, Fabrizio se coloca frente a mí. Le aguanto la mirada, sus ojos y los míos no se parecen lo más mínimo. Él los tiene claros, casi vacíos, los míos son oscuros rozando peligrosamente el negro.

—¿Vas a ser un jodido policía sí o no?

Amalia exclama sorprendida y se lleva una mano a los labios.

—Jack —susurra mi nombre y me mira horrorizada.

El silencio dura unos segundos. Miro a mi madre e intento sonreírle, ella acabará por entenderme y algún día la recuperaré. Después, giro el rostro hacia mi padre y contesto con una única sílaba. No puedo darle una explicación y no voy a mentirle.

—Sí.

Amalia empieza a recitar nombres de santos en italiano. Hace años insistieron en que en casa también debíamos hablar inglés para que yo lo aprendiera mejor y lograse encajar allí, pero en momentos como ese su lengua materna es la única que acude a sus labios.

Yo sigo allí de pie, quizá estoy esperando resignado el golpe o la bofetada de mi padre. Él está inmóvil, respira por entre los dientes y flexiona los dedos. Su mirada, triste y derrotada desde hace años, cambia de repente y da un paso hacia atrás sorprendiéndome por completo.

—Lárgate de aquí ahora mismo y no vuelvas.
—¡Fabrizio!
—No te metas, Amalia. —Se gira hacia ella un instante y vuelve a mirarme—. Ve arriba y coge tus cosas porque a partir de hoy estás muerto para nosotros, ¿lo has entendido? Muerto.

Aprieto los dientes y levanto la vista en un intento de dominar el escozor que se ha instalado en mis ojos.

—No digas eso, Fabrizio —le suplica Amalia. Ella sí está llorando, me consuela que al menos uno de nosotros sea capaz de expresar lo que de verdad está sintiendo.

—Despídete de Jack, Amalia. —Fabrizio camina hasta la entrada y vuelve a ponerse el sombrero, que apenas ha estado unos minutos en el perchero—. Nuestro hijo ha muerto.

Habría preferido que me pegase. De un puñetazo o de una costilla rota me habría recuperado. Dios sabe que tengo práctica en hacerlo y que mi cuerpo habría soportado dos o tres golpes más. Hace años, la primera noche después de que Fabrizio volviese de la cárcel, le encontré en la cocina borracho. Yo tenía diez años y al día siguiente se comportó como si la noche anterior no hubiese sucedido.

Sin embargo, lo que contó en medio del estupor del alcohol se quedó dentro de mí para siempre, dijo que nunca aprendería a aceptarme. Al principio pensé que lo había soñado, durante años fingí que no lo sabía, aunque a partir de entonces ciertos detalles empezaron a adquirir sentido y el de otros cambió.

He metido mis cosas en una vieja maleta que siempre ha estado en el fondo del armario, viajó con Fabrizio y Amalia desde Italia cuando decidieron buscarse un futuro en Estados Unidos. Yo nunca he estado allí, nací en Nueva York y nunca he sentido que ese país que forma parte de los relatos de mis padres y los italianos de su generación sea mi hogar. La calle está desierta y cuando me doy media vuelta veo a mi madre detrás de la cortina del dormitorio. Desaparece en cuanto nuestras miradas se cruzan y la luz que la iluminaba desde la espalda se apaga. Levanto la maleta y me pongo a caminar. No puedo ir a casa de Sandy, ella me recibirá con esos ojos verdes que me acompañan desde que éramos pequeños y me derrumbaré. No puedo hacerle eso. Tampoco puedo ir en busca de Nick, él está con Silvio y si aparezco allí terminaremos peleándonos. Y si ya ha cumplido con sus recados, peor. Nick estará cansado y quizá más enfadado que antes. Si quiero tener la posibilidad de arreglar algún día las cosas con mis amigos debo irme de aquí ahora.

Camino mucho más rápido que antes, en realidad siento cierto alivio.

CAPÍTULO 2

Comisaría del distrito número 5 de Nueva York
Little Italy
1940

Había dado por hecho que volvería antes. Cinco años en la academia y cinco trabajando en las distintas comisarías de la ciudad, en todas excepto en esta. El capitán Anderson ha cumplido con la promesa y con la amenaza que me hizo diez años atrás en uno de los calabozos de esa misma comisaría: convertir mi vida en un infierno.

«Pero te garantizo que es la única manera que tienes de averiguar la verdad».

El capitán Anderson, ahora superintendente y máximo responsable de la policía de Nueva York, me prometió la verdad y fue eso lo que al final me convenció. Él no lo sabía, al menos eso fui capaz de ocultárselo. No quería darle más munición a ese hijo de puta. Anderson está convencido de que acepté su chantaje para evitar que Fabrizio volviera a la cárcel y para proteger a mi amigos del barrio.

Sería bonito que lo hubiera hecho por eso.

Meto la mano en el bolsillo del pantalón y aprieto la moneda entre el pulgar y el índice. Cada mes ha cambiado de manos aunque no he vuelto a ver ni a Nick ni a Sandy en estos diez años. La última vez que vi a alguno de los dos fue la noche que fui a decirles que iba a convertirme en policía. Nick me dio la moneda que compartíamos los tres desde pequeños y me dijo que era mi turno para tenerla, que me haría falta. Unas semanas más tarde, cuando me dolían tantos huesos del cuerpo por culpa del entrenamiento, puse la moneda en un sobre con la dirección de Sandy. Estaba convencido de que no volvería a verla nunca más. Si hubiese sido capaz de llorar esa noche, sin duda lo habría hecho, pero dos meses más tarde llegó una carta a la academia con mi nombre y la moneda dentro.

Nada más.

Nunca llegaba ninguna carta, la moneda viajaba sola de Little Italy a New Jersey, donde se encontraba la escuela de policías. Yo no me atreví a escribir, no quería hacer nada que pudiese romper aquel único y débil lazo que me quedaba con Nick y con Sandy, y la única excepción fue cuando me gradué y mandé la moneda a Nick con una nota en la que figuraba mi nueva dirección, la de un diminuto apartamento en el Bronx alquilado por Anderson en nombre del caso al que al parecer le estaba dedicando su vida, y la mía.

Dentro de dos semanas tengo que mandarle la moneda de nuevo a Nick. No tengo ni idea de qué ha sido de él y debo confesar que cada vez que piso una nueva comisaría tengo miedo de descubrir un expediente con el nombre de Nick, pero nunca ha aparecido. La moneda la sigo mandando a casa de su abuela en Little Italy, siempre ha sido el único lugar en el que Nick ha bajado la guardia, y dado que la moneda no se ha perdido deduzco que o bien Nick vive ahora allí o sigue visitando a Nana siempre que puede. A Sandy le mando la moneda a su casa. Cuando me fui, los gemelos tenían cuatro años y me imagino que Sandy se ocupa ahora de dos adolescentes.

Nunca he intentado buscarles ni ir a su encuentro y ellos tampoco lo han hecho conmigo. Mi padre cumplió con su palabra y, tras decretar que yo había muerto para ellos, efectivamente me borró de su vida y de la de mi madre. Ella nunca me ha escrito ni ha venido a verme a escondidas. Deseo con todas mis fuerzas que esté bien.

—Buenos días, detective Tabone, el superintendente le está esperando en el despacho del capitán —me informa el agente que está en la entrada de la comisaría. Él lleva el uniforme reglamentario y está tan tenso como lo estaba yo cuando empecé.

—Gracias, agente —lo saludo sin quitarme el sombrero y camino hacia la puerta que me ha señalado.

Fui ascendido hace unos meses. Había participado en una operación encubierta en el muelle y conseguimos evitar que un cargamento de droga se colase por debajo de nuestras narices. Recibí un disparo, fue solo un rasguño, y mientras estaba en el hospital peleándome con una enfermera para que me soltase apareció Anderson y decretó que me ascendían y que había llegado el momento de ponernos a trabajar, como si los últimos diez años de mi vida hubiesen sido un paseo.

Antes de llegar al despacho intercambio saludos y bromas de cierto mal gusto con dos detectives que empezaron conmigo en la academia. No he hecho amigos, no me metí en esto para hacerlos, y siempre he preferido estar solo. Al menos así sé en quién puedo confiar. Al principio, en la academia, varios chicos intentaron utilizarme para mejorar su reputación; darle una paliza a alguien siempre parecía funcionar y yo no tenía aliados. Solo tuve que dejar inconsciente a uno y romperle la nariz a otro. No volvió a suceder y me gané la reputación de ser solitario y con muy malas pulgas.

En la primera comisaría a la que fui destinado, tuve que soportar las novatadas de los veteranos y las aguanté con deportividad. Aunque me encargué de hacerles pagar por ello más adelante y de que supieran que conmigo no se jugaba. Mi capitán de entonces, O'Larry, me sermoneó sobre lo importante y vital que era confiar en tus compañeros, pues ellos podían salvarte la vida en cualquier momento. Yo asentí, aguanté el sermón y me dije que jamás dejaría que mi vida dependiese de ninguno de ellos. En la ciudad de Nueva York hay demasiados policías corruptos como para fiarte de ninguno.

Una noche, años más tarde, cuando tomamos una copa en honor a O'Larry, que murió en una emboscada, Anderson me dijo que me había elegido no solo por mis «circunstancias familiares», sino porque tras tenerme dos días encerrado en ese jodido calabozo detectó que yo era «un hijo de puta frío como el hielo y que jamás confiaría en nadie».

Entonces esa definición me puso furioso, hoy me hace gracia.

Llamo a la puerta y espero.

—Adelante.

—Buenos días, superintendente, capitán. —Les tiendo la mano y el capitán Restepo es el primero en estrechármela.

—Buenos días, detective.

—Jack. —Anderson me saluda por mi nombre con la brevedad y la sequedad de siempre—. Siéntese.

Llevo años esperando esta reunión, los mismos que llevo temiéndola. Nunca he llegado a conocer los detalles del plan que supuestamente tiene Anderson en la cabeza y no soy tan engreído como para creer que soy una pieza vital para llevarlo a cabo. Sin embargo sé que este hombre me cambió la vida una noche en esta misma comisaría y tengo el horrible presentimiento de que está a punto de volver a hacerlo.

—¿Quería verme, señor?

Dejo el sombrero encima de la mesa, el capitán Restepo está sentado y Anderson de pie detrás de él. Hay otra silla allí, pero Anderson siempre prefiere estar de pie. Es un hombre alto y muy corpulento. Cuando le conocí cumplía los cuarenta, lo sé porque esa noche oí que uno de los guardas le tomaba el pelo al respecto. Con cuarenta era imponente, con cincuenta es temible. Yo soy tan alto como él y mi espalda es más ancha, aunque estoy más delgado. Sé que objetivamente le derrotaría en una pelea, pero también sé que Anderson es de los que juegan sucio y que no dudaría en recurrir a cualquier estratagema para eliminarme.

—La suerte nos ha sido propicia, Jack, se ha cometido un asesinato en Little Italy que puede proporcionarnos la excusa perfecta para empezar nuestra operación —me explica Anderson apoyado en la pared del despacho.

—Creía que como policía no debíamos alegrarnos de los asesinatos, señor.

Restepo enarca una ceja al oír mi comentario. Quizá debería habérmelo pensado mejor. Al fin y al cabo ese hombre va a ser mi superior inmediato durante mucho tiempo y no quiero empezar con mal pie, ya tendrá tiempo de acostumbrarse a mi sarcasmo.

—Guárdese las bromas para cuando esté tomando una cerveza con sus amigos, Jack.

—Usted sabe que no tengo amigos.

Anderson se cruza de brazos y me fulmina con la mirada. El cuerpo entero de policía de Nueva York se amedrantaría, yo me mantengo firme. De lo contrario, él no me respetaría.

—No me extraña, y ahora, si ya ha dado por concluido el espectáculo, al capitán y a mí nos gustaría continuar. Como le estaba diciendo, ayer por la noche se produjo un asesinato en Little Italy y he decidido que vamos a cambiar de estrategia.

¿Teníamos una estrategia?

El capitán Restepo me alcanza una carpeta marrón y la abro dejándola apoyada en el escritorio.

—La víctima es el señor Emmett Belcastro, propietario de la librería Verona de la calle Baxter.

—Sé de qué librería se trata —le interrumpo. Nadie diría que conocí a Emmett en el pasado ni que oír la noticia de su muerte ha retorcido lo poco que queda de mi alma. Emmett era un soñador y un idealista que se escondía bajo la fachada de viejo cascarrabias. Siempre había cuidado de los chicos del barrio y se había mantenido al margen de cualquier asunto truculento.

—El señor Belcastro fue degollado anoche —sigue el capitán—. Probablemente no nos habríamos enterado de su muerte, ya sabemos cómo funcionan las cosas por aquí, pero alguien llamó a la comisaría y lo denunció.

Cierro los puños ante la condescendencia de Restepo, aunque sea cierto, odio cuando alguien, quien sea, insinúa que en las calles de Little Italy todos pertenecen a la mafia.

—¿Tenemos un testigo? —Me centro en la novedad.

—No exactamente —interviene Anderson—. Pero esa llamada de teléfono es nuestra vía de acceso. La policía de Nueva York no puede pasar por alto el asesinato de uno de los miembros más queridos por la comunidad italiana, ¿no le parece?

—El asesinato del señor Belcastro se merece toda nuestra atención, pero a usted no le importa lo más mínimo.

—¡Detective Tabone! —El capitán apoya sonoramente la palma en la mesa de madera.

—No se preocupe, capitán —intercede Anderson—, a Jack le gusta creer que sus ideales están muy por encima de los míos. En efecto, Jack, el asesinato de Belcastro, aunque es lamentable, carece de importancia. Tú mejor que nadie deberías saber que si de verdad queremos proteger a todos los Belcastro de Little Italy tenemos que cortarle la cabeza a la bestia y no preocuparnos por si una de sus mascotas se le ha descarriado un poco.

—Esa bestia tiene más cabezas que Medusa, superintendente, y algunas crecen más cerca de lo que cree.

A lo largo de los últimos diez años había aprendido que la corrupción se extendía con la misma facilidad y rapidez que el fuego en un granero.

—Por eso le elegí a usted y a los demás y por eso nadie, repito, nadie está al corriente de esta operación.

¿Qué operación?, quería gritarle.

Restepo se frota el rostro y se gira hacia Anderson.

—¿Estás seguro, William?

Creo que es la primera vez que veo a alguien dirigirse a Anderson por su nombre de pila, y la mirada que le lanza el capitán también habla de una amistad que nunca antes había detectado en nadie.

—Es el momento —contesta Anderson—. Tenemos que arriesgarnos y aquí, el bueno de Jack, es nuestra mejor opción.

—¿La mejor opción para qué? —les interrumpo.

—Usted ha resultado ser mejor policía de lo que creía, Jack —me sorprende Anderson—. Tiene buenos instintos, es casi inhumano lo entregado que está a su trabajo, carece por completo de vida social y de la capacidad para tenerla y, además, tiene un extraño y muy estricto código del honor con el que inesperadamente me identifico. Al mismo tiempo es testarudo, irreverente y es completamente incapaz de acatar una orden en la que no cree. Le gusta salirse con la suya y no le importa arriesgarse a perder la vida.

—¿Me está halagando o insultando?

—Ah, sí, se me olvidaba, y es un bocazas. —Anderson se aparta de la pared y camina hacia mí. Se detiene al lado del escritorio del capitán y levanta la carpeta con la poca información que han reunido sobre el asesinato de Belcastro de la noche anterior. Me lanza la carpeta al regazo—. Va a ir a Little Italy y va a resolver este asesinato cueste lo que cueste.

—¿Por qué?

—Usted sabe por qué le elegí hace tantos años y seguro que había asumido que algún día le haría volver aquí, a Little Italy, y que le pediría que se infiltrase en la mafia.

—La idea se me había pasado por la cabeza —reconozco. Era lo único que tenía sentido.

—Sí, pero no funcionaría. Desde que Capone salió en libertad, la mafia de Chicago y la de Nueva York se está reorganizando y está muy alerta. No son ningunos ineptos y mantienen las filas más cerradas que de costumbre. Usted nunca podría someterse al periodo de prueba y su carácter acabaría matándole. Por no mencionar que en el barrio todo el mundo recuerda su historia y el modo en que los traicionó para convertirse en policía. —Me mira a los ojos y gracias a los años de entrenamiento oculto el dolor que me produce esa palabra—. Nadie se creería que ha vuelto con el rabo entre las piernas y nosotros no tenemos tiempo de crear un expediente falso para usted. Ha sido un jodido buen policía durante todo este tiempo.

—Entonces, ¿cuál es el plan?

—Emmett Belcastro era una figura respetada y querida por todos. No tengo ninguna duda de que, de no haber llegado a nuestros oídos, en el barrio habrían encontrado al asesino y habrían hecho justicia. Usted va a ir allí y va a comportarse como el maldito buen policía que es y va a resolver ese asesinato. Recuperará a sus amigos y les demostrará que la policía de Nueva York es capaz de proteger a sus ciudadanos.

—Y mientras tengo que enterarme de todo lo que suceda para poder después traicionarlos. Es eso, ¿no? —Se me retuercen las entrañas—. Quiere que vaya allí, resuelva el asesinato de Belcastro, haga amigos, me convierta en un rostro conocido y respetado y, cuando alguien meta la pata y me cuente algo que no debe, le arreste.

—Exactamente.

—¡Maldita sea!

—No solo eso, Jack. Quiero que entienda que esta es

nuestra única oportunidad para acercarnos a Cavalcanti.
—Menciona el nombre que se me clavó dentro hace diez años—. Cavalcanti es sin duda el capo más cauto y más astuto que ha conocido la ciudad de Nueva York. Sus hombres son impenetrables y nunca hemos podido encontrar nada que lo incrimine, ni siquiera los de Hacienda como hicieron con Capone.

—¿De verdad cree que resolviendo el asesinato de Belcastro accederé a Cavalcanti? Está loco. Aunque Belcastro era un hombre querido por todos, dudo mucho que al capo de la mafia de Nueva York le importe. Tal vez, si tengo mucha suerte, consiga hablar con alguno de sus tenientes, pero...

Anderson levanta una mano para detenerme.

—Accederá a Cavalcanti porque fue su sobrina la que llamó a la policía para informar de la muerte de Belcastro, y la señorita, en contra de la voluntad de su tío, dejó claro que estaba dispuesta a colaborar con nosotros.

—¡Dios mío!

—Exactamente, veo que por fin entiende por qué no debemos desaprovechar esta oportunidad. Lea el informe y póngase a ello de inmediato, no quiero que Cavalcanti se nos adelante y «resuelva» el asesinato antes que nosotros o que mande a su sobrina de vacaciones por Europa, ¿entendido?

—Entendido.

Me pongo en pie y cojo el sombrero de la mesa. Estoy ya de espaldas cuando Anderson vuelve a llamarme.

—Una última cosa, Jack.

Me doy media vuelta.

—¿Sí?

—Bienvenido a casa.

CAPÍTULO 3

Transatlántico Libertà
1912

Cuando Roberto Abruzzo y Teresa se casaron en Roma dos años atrás no se imaginaron que celebrarían su segundo aniversario de boda hacinados junto a más de cien italianos en la bodega de un barco rumbo a América. Lo habían intentado todo para evitar ese momento. Habían dejado la ciudad y se habían instalado en el campo, en un pueblo al lado de Nápoles. Allí tenían comida y casa, y también trabajo, pero el pelo negro de Teresa, sus ojos verdes, su dulzura y su figura captaron la atención de Adelpho Cavalcanti. Roberto conocía a los hombres como Cavalcanti, sabía de qué eran capaces y que en su interior carecían de esa brújula que distingue el bien del mal, lo propio de lo ajeno. Roberto sabía que si se quedaban allí un día él amanecería muerto y Teresa violada. No podía correr ese riesgo. Teresa se opuso durante un tiempo, ella quería que su hijo naciese en Italia y conociese la misma tierra que les había visto crecer a ellos. Quizá Teresa habría logrado convencer a Roberto para que se quedasen. Desde que la noticia de su embarazo corría por el pueblo, Adelpho parecía haber perdido interés en ella, pero cuando comprendió que su marido iba a morir gastó todos su ahorros en dos billetes rumbo a Nueva York.

Ella jamás olvidaría esa mañana de marzo. El sol le había hecho cosquillas en la nariz y al despertar se acarició la barriga, estaba de cuatro meses, y buscó a Roberto con la mirada. Él aún no había llegado, había salido a cazar de noche, una actividad que a ella no le gustaba. Cuando llegó, lo hizo con una herida en el muslo y el rostro magullado. Le habían dado por muerto, susurró él. Los hombres de Cavalcanti habían cometido un error porque estaban medio borrachos cuando le dieron la paliza. Iban a matarlo y a llevarse a Teresa. Cavalcanti había decidido que no le molestaba que estuviese embarazada, ese «problema» ya lo arreglaría más tarde. Roberto lo sabía porque esos hombres se habían sentido tan seguros y satisfechos de sí mismos que no habían dudado en alardear de ello.

Teresa metió las pocas pertenencias y recuerdos de su matrimonio en una maleta, sacó el dinero que tenía oculto bajo una baldosa de la cocina y se llevó a rastras a su marido. Pasaron una noche a la intemperie, ocultos de Cavalcanti y de cualquier vecino dispuesto a vender información sobre su paradero. A la mañana siguiente, una carreta les llevó a casa de Flavia, una vieja amiga de Teresa, y se quedaron allí hasta que Roberto pudo sostenerse en pie. Si el viaje hubiese durado un día más, Roberto habría muerto. Esa certeza, la de que había estado a punto de perder a su *esposo antes de que este viese el rostro de su hijo, impulsó a Teresa con un odio que jamás había sentido. El barco partió del puerto de Nápoles apenas dos días después de que el matrimonio consiguiese llegar a la ciudad y hacerse con los billetes. Fue en lo único que tuvieron suerte, si podía llamarse suerte a entregar casi la totalidad de sus ahorros a un avaricioso empleado de la naviera que esperaba siempre a que se acercase el momento de zarpar para vender los últimos billetes a los más desesperados.*

El Libertà *se hizo a la mar con más pasajeros de los que debía, menos tripulación y un cargamento repleto de ilusión y miedo. Teresa y Roberto compartían unas literas en la bodega con una familia napolitana que se empeñó en acogerlos en su seno. Al principio Roberto desconfió. Aún sentía en el cuerpo las consecuencias de su ingenuidad con Cavalcanti y no quería poner a Teresa en peligro. La travesía duró dos meses, durante los cuales Teresa perdió la poca inocencia que le quedaba y Roberto lamentó profundamente que su bella esposa tuviese que crecer tan rápido. Sin embargo, se sintió profundamente orgulloso de ella.*

La bodega del Libertà *era un universo en sí misma. Quizá en las plantas superiores los pasajeros de primera clase vivieran en un sueño, en un paréntesis alejado de sus vidas en tierra firme, pero en la bodega seguía imperando la realidad. No habían tardado en formarse grupos y en aparecer líderes. Roberto se mantuvo tan al margen como le fue posible y Teresa colaboró con las mujeres de la familia Tabone, sus compañeros de litera, en todas las tareas que pudo; atendió a embarazadas en estado más avanzado que el suyo, hizo compañía a enfermos y ayudó a sobrellevar el duelo a los que perdieron a seres queridos en medio del océano. A pesar de los temores iniciales, ella no cayó enferma en ningún momento. Las dificultades la dotaron de una fortaleza que no había poseído en Italia y, aunque sabía que su esposo lamentaba que ya no fuese la chica que le había sonreído en medio de la plaza, a ella le gustaba mucho más ser la mujer valiente del barco.*

La mañana que el Libertà divisó la costa de los Estados Unidos, Roberto y Teresa estaban tumbados en su camastro, Teresa estaba ya de seis meses y el cansancio, la escasez de agua y de comida habían empezado a afectarla. El niño se movía. De lo contrario, ella se habría muerto de pena, pero a lo largo de la noche había sentido calambres en la espalda y en el vientre y tenía miedo de que su pequeño fuese a adelantarse.

—No puede nacer aquí —balbuceó.

Roberto le secó el sudor de la frente y le depositó un beso.

—No lo hará, solo nos está recordando que está aquí y que está impaciente por llegar.

Teresa cerró los ojos y apretó los dientes al sentir un escalofrío recorriéndole la espalda. Los gritos de cubierta se entrometieron entre el matrimonio y un muchacho italiano bajó apresuradamente la escalera para anunciar a los ocupantes de la bodega lo que ya habían deducido; su travesía estaba a punto de terminar. De repente, aquel barco sucio, enfermo y peligroso les pareció un refugio. A lo largo de las semanas que habían estado surcando el océano habían escuchado historias de todo tipo sobre lo que sucedía en Ellis Island, la isla cuya impresionante dama de piedra daba la bienvenida a los inmigrantes para después someterlos a extraños y a veces arbitrarios exámenes médicos en los que un funcionario decidía en cuestión de segundos si podían quedarse allí o debían volver.

Roberto apretó los dedos de Teresa, le sujetaba una mano y estaba temblando.

—No sucederá nada.

El barco atracó sin que Roberto y Teresa se moviesen de donde estaban. Él le besaba la frente y las mejillas y le contaba todo lo que harían ahora que por fin habían llegado a su destino. Ella le escuchaba y deseaba con todas sus fuerzas que las preciosas historias que le contaba su esposo se hicieran realidad; él iba a encontrar un buen trabajo, era joven, fuerte y capaz y aprendía rápido, ella daría a luz a un niño precioso y después se ocuparía de la casa y también buscaría algún pequeño empleo con el que colaborar. Su hijo crecería allí, en la famosa tierra de las oportunidades y se convertiría en un gran hombre y el día de mañana les daría unos nietos preciosos. Y tal vez entonces podrían volver a Italia.

—¡Roberto, Teresa, tenéis que venir! —les llamó Fabrizio Tabone desde la escalera—. Estamos desembarcando.

Fabrizio y su esposa Amalia también estaban esperando un hijo. Los dos hombres no habían llegado a congeniar demasiado bien, Roberto era calmado y Fabrizio, impetuoso y con tendencia a buscar pelea. Las dos mujeres, sin embargo, habían forjado un lazo muy estrecho e íntimo gracias a sus embarazos. Habían cuidado la una de la otra a lo largo de la travesía y habían prometido seguir haciéndolo en tierra, sus maridos iban a tener que adaptarse.

—¿Puedes levantarte, amor? —le preguntó Roberto a Teresa.

—Sí, el niño se ha quedado dormido. —Se acarició la barriga y empezó a incorporarse—. Vamos, nuestra vida nos espera.

Descender del Libertà fue más complicado de lo que habían creído y la larguísima cola para llegar a la sala de Ellis Island donde los médicos inspeccionaban a los recién llegados estuvo a punto de derrotar a Teresa. El amor que sentía por el niño no nacido que llevaba en el vientre y por el hombre que tenía a su lado le dio fuerzas para aguantar hasta el final. Fabrizio y Amalia pasaron antes que ellos y estuvieron unos minutos que se hicieron eternos encerrados con un hombre y una mujer uniformados con batas blancas. Teresa apretó los dedos de Roberto entre los suyos y detectó que los dos sudaban y temblaban. A lo largo de la travesía habían escuchado historias horribles sobre lo que sucedía en esos exámenes médicos; familias que se veían obligadas a separarse porque uno de sus miembros no obtenía el permiso para entrar en el país y debía volver, niños que perdían a sus padres. Teresa cerró los ojos e intentó calmarse, no le haría ningún bien entrar allí con el corazón acelerado y la respiración entrecortada.

La puerta se abrió y Fabrizio y Amalia salieron con cara de agotamiento y una ligera sonrisa. Los dos llevaban una marca de tiza en la espalda que les identificaba como aptos para seguir con su camino. La enfermera que les acompañaba hablaba despacio e intentaba incluir alguna palabra en italiano en su discurso, y aunque no acertaba demasiado los recién llegados le agradecían el esfuerzo.

Les tocó el turno a Roberto y a Teresa y cuando, a diferencia de lo ocurrido con Fabrizio y Amalia, les separaron, Teresa creyó morir. Roberto cojeaba y en el costado derecho del cuerpo le había quedado una horrible cicatriz recuerdo de los hombres de Cavalcanti. Teresa intentó no asustarse, sonrió a la enfermera que la auscultó y que le tocó la barriga. Intentó responder a las preguntas que entendía y a las que no sonrió con más ganas. No podían separarla de Roberto, su vida dejaría de carecer de sentido si eso sucedía. El médico entró entonces, un hombre con el rostro cansado y sin ninguna expresión. Leyó las notas que había escrito la enfermera y, sin prestar ninguna atención a la mirada suplicante de Teresa, garabateó un símbolo en la espalda de esta y la empujó hacia la puerta.

Fuera, Teresa se quedó sin respiración. No veía a Roberto por ningún lado. El corazón se le aceleró y le trepó por la garganta hasta estrangularla. No podía respirar, se estaba mareando y acabaría desmayándose. Cuando las piernas le fallaron, unos brazos la sujetaron por la cintura.

—Estoy aquí, amor mío —susurró Roberto pegado a su oído—. Estoy aquí.

El alivio que sintió Teresa fue tal que rompió a llorar. Apenas había llorado durante la travesía. Se había mantenido fuerte frente a cualquier adversidad, pero esos minutos sin Roberto habían estado a punto de matarla.

—Dios mío, Roberto. Te quiero, te quiero tanto.

—Y yo a ti, Teresa.

Se besaron hasta que otro inmigrante pasó junto a ellos y sin querer les dio un golpe con una maleta.

—Lo siento —farfulló el tipo.

Teresa y Roberto se separaron y caminaron hacia su futuro. Iban a tener que pasarse cuarenta días en esa isla, era el procedimiento normal al que debían someterse todos los recién llegados. Pasado ese periodo, podrían acceder a tierra firme y empezar a construir su nueva vida. En Ellis Island, la vida era similar a la del barco, con la gran diferencia de que allí la amenaza del mar había desaparecido y de que contaban con la protección de la gran dama de la libertad. A Teresa le parecía muy buen augurio que hubiesen viajado hasta allí en un transatlántico con el mismo nombre que la impresionante escultura que ahora les miraba desde lo más alto.

La comunidad italiana volvió a reunirse en la pequeña isla y Roberto siguió manteniendo su discreto segundo plano mientras Fabrizio buscaba captar la atención de los hombres que se habían erigido como cabecillas. Las dos mujeres tranquilizaban a sus maridos cuando acudían a ellas de noche y sus embarazos seguían avanzando. Amalia se encontraba menos pesada que Teresa y de allí habían deducido que ella llevaba una niña. La deducción no le gustó a Fabrizio, pero eso no impidió que Teresa y Amalia empezasen a planear una boda imaginaria entre el hijo de una y la hija de la otra. Las dos sabían que podían estar completamente equivocadas, aunque el juego las divertía y les proporcionaba una excusa para pensar en lo precioso que sería su mundo cuando saliesen de allí.

El día en cuestión llegó justo a tiempo pues en cuanto Teresa puso un pie en Nueva York se puso de parto. Roberto la esperó frenético en el hospital, apenas hablaban inglés, se habían esforzado por aprenderlo durante la cuarentena, pero en aquel instante era incapaz de recordar incluso su nombre. Fabrizio y Amalia se quedaron con él. Aunque a Roberto nunca le había gustado Fabrizio, tuvo que reconocer que en esos instantes agradeció su presencia y su apoyo. Él solo podía pensar en Teresa, en todo lo que habían pasado para llegar hasta allí, y dejó que el matrimonio Tabone se ocupase de lo demás.

El parto duró seis horas. Cuando por fin salió el médico a hablar con Roberto, este estaba al borde de las lágrimas. Tenía un hijo, un hijo sano, y su esposa le estaba esperando en la habitación que compartía con otras dos mujeres. El médico, que parecía demasiado joven para serlo, le acompañó hasta allí hablándole despacio y chapurreando también un poco de italiano.

—Mi abuelo era de Roma —le dijo a modo de explicación al ver que Roberto arqueaba las cejas—. Pero yo nunca he estado allí.

—¿Su abuelo volvió? —Se sorprendió Roberto preguntándole.

—No.

Roberto se prometió en aquel instante que a él no le sucedería lo mismo. No iba a renegar de ese país que acababa de recibirle y en el que quería tener una vida, pero no quería morirse sin volver a Italia.

El médico abrió la puerta de la habitación y Roberto dejó de pensar en la patria y en nada que no fuese su hermosa y valiente esposa y el pequeño bulto que tenía en el regazo. Corrió hacia ella sin avergonzarse de las lágrimas, que ahora sí le surcaban las mejillas, y los abrazó.

—Teresa, gracias, amor mío.

Le besó los labios, los párpados, la acarició con reverencia antes de mirar al pequeño.

—Tenemos un hijo, Roberto —susurró ella cansada.

—Lo sé, amor.

Roberto cogió al pequeño en brazos y lo miró. Era perfecto, tenía unos ojos tan oscuros que parecían negros y un rostro que ya hablaba del carácter que se escondía tras él. Ese niño iba a ser alguien, ese niño no iba a dejar que le echasen de su país como les había sucedido a ellos.

—¿Cómo quieres llamarlo? —le preguntó Teresa mirándolos con ternura—. Sé que barajamos diversos nombres en el barco, pero ninguno parece encajar con él, ¿no crees?

—No, tienes razón. —Todos los nombres que habían considerado eran italianos, buenos nombres, sin duda, pero no encajaban con su hijo. Roberto lo sabía y levantó la vista para mirar al doctor que estaba anotando algo en los papeles del pequeño—. ¿Cómo se llama, doctor?

El joven levantó la cabeza y lo miró confuso.

—¿Que cómo me llamo?

—Sí, ¿cómo se llama? —repitió Roberto en inglés. Era su primera frase, la primera que decía y le pareció simbólico que se estrenase precisamente de esa manera—. ¿Cómo se llama?

—Jack —contestó el médico con una sonrisa.

Roberto miró a Teresa y esta le sonrió de oreja a oreja. Ella no se lo había contado a su esposo, ya tendría tiempo de hacerlo, pero durante el parto había llegado a estar muy asustada y ese joven médico había sabido cuidarla y recordarle en el momento exacto que no podía ni debía rendirse. Era un buen hombre, el primero que conocía en ese país. Su hijo también lo sería, sería incluso mejor. Roberto se agachó un instante y besó a Teresa en los labios. Después, se incorporó y miró al médico.

—Jack, te presento a Jack.

—Es un placer Jack Abruzzo —respondió el doctor—, bienvenido a América.

Un mes más tarde, en ese mismo hospital, nació Alicia Tabone, una niña preciosa que consiguió lo imposible; hacer llorar a su padre Fabrizio.

Las dos madres primerizas, Teresa y Amalia, no podían ser más felices. Los padres, Roberto y Fabrizio, decidieron, cada uno, luchar por su futuro en esa tierra que a medida que pasaban los días les iba descubriendo que no era tan amable como creían.

CAPÍTULO 4

Siena
Calle Baxter
Little Italy
1940

Tendría que haberme quedado en casa, el tío se pondrá furioso cuando se entere de que he salido sin su permiso y le echará la culpa al pobre Toni. Sonrío. No tendría que haberme dejado al cuidado de él. Toni es demasiado influenciable y está enamorado, es un decir, de una de las chicas que trabajan en la cocina. Ha bastado con que le dijera que quería ir a rezar un rato sola y que le insinuase que Clementina tenía dos horas libres para que desapareciera del pasillo que hay frente a mi dormitorio.

Me siento un poco culpable, Toni no se merece el sermón que se le avecina, pero no podía quedarme allí encerrada ni un segundo más. Cada vez que cierro los ojos veo la sangre del señor Belcastro extendiéndose por la preciosa alfombra que cubre el suelo de su librería.

Si no me hubiese levantado, si no hubiese estado detrás de esa estantería buscando esa vieja edición de *Romeo y Julieta*, él estaría vivo.

«O los dos estaríamos muertos».

No me gusta salir a escondidas de casa, me ha costado mucho que mi tío confíe en mi capacidad para moverme sola por la ciudad y no quiero traicionar su confianza. Hacía mucho tiempo que no se ponía así, que no me encerraba a cal y canto en esa casa que es demasiado lujosa, demasiado grande y demasiado peligrosa para mí. Y también para él, aunque no quiera reconocerlo. Hoy, si él hubiese estado aquí, no habría podido salir. O si hubiese dejado a más hombres en Nueva York tampoco. Esta mañana, cuando se ha despedido antes de irse a Chicago, me ha sujetado el rostro entre las manos y me ha dicho que no se me ocurriese volver a asustarle. «Eres lo único que me queda, Siena». En ese instante me ha permitido verle de verdad, algo que no sucedía desde el funeral de mis padres. Le he abrazado, qué otra cosa iba a hacer, y después él se ha apartado y me ha recordado todas las cosas que no podía hacer mientras él no estuviera.

Creo que ya he hecho más de la mitad.

No sé qué pretendo conseguir exactamente yendo a Verona, la librería del señor Belcastro, solo sé que tengo que ir. El señor Belcastro fue la primera persona que me trató con cariño cuando llegué a Nueva York hace cinco años y sé que sin su apoyo ninguna de las chicas del barrio se me habría acercado ni me habría ofrecido su amistad sincera. Sin las bromas de Emmett Belcastro, yo habría sido siempre la sobrina de Cavalcanti y la gente se habría acercado a mí con miedo y solo para evitar la ira de mi tío.

Emmett no se cansó nunca de repetir que mi tío y yo éramos dos personas distintas y que nadie debía juzgarme, para bien o para mal, por los negocios de mi tío. Fue muy difícil, aún lo es, y más porque yo sigo sin entender por qué lo hace. Nadie lo sabe, pero Luciano Cavalcanti puede hacer cualquier cosa que se proponga y me llena de rabia y de dolor que no haya elegido otro camino. Bueno, quizá aún estoy a tiempo de hacerle cambiar. La muerte de Emmett le ha afectado mucho y, si en Chicago quieren quedarse con todo, tal vez sea el momento perfecto para que él se retire.

Cruzo la última calle y miro hacia ambos lados. No me sigue nadie, Toni estará con Clementina y los pocos hombres que quedaban en casa no se han percatado aún de mi ausencia. Una parte de mí sabe que es imposible que Luciano dimita o se jubile, papá lo sabía y por eso llevaba años sin hablarse con él.

Llego a la librería, hay dos ramos de gardenias blancas en el suelo y los recojo con mucho cuidado. Intento abrir la puerta, está cerrada y aunque la empujo no cede. No importa, Emmett me contó dónde escondía la llave por si salía a dar un paseo y se olvidaba de coger la que utilizaba normalmente. Me contó también que había varios chicos y chicas del barrio que conocían ese escondite y que lo prefería así porque quería que tuviesen un lugar al que acudir en el caso de que se torcieran las cosas en casa.

Allí solía pasar, lo de torcerse las cosas. A mí no se me había torcido nada hasta que mamá y papá murieron. Suspiro y respiro profundamente. El perfume de las gardenias me devuelve al presente y me pongo de puntillas en busca de la llave. Muevo los dedos por el marco de madera de la puerta. Se me acelera el corazón, es la primera vez que hago algo así. Nunca me había planteado utilizar esa llave, y menos en estas circunstancias. La toco y al volver a poner los pies en el suelo el corazón me late acelerado contra el pecho.

¿Qué estoy haciendo aquí?

Aprieto la llave entre los dedos y los ramos de gardenias contra el pecho. La calle está casi desierta porque el barrio tiene miedo de acercarse a la librería, mi tío y sus hombres se han encargado de dejar claro a todo el mundo que él va a ocuparse de esto y que no le gustará lo más mínimo que nadie se entrometa.

Quizá es porque estaba aquí cuando sucedió y no pude hacer nada. Quizá es porque tampoco pude hacer nada cuando murieron papá y mamá. Me tiembla la respiración y aprieto los ojos. No puedo pensar en ellos ahora, sé perfectamente que no sirve de nada, que solo consigue hacerme llorar y que después, cuando se me secan las lágrimas, me odio a mí y al resto del mundo. En especial a mí.

Guio la llave hasta la cerradura y cuando la giro el clic retumba dentro de mí.

—Tienes que tranquilizarte, Siena.

Abro la puerta y enciendo la luz antes de volver a cerrarla. La librería está intacta. De hecho me da un vuelco el corazón y durante un segundo creo que todo ha sido una horrible pesadilla y que el señor Belcastro va a aparecer de un momento a otro. Dejo las flores encima del mostrador y al bajar la vista veo la enorme mancha de sangre. Se ha extendido, ayer era más pequeña, y ha empapado por completo la alfombra.

No, no ha sido una pesadilla. El libro que yo estaba buscando, *Romeo y Julieta*, está todavía junto a la vieja caja registradora. Yo lo lancé al suelo cuando vi a Emmett desplomarse sujetándose el cuello; la sangre se le escapaba por entre los dedos y le caía por la camisa blanca que llevaba a diario. Grité, el hombre que sujetaba la navaja estaba caminando hacia la puerta. No le vi el rostro. Volví a gritar y las puertas del coche de mi tío se abrieron. Toni y otro de los hombres de Cavalcanti bajaron porque fueron ellos los que me encontraron arrodillada junto a Emmett, pero ninguno vio al hombre de la navaja.

Recuerdo el sonido de las campanillas, suenan siempre que alguien entra en la tienda.

Ahora.

Están sonando.

Yo estoy de espaldas a la entrada, un error, pero tengo el bolso delante de mí, lo he dejado junto con las flores y busco el revólver que antes de salir de casa he cogido del despacho de Luciano. Puedo imaginarme su cara de horror cuando se entere, aunque ahora mismo estoy tan asustada que el enfado de mi tío es lo que menos me preocupa.

—¿Quién es usted? ¿Qué está haciendo aquí? —me pregunta una voz firme, pausada y que no esconde ni su sorpresa ni su mal humor por encontrarme aquí.

El intruso se ha detenido en la puerta. Lo sé porque el suelo de madera de Verona cruje de una manera especial cuando alguien camina. Sujeto el revólver como me enseñó Toni hace unos días y me giro para enfrentarme al desconocido.

—¿Quién es usted? —le pregunto apuntándole y rezando para que no se dé cuenta de que estoy temblando.

Él sonríe y enarca una ceja. Intenta llevarse una mano al interior de la americana.

—Ni lo sueñe —le digo—, dispararé.

—Yo de usted no lo haría, señorita. —Sigue sonriéndome, pero aparta la mano del torso—. No está bien disparar a un policía.

—¿Es usted policía? —El alivio es tal que me fallan las rodillas, pero aún no aparto el arma—. Demuéstremelo.

No sería el primer tipo que se presenta en Little Italy haciéndose pasar por quien no es.

—Eso iba a hacer, señorita. —Tiene hoyuelos, el muy cretino tiene hoyuelos—. ¿Puedo?

Mueve una mano de nuevo hacia el bolsillo interior y yo asiento para darle permiso, aunque mi pistola se queda donde está. Saca los dedos despacio y me enseña una placa de la policía de Nueva York.

—Podría ser falsa.

—Podría —reconoce avanzando hacia mí. No se detiene hasta que queda delante y veo que sus ojos son de verdad negros. Es alto y respira tan despacio que el torso apenas se le mueve. Lleva camisa blanca y una americana oscura. No es elegante, la ropa parece molestarle como si intentaras vestir a un león o a una pantera. Dios mío, ¿qué hago pensando semejantes tonterías?—. ¿Va a dispararme?

Balbuceo, estoy tan confusa por mi reacción que cuando me doy cuenta de que él ha levantado la otra mano para quitarme el arma ya es demasiado tarde.

—Yo... —carraspeo e intento dar un paso hacia atrás, pero el mostrador me lo impide. Yergo la espalda para disimular y me aliso unas arrugas imaginarias de la falda—. No iba a dispararle, agente.

—Detective, si no le importa, han tenido que dispararme para ganar ese título. Detective Tabone.

Trago saliva, la imagen de ese cuerpo herido por una bala me incomoda y al mismo tiempo me preocupa. ¿Dónde recibió el disparo? ¿Es verdad o se está riendo de mí? ¿Por qué estoy tan confusa? Ese hombre, el detective Tabone, no es el primer hombre atractivo que se cruza en mi camino, ni tampoco el primero que desprende por los poros de la piel que es peligroso. Ninguna de las dos cosas me han afectado nunca. Entrecierro los ojos y le observo, él hace lo mismo, pero no sabe que a mí se me da realmente bien. No consigo descubrir nada, los ojos negros son impenetrables y su rostro se mantiene vacío; la mandíbula tensa, los pómulos fuertes, los labios firmes, ni siquiera le tiembla la sien. ¿Qué clase de persona es capaz de vaciarse por completo de emociones? Me asusta y sé que mi mirada lo refleja.

Él da un paso hacia atrás al verlo.

—¿Le importaría decirme cómo se llama, señorita, y qué está haciendo aquí?

—Me llamo Siena, Siena...

—Siena Cavalcanti —termina él enfadado. Levanta la pistola que me ha arrebatado y vacía el cargador—. No debería estar aquí, señorita Cavalcanti. —Ahora su rostro no es infranqueable, refleja por primera vez una emoción clara; está completamente furioso—. Y no debería ir armada.

Deja la pistola en el mostrador y las balas se las mete en el bolsillo de la americana.

—¿Cómo sabe quién soy?

—¿Por qué llamó a la policía?

Él se ha agachado y está en cuclillas frente a la mancha

de sangre. La imagen del señor Belcastro sujetándose el cuello antes de caer reaparece en mi mente y tengo un escalofrío. No puedo seguir allí de pie, el escrutinio del detective me pone nerviosa. Camino hasta la estantería que hay al lado del escaparate de la librería. Emmett decía que, si la gente podía ver los títulos de los libros desde la calle, tal vez se animarían a comprarlos.

—¿Por qué no iba a llamar? Es lo correcto.

Él resopla por debajo de la nariz, pero tose para disimularlo.

Imbécil.

—¿Desde dónde llamó?

—Desde el teléfono que hay encima del mostrador. La operadora no me creyó al principio.

Él se pone en pie y camina hacia el teléfono. No solo no parece nervioso, sino que camina por el interior de la librería como si la conociera, aunque estoy segura de que no es de por aquí. Le habría visto antes o alguien me habría hablado de él. Ni siquiera su nombre me resulta familiar.

—¿Dónde estaba cuando asesinaron al señor Belcastro?

Voy a contestarle, tengo toda la intención de relatarle con pelos y señales lo que vi y lo que oí para que busque y encuentre a ese asesino, pero entonces él se quita el sombrero y se pasa las manos por el pelo hasta apretarse la nuca. No es un gesto estudiado, es, igual que su enfado de antes, algo que no ha podido contener y que le molesta que haya escapado de su control.

«Yo y mis teorías».

El detective se aprieta las vértebras de la nuca y cuando baja las manos saca del bolsillo de la americana un cuaderno diminuto con la cubierta de piel negra y un lápiz.

—¿Le duele la cabeza?

La pregunta le sorprende tanto a él como a mí.

—No. —Me mira durante unos segundos, me cuesta ocultar el temblor que me sacude las rodillas y se extiende por el estómago y, no sé si el detective Tabone lo detecta, pero cierra el cuaderno y deja el lápiz encima sin escribir nada—. ¿Qué está haciendo aquí, señorita Cavalcanti? ¿A qué ha venido?

—Quiero ayudar —contesto sincera—. Emmett no se merecía morir de esta manera.

Él levanta una ceja y endurece la mirada.

—¿Y de otra sí?

Me está provocando.

—No quería decir eso y lo sabe, detective.

—Yo no sé nada, señorita. Dígame a qué ha venido.

—¡Ya se lo he dicho! Quiero ayudar. —Camino furiosa hasta la estantería que queda a mi derecha—. Emmett siempre fue bueno conmigo. Usted no le conocía, él era...

—Sí que le conocía.

Me interrumpe y su afirmación consigue que vuelva a centrar la atención en él.

—¿Conocía a Emmett, detective?

Está a punto de contestarme, creo que incluso adivino la sombra de una sonrisa en sus labios, hasta que una sombra aparece en la puerta de la librería y las campanillas que cuelgan del dintel anuncian al recién llegado. El detective guarda el cuaderno y el lápiz y vuelve a ponerse el sombrero. Los hombros los echa más hacia atrás y la tensión que tal vez había perdido a lo largo de los últimos segundos la recupera con creces. Se lleva una mano al costado y deduzco que allí es donde guarda el arma. Hasta ahora no ha intentado desenfundar. Deja de mirarme, aunque lo hace con mucha intensidad durante lo que dura un parpadeo, y espera a que la puerta termine de abrirse.

Entra la mano derecha de tío Luciano, su hombre de confianza. No ha viajado con él a Chicago porque mi tío le ha pedido que se quedase a cuidarme. Anoche les oí discutir al respecto, a Valenti no le hizo ninguna gracia tener que hacer de niñera —a mí tampoco—, pero mi tío supo convencerle; apeló a su sentido del honor y del deber, y cuando oí que le decía que solo confiaría en él supe que estaba perdida. Valenti iba a quedarse. Hace un rato he podido escabullirme porque Valenti ha tenido que ir a solucionar «unos asuntos» y me ha dejado a cargo del bueno y enamoradizo de Toni. Cojo aire y me dispongo a escuchar el sermón de Valenti y a soportar lo más estoicamente posible que se me lleve de allí a rastras (es de la única manera que me iré y no sin antes hablar con ese taciturno detective).

Pero Valenti entra y no me mira. En realidad creo que ni siquiera sabe que estoy aquí, tiene la mirada fija en el policía y temo por él. Solo he visto esa clase de brillo en los ojos de un asesino, cargados de odio y de rencor.

—Vaya, así que es verdad, has vuelto —le dice Valenti al detective Tabone.

—He vuelto.

Los caballos del O.K. Corral debieron sentirse como me siento yo ahora.

—Creía que eras más listo, Tabone, y que no tendrías la desfachatez de acercarte por aquí.

El detective desvía la mirada hacia mí y tengo que morderme el labio para no gritarle que no lo haga, ¿acaso no sabe que uno no debe apartar la mirada de su adversario?

—Yo también —contesta en voz baja, casi para sí mismo—. No contaba con que estuvieras por aquí —le dice ahora a Valenti.

—¿Y dónde iba a estar?

—En cualquier otra parte, Nick. —Vuelve a masajearse la nuca—. En cualquier otra parte.

¿El detective acaba de llamar a Valenti por su nombre? Creía que nadie lo hacía.

—Yo no soy de los que se van. Eso te lo dejo a ti, Jack.

Valenti cierra la puerta y se acerca a mí.

—Vámonos, Siena. No tendrías que haber venido. Nosotros nos ocuparemos de que se le haga justicia a Emmett.

—Será mejor que estés hablando del funeral que vais a organizar para el señor Belcastro y no de una venganza, Nick. La justicia es cosa de la policía y de los jueces, no vuestra.

—¿Y desde cuándo le interesa Little Italy a la policía, Jack?

—A mí me interesa.

—Ya, claro, hasta que deje de interesarte y te largues —afirma Valenti con rencor—. Vámonos, Siena.

Me coge por el antebrazo. Valenti no suele tocarme, no suele tocar a nadie ahora que lo pienso, y cuando lo hace es firme y muy distante. Es como si consiguiera rozarme con la mínima parte necesaria. No sé qué está pasando aquí, pero está claro que el detective y Valenti se conocen y que en este instante ninguno de los dos está pensando en el asesinato del señor Belcastro.

—Está bien —acepto. Tengo el presentimiento de que debo separar a esos dos hombres cuanto antes—. Vámonos.

Valenti me suelta y abre la puerta de la librería para que pase yo primero.

—Adiós, detective. Venga a verme si cree que puedo ayudarle en algo —añado antes de salir. No sé qué me impulsa a hacerlo. Tal vez busco otra reacción espontánea por parte de él.

El detective me mira, entrecierra los ojos negros y siento como si intentase deslizarse dentro de mí. Sabe que quiero que reaccione y le molesta, le molesta tanto que va a evitarlo a toda costa.

—Adiós, señorita Cavalcanti.

Me doy media vuelta para que no me vea sonreír. El detective Tabone no es tan indescifrable como cree y no sabe a quién se enfrenta.

—Ni se te ocurra, Siena —me advierte Valenti mientras me abre la puerta del coche.

—No sé de qué me estás hablando, Valenti.

Él cierra la puerta con un golpe seco y se queda en pie frente al escaparate de Verona. Desde la ventana del coche, yo también puedo ver qué sucede en el interior de la librería. El detective está agachado frente a la mancha de sangre que dejó Emmett y toma notas en su cuaderno de piel negra. Se levanta, mira hacia fuera directamente a Valenti.

Uno de los dos tiene que ser el primero en apartar la mirada y algo me dice que no será el policía. Valenti tampoco parece dispuesto a ceder, se ha ganado la confianza de mi tío porque es implacable.

Un escalofrío se instala en mi espalda. Esta clase de situaciones pueden acabar muy mal y, aunque no tenga sentido, no soporto la idea de que el detective pueda acabar herido o muerto por culpa de Valenti. Tengo que hacer algo.

Golpeo la ventana del coche con los nudillos. Valenti se gira sobresaltado y me mira.
—¿Nos vamos?
Pongo mi cara más inocente.
Cuando Valenti vuelve a girarse hacia la librería, el detective ha desaparecido en su interior y a mí me tiemblan las piernas. Valenti no lo ha visto porque estaba de espaldas, pero el detective se ha llevado dos dedos al sombrero para despedirse de mí.
No le ha gustado lo más mínimo que intentase salvarle.

CAPÍTULO 5

Valenti conduce con la misma precisión y rotundidad con la que camina, dando por hecho que los demás van a apartarse de su paso. Cuando le conocí hace cinco años me pareció un hombre muy atractivo, pero me bastó con hablar con él cinco minutos para saber que nunca me sentiría atraída por él, y él tampoco hacia mí. Una relación entre nosotros, dejando a un lado que a él mi tío le mataría si se le pasase por la cabeza y que a mí me encerraría en un convento, sería tan absurda como emparejar un león con un delfín, ni siquiera vivimos en el mismo hábitat. Creo que antes de que llegase a Nueva York, Valenti ya tenía una opinión formada de mí, sin duda labrada a base de las historias con las que debía aburrirlo Luciano, y que no le gustaba demasiado. Me gusta creer que desde entonces ha cambiado y que tiene una imagen más real de mí, aunque no estoy segura. Luciano me mantiene tan alejada de las personas con las que vivimos que a menudo tengo la sensación de que estoy encerrada en un hospital o en una cárcel.

Excepto cuando toco el violín o cuando voy a la ópera y me dejan ensayar con la orquesta.

—¿Qué diablos pretendías hacer, Siena?

Sonrío al oír el malhumor con el que Valenti pronuncia mi nombre. Tardé dos años en conseguir que dejase de llamarme «señorita Cavalcanti».

—Quiero ayudar a encontrar al asesino de Emmett —le digo mirándole a los ojos a través del retrovisor. Esta batalla sí la perdí; yo preferiría ir sentada delante, pero todos los hombres de mi tío coinciden en afirmar que en el asiento de atrás estoy más protegida. «Y es más difícil acertar con un disparo».

—Deja que nosotros nos ocupemos de eso.

—¿Has averiguado algo?

—Aún no —afirma entre dientes—, he estado ocupado persiguiendo a una niña malcriada por la ciudad.

—Esta mañana no estabas en casa, por eso has dejado a Toni vigilándome.

—Un error que nunca más volveré a cometer.

No se me pasa por alto que no ha respondido a mi pregunta indirecta sobre su paradero de esta mañana.

—¿De qué conoces al detective Tabone? Creía que al hijo predilecto de mi tío nunca le habían arrestado.

—No soy el hijo predilecto de tu tío, esa frase es una estupidez.

—Todos te llaman así.

—¿Ah, sí? —Enarca una ceja—. Pues sigue siendo una estupidez.

—No me des largas, Valenti, y contesta a mi pregunta.

Se ríe.

—Cada día te pareces más a tu tío, Siena. Está bien, te lo diré. Conocí al detective Tabone hace muchos años.

—Eso ya lo he deducido, Valenti.

—Entonces, ¿qué más quieres saber?

—¿Dónde le conociste, cuándo, por qué parecía que estuvierais a punto de mataros?

Suspira resignado y conduce en silencio durante unos segundos.

—La próxima vez que quieras jugar a los detectives, avísame. Tu tío tiene demasiados enemigos como para que te pasees sola por la ciudad, lo sabes perfectamente.

Es un golpe bajo que me recuerde el peligro que corre mi vida y surte efecto, se me retuerce el estómago y me duele respirar durante unos segundos. Valenti lo ve y no dice nada. Yo clavo los ojos en su nuca y tras unos instantes él retoma la palabra.

—El detective creció aquí, en Little Italy. Le conocí cuando los dos éramos pequeños.

Me lo cuenta porque se siente culpable. No conozco demasiado bien a Valenti, no creo que nadie lo haga ni que él vaya a permitirlo, deduzco que ha decidido compartir conmigo esa información porque sabe que tarde o temprano la encontraré de otro modo.

—¿Erais amigos?

—No, la verdad es que no. —Gira hacia la calle que conduce a nuestra casa. Recuerdo que cuando llegué a Nueva York hace años las rejas negras que la rodean me asustaron—. El señor Cavalcanti se pondrá furioso cuando se entere de que has salido sola.

Y lo aprovechará como excusa para prohibirme que vaya

a ensayar con la orquesta y para obligarme a llevar guardaespaldas a todas partes. Me ha costado días y noches de discusiones conseguir la poca libertad que tengo y no soporto la idea de perderla.

—No tiene por qué enterarse.

Valenti enarca una ceja desde el asiento del conductor. Para ser un hombre sin principios tiene muchos escrúpulos.

—No puedo mentirle a tu tío, Siena.

—No le mientas. No se lo cuentes, es lo único que te pido, Valenti.

—¿Por qué iba a hacer eso?

—Porque esta mañana no estabas en casa y no quieres contarle a nadie adónde has ido —me atrevo a decirle y en cuanto las palabras salen de mis labios me arrepiento. Sé que Valenti no me hará daño, pero puede hacerme la vida muy difícil si se lo propone.

Él respira despacio y me aguanta la mirada durante unos largos segundos. Muy largos.

—Está bien. De acuerdo. —Aprieta el volante—. Con una condición.

—¿Cuál?

—Cuando el detective Tabone se ponga en contacto contigo, dímelo.

No puedo evitar sonrojarme y me molesta. No solo me sonrojo, además me entra un calor absurdo y me tiemblan las piernas.

—El detective no va a ponerse en contacto conmigo —afirmo rotunda mientras observo sumamente concentrada las uñas de mi mano derecha, las llevo cortas por el arco del violín.

Valenti sonríe y no disimula.

—Se pondrá en contacto contigo, créeme, y cuando lo haga vendrás a avisarme, ¿entendido?

Es imposible que el detective quiera hablar conmigo. Anoche le conté todo lo que había visto o, mejor dicho, no visto, al policía que acudió a la librería, y a juzgar por el comportamiento de Tabone no parecía interesarle demasiado.

—Está bien —accedo con las mismas palabras que ha utilizado Valenti. Estoy convencida de que se equivoca, dudo que vuelva a ver al detective.

—Estupendo. —Detiene el coche frente a la casa y Toni sale corriendo a abrirme la puerta.

—Menos mal que está usted bien, señorita Cavalcanti —me saluda preocupado, tiene la frente empapada de sudor y está pálido, toda una hazaña en Toni, que desciende de italianos con la piel olivácea.

—Sí, Toni. Lamento haberme ido. —Valenti le habrá asustado tanto que siento el impulso de abrazarlo y consolarlo.

—Procura no volver a perder a la señorita, Toni —le dice este al entrar en la casa detrás de nosotros y cerrar la puerta—. Estaré en mi despacho, si me necesitáis.

—Claro, Valenti. No te preocupes. —A Toni solo le falta hacerle una reverencia.

—En realidad —detengo a Valenti que ya está en medio del pasillo—, esta tarde tengo que ir a mi clase de violín.

—Después de los acontecimientos de hoy —empieza él—, creo que deberías anularla.

No puede estar más equivocado.

—Si la anulo, la señorita Moretti se lo comentará a mi

tío cuando vuelva. —Valenti me mira y sopesa la situación—. Lo mejor será que sigamos con nuestras vidas con normalidad.

—Está bien —acepta con desgana—, pero Toni te acompañará y te esperará fuera. No, esto no es negociable —añade cuando ve que voy a abrir la boca.

—De acuerdo. Saldremos dentro de dos horas, Toni.

—Perfecto, señorita, aquí estaré.

Valenti se encierra en su despacho, una habitación en la planta principal junto a la biblioteca. El despacho de Luciano está en la planta superior, entre su dormitorio y el mío. En esa planta también hay dos habitaciones de invitados que no usamos nunca. Ninguno de los hombres de Luciano se queda nunca a dormir allí, ni siquiera Valenti. No sé si antes de que yo llegara también era así, aunque deduzco que es un intento del tío para fingir que llevamos una vida normal. En los momentos en los que alguna amenaza le ha hecho temer por nosotros, dos o tres de sus mejores hombres se han quedado a dormir en el piso inferior, pero nunca arriba. Tampoco se ha quedado nunca ninguna mujer.

A veces me gustaría que Luciano me permitiese conocerle mejor. Él siempre ha sido bueno conmigo y aunque no sabe expresarlo sé que siente cariño por mí, o eso creo. El tío le da un nuevo significado al adjetivo hermético. Nunca habla de él, ni de lo que pasó con mi padre, ni tampoco de su vida privada. A las mujeres les resulta un hombre muy atractivo, y no solo porque sea Luciano Cavalcanti, sino porque a sus cincuenta años es increíblemente arrollador. Igual que lo era mi padre y lo es Adelpho, mi otro tío que sigue en Italia.

Los Cavalcanti son demasiado atractivos, solía decir mi

madre, es una trampa; te atraen con su belleza y cuando te tienen entre sus redes ya no te dejan escapar. Una de las historias preferidas de mi madre era la de cómo mi padre la conquistó y cómo ella le hizo sufrir; no aceptó casarse con él hasta que él abandonó a su familia y se fue con ella a París. Mamá era francesa, había ido de vacaciones a Siena, allí fue donde se conocieron, se enamoraron y se casaron. Y donde nací yo.

En mi dormitorio, en la mesilla de noche, tengo una fotografía de los tres en la Piazza del Campo, nos la sacaron pocos días antes de que ellos dos murieran. La levanto y la acaricio con el pulgar. El dolor que siento es igual de profundo que siempre, no ha disminuido ni un ápice a pesar de que han pasado cinco años, lo único que he aprendido es a soportarlo.

Miro a papá, él era tres años menor que Luciano y seis menor que Adelpho, el pequeño de la familia. Mamá también solía burlarse de eso, y él, de que ella era hija única.

Papá y Luciano se parecen. Luciano es más alto y más corpulento, pero papá tenía los ojos más verdes y su cara respiraba una bondad que nunca, absolutamente nunca, se ha acercado a las facciones de Luciano.

Dejo la fotografía y cojo el violín de mamá, nunca lo utilizo, tengo miedo de romperlo y de quedarme sin nada que me mantenga tan unida a ella como ese instrumento. Mi violín está encima del tocador. Quizá en Italia habría dado algún concierto, aquí en Nueva York es casi imposible. He empezado a resignarme, aunque eso no significa que vaya a dejar de tocar.

Paso los dedos por las cuerdas, un cosquilleo me sube por el brazo y me llega al corazón. Una imagen de mamá tocando en el jardín con papá sentado a su lado leyendo el periódico aparece ante mis ojos y los cierro. Me gusta pensar en ellos, pero hoy no. Abro los ojos, guardo el violín y deposito un beso en la caja de piel marrón antes de alejarme de ella y ponerme a practicar la partitura que me dio la señorita Moretti el otro día.

Es una composición difícil, requiere toda mi atención. Solo me equivoco cuando desvió la mirada y esta se tropieza con una novela que hay encima de la cama. El señor Belcastro desangrándose, cayendo al suelo, sus ojos vidriosos al verme escondida detrás de la estantería...

Llaman a la puerta.

—¿Sí? —carraspeo para ahuyentar las lágrimas que tengo en la garganta.

—Deberíamos irnos ya, señorita Cavalcanti —la voz de Toni me hace sonreír, seguro que Valenti ha vuelto a sermonearle.

—Gracias, Toni. Enseguida voy.

—La espero en el coche.

Las dos horas de clase de violín me ayudarán a no pensar en lo de anoche y mañana buscaré la manera de volver a la librería porque hoy la llegada del detective Tabone me ha interrumpido.

Mi profesora de música es una italiana de cuarenta años que llegó a Nueva York con veinte, Catalina Moretti había estudiado en el conservatorio de Milán y el amor por un guapo soldado norteamericano la había llevado a emigrar. Nunca había llegado a casarse con él, la muerte se interpuso y, aunque para el mundo ella seguía siendo soltera y la llamaban «señorita», Catalina Moretti se consideraba viuda. Nunca hablaba del amor, y las emociones fuertes la incomodaban excepto cuando se encontraban en las notas de una partitura.

Toni me abre la puerta trasera y la cierra solemne después de que me siente. No habla conmigo durante el trayecto. Lamento que Valenti le haya hecho pasar un mal rato y supongo que lamento haberle engañado. No lo habría hecho si no insistieran en tratarme como una prisionera en mi propia casa.

—Ya hemos llegado —me anuncia aparcando frente al edificio de mi profesora de música. El motor sigue en marcha mientras Toni se gira hacia el asiento de atrás y apoya el antebrazo en el respaldo de cuero—. Te esperaré aquí.

—Gracias —le sonrío de oreja a oreja porque durante un segundo he temido que me dijera que iba a subir conmigo.

Me costó meses convencer a la señorita Moretti para que me aceptase como alumna, la mujer insistía en que no quería tener nada que ver con la mafia —cuánto odio esta palabra— y que no iba a tolerar que «los matones de Cavalcanti pusieran un pie en su edificio». Luciano estuvo a punto de no dejarme ir, mi tío insistía en que mi seguridad era primordial, y al final conseguí llegar a un acuerdo que aceptaron ambas partes; uno de los hombres de mi tío me llevaba hasta allí (cuando yo habría preferido ir sola), pero nunca subían al apartamento de mi profesora de música.

—Si dentro de dos horas no está aquí, señorita —arruga las cejas—, subiré a buscarla.

—Estaré aquí, Toni, no te preocupes.

Cojo el violín y salgo del coche antes de que Toni cambie de opinión. El edificio donde vive la señorita Moretti está precedido por dos escalones blancos y una puerta de madera negra. No es un edificio alto como los que me sobrecogieron el día que llegué a la ciudad, tiene tres pisos y cada uno está alquilado a una mujer respetable y trabajadora. Al parecer la propietaria es una viuda adinerada que así lo prefiere. La señorita Moretti me contó que había tenido mucha suerte de poder alquilarlo.

A esas horas la puerta está abierta y tengo la sospecha de que, desde que empecé a acudir allí, mi tío se ha encargado de proteger ese edificio y las mujeres que lo ocupan, aunque no he encontrado el modo de demostrarlo. Subo por la escalera hasta el segundo piso y recuerdo la mirada del detective al pronunciar mi nombre. Todo el mundo asocia Cavalcanti con el subterfugio, con la maldad, incluso con la crueldad, pero papá no era así y Luciano… aprieto los dedos alrededor de la barandilla, Luciano es complicado.

Llamo al timbre y me paso una mano por el pelo, he subido tan deprisa que me he despeinado un poco. La sonrisa empieza a formarse en mis labios al oír girar la llave.

Se desvanece en cuanto veo que no es la señorita Moretti la que viene a recibirme.

—Hola, señorita Cavalcanti, la estaba esperando.

El detective Tabone está allí de pie. No lleva el sombrero de antes y parece más cansado. Sus ojos siguen siendo impenetrables y sus facciones siguen pareciéndome las más atractivas que he visto nunca. Tiene la mandíbula fuerte y muy marcada y una pequeña cicatriz en el labio superior, casi en el medio. Dado que conoció a Valenti de pequeño deduzco que tiene veintisiete o veintiocho años, sin embargo algo me dice que él, a pesar de su físico, se siente mucho más viejo. Detengo la mirada en el cuello. A pesar de que respira despacio, la nuez de la garganta le sube y baja de manera pronunciada. ¿Por qué está nervioso?

De repente me asusto, ¿qué hace allí?

—¿Le ha sucedido algo a la señorita Moretti? —le pregunto preocupada y sintiéndome como una idiota por haber estado observándole atontada sin pensar en mi profesora de música.

—Hola, Siena, buenas tardes. —La señorita Moretti aparece detrás del detective, que sigue sin moverse de la puerta, y yo suspiro aliviada—. El detective ha llegado hace un rato y me ha pedido si podía esperarte. He accedido porque creo que es importante, espero no haberme equivocado.

Esa segunda parte de la frase la pronuncia mirando al detective igual que cuando me riñe a mí por no haber practicado.

—¿Quiere pasar, señorita Cavalcanti, o prefiere bajar y volver a meterse en su coche?

El detective me reta con la mirada y con el insulto que detecto se esconde en su pregunta. Antes, en la librería, tampoco se ha creído que hubiera ido allí porque quiero ayudar a resolver la muerte de Emmett. Seguro que el muy cretino cree que mi familia tiene algo que ver.

—Por supuesto que quiero pasar, detective. —Doy un paso hacia delante para dejarle claro que estoy decidida—. Buenas tardes, señorita Moretti.

Mi profesora nos acompaña al salón donde solemos dar las clases y nos invita al detective y a mí a sentarnos en el sofá. En la mesilla hay una tetera, tres tazas de porcelana con un diseño de flores y un azucarero y una lechera a juego.

—Gracias, señorita Moretti —contesta el detective sentándose en la butaca de cuero marrón. De esta manera la señorita Moretti y yo tenemos que ocupar el sofá y él puede observarnos a ambas.

No sé si ha intentado ser educado y respetuoso o si ha elegido esa posición para analizarnos mejor.

—Serviré el té, ¿cómo lo toma, detective?

—Con leche y sin azúcar. —Aunque ha respondido a la pregunta no ha dejado de mirarme ni un segundo.

—¿Cómo ha sabido dónde encontrarme? —Yo también le miro fijamente (e intento no sonrojarme).

Él enarca una ceja y creo que se ha planteado sonreírme.

—He paseado un rato por el barrio. Al parecer, su vida, señorita Cavalcanti, es un tema de mucho interés para los tenderos de Little Italy.

—¿A qué ha venido? —En ningún momento ha sido insultante, pero tengo la sensación de que pretende serlo.

—¿Qué hacía ayer por la tarde en la librería del señor Belcastro? —Entrelaza los dedos, el cuaderno de piel negra de antes no ha aparecido aún.

—Fui a comprar un libro.

—¿Usted? ¿No podría haber mandado a uno de los lacayos de su tío?

Sí, definitivamente pretende ser insultante.

—Mi tío no tiene lacayos, detective. —Mantengo la espalda lo más recta posible. Ni si diera un concierto en la Ópera la tendría tan erguida—. Y sí, fui a comprar un libro yo solita.

—¿Qué libro?

—¿Disculpe?

—¿Qué libro?

—*Romeo y Julieta*.

Sonríe. No me lo estoy imaginando, solo dura un segundo, pero el detective Tabone sonríe.

—Se llama Siena, toca el violín y compra obras de Shakespeare, ¿por qué?

No voy a sonreírle. No voy a sonreírle.

—Las colecciono. —He logrado contener la sonrisa. El estómago se me ha encogido cuando él ha pronunciado mi nombre. ¡Maldita sea!

Afloja los dedos y alarga una mano para coger la taza de té que le está acercando la señorita Moretti. Se me había olvidado por completo que ella también estaba allí. Giro el rostro hacia ella y descubro que mi taza de té también está lista. Le doy las gracias y mientras bebo un poco aprovecho para recuperar cierta calma.

—¿Dónde estaba cuando entró el hombre que asesinó al señor Belcastro, señorita Cavalcanti?

Hemos recuperado la formalidad.

—En el pasillo del fondo. Oí que sonaban las campanillas de la puerta.

—¿Oyó algo más, unas pisadas distintivas, voces?

Dejo la taza encima de la mesa e intento recordar.

—No, no oí nada.

—¿Por qué salió de su escondite?

—No salí de mi escondite. No me estaba escondiendo —me corrijo y la mirada de él cambia—. Encontré el libro que estaba buscando y me acerqué al mostrador para comprarlo y hablar un rato con Emmett. Entonces lo vi.

—¿Qué vio?

—La espalda de ese hombre al abandonar la librería y a Emmett... —trago saliva— cayendo al suelo.

—¿Por qué llamó a la policía?

No intenta consolarme ni darme ánimos, ni tampoco me pide que no piense en ello.

—Eso ya me lo ha preguntado antes, detective.

—Está bien, tiene razón. Deje que cambie la pregunta, ¿por qué no llamó a su tío?

Allí está, la sospecha, no, mejor dicho, la convicción de que mi tío está metido en esto y yo también, por supuesto. Durante unos segundos me planteo no contestarle, nada me habría gustado más que mandarlo a paseo y soltarle un discurso sobre los prejuicios y lo estúpido que es juzgar a alguien sin tener pruebas. Al final, sin embargo, sé que ceder a la tentación de gritarle no ayudará a resolver el asesinato del señor Belcastro y me niego a darle la satisfacción de ver confirmadas sus teorías sobre mí o mi familia.

—No llamé a mi tío porque él no tiene nada que ver con la muerte del señor Belcastro. Un momento, no he terminado. —Levanto la mano al ver que él iba a interrumpirme y noto un agradable cosquilleo en la espalda cuando compruebo que el detective está enfadado y confuso—. Sé a qué se dedica mi tío y, a diferencia de usted, detective, no juzgo a nadie por lo que he oído decir de esa persona. Mi tío y Emmett eran amigos, muy amigos, él jamás habría hecho nada que pudiera ponerlo en peligro. Tal vez, si usted no se hubiese ido del barrio, lo sabría. —Oh, creo que aquí me he excedido, pero ya es demasiado tarde y mi boca parece tener vida propia—. Llamé a la policía y me esperé a que llegaran, aunque usted eso ya debe saberlo. Mi tío no fue a la librería, seguro que eso también lo sabe, porque sabía que cualquiera aprovecharía esa visita para inculparlo, pero le aseguro que él se toma la muerte de Emmett mucho más en serio que usted.

—Le aseguro, señorita...

—No he terminado. Me da igual lo que quiera asegurarme. Usted no puede presentarse aquí y acosar a mi profesora de música como si fuera una criminal solo porque tiene la desgracia de tenerme a mí como alumna. No puede interrogarme sobre Emmett cuando en realidad lo único que quiere es encontrar la manera de incriminar a mi familia. Si de verdad quiere averiguar quién asesinó al señor Belcastro, busque al hombre tatuado, haga su trabajo y déjenos a mi tío y a mí en paz. —A él le brillan los ojos, vuelve a recordarme, como a una idiota, a una pantera salvaje y tengo un escalofrío. Él aprieta y afloja los dedos, y el pulso le tiembla en la garganta. Y yo que creía que ese hombre era inaccesible—. He acabado.

Y de repente esa extraña sonrisa, esa sombra se cruza en su rostro durante un segundo y yo me alegro de estar sentada.

Los ojos de la señorita Moretti se mueven del perfil del detective al mío, mantiene la compostura como siempre, pero veo que tiene la mano derecha encima del atizador de la chimenea. El corazón me da un brinco. A pesar de sus modales distantes, al parecer he logrado ganarme el cariño de mi profesora de violín.

—Muchas gracias por el té, señorita Moretti. —El detective se pone en pie y recupera el sombrero y el abrigo del respaldo de una silla—. Gracias por hablar conmigo, señorita Cavalcanti, lamento haber ocupado su tiempo. Buenas tardes.

Se va, ni la señorita Moretti ni yo podemos dejar de mirarle mientras abre la puerta del apartamento y desaparece por la escalera. Mi profesora es la primera en levantarse y disimula su nerviosismo recogiendo las tazas de porcelana y la tetera.

Yo me quedo sentada porque aún puedo sentir la mirada del detective encima de mí. Hasta ahora no sabía que unos ojos pudieran causar esta clase de escalofríos.

CAPÍTULO 6

Little Italy, Nueva York
1915

Roberto Abruzzo encontró trabajo en un taller mecánico propiedad de dos italianos, los hermanos Parissi, y Teresa, gracias a la familia Tabone y a las amistades que había hecho en el barco que los había llevado a América, cosía desde casa. Era la mejor opción, así podía cuidar de Jack, que a punto de cumplir los tres años los llevaba de cabeza.

La cojera de Roberto había empeorado, a pesar de que en principio se había recuperado del todo de la paliza que le dieron los hombres de Adelpho Cavalcanti. Las inclemencias del viaje y lo duros que fueron los primeros meses desde su llegada a Nueva York acabaron pasándole factura. A Teresa no le importaba, amaba a su esposo con dos piernas o con una y media, como decía él, pero odiaba al hombre que le había causado la cojera, y tanto dolor, a su Roberto. En el taller, los Parissi le encomendaron las tareas más fáciles mientras aprendía el oficio; a Roberto le sorprendió que lo contratasen tras ver que los otros candidatos eran más jóvenes y más fuertes. Hasta que vio que el mayor de los Parissi necesitaba la ayuda de un bastón para levantarse de la silla y dar unos sencillos pasos. Con el paso del tiempo, los Parissi no tardaron en darse cuenta de que Roberto, aunque era un mecánico decente, era un genio con los números y le pidieron que se encargase de la contabilidad del taller.

Esa noche, Roberto y Teresa celebraron la buena noticia con una cena especial y a la mañana siguiente empezaron a buscar una casa donde mudarse. El apartamento que ocupaban tenía solo un dormitorio y una cocina ridícula y hacía demasiado calor en verano y un frío horrible en invierno. Con el nuevo sueldo y, si tenían cuidado, podían permitirse una casa de esas con jardín en la parte trasera y una verja blanca. La vida allí no era tan fácil como habían soñado, era distinta, difícil y les pertenecía.

Jack era un niño muy activo, tenía los ojos negros y llenos de preguntas. Cuando los miraba era cuando más añoranza sentía Teresa por su tierra y por su familia. Su abuela materna habría perdido la cabeza por el niño y le habría contado mil y una historias sobre esos ojos casi mágicos. Había tardes en las que Teresa tenía que acudir a casa de una de sus clientas para tomar medidas y entonces Roberto se llevaba al pequeño al taller, donde correteaba y hacía enloquecer a los Parissi. Ninguno de los dos hermanos había tenido hijos y los dos habían enviudado recientemente. La vida parecía insistir en que sus vidas se acompasasen y ellos se burlaban y decían que probablemente también morirían al mismo tiempo.

Las tardes en las que Teresa salía sola aprovechaba para visitar también a Amalia Tabone. La amistad entre ellas dos había cambiado a lo largo de esos años; la poca afinidad entre sus esposos y el hecho de que los Tabone tuviesen a parte de su familia en Nueva York esperándolos les fue alejando. Sin embargo, Teresa sentía que había contraído una deuda con la otra mujer a lo largo de la travesía y siempre que podía pasaba a verla. Roberto no se oponía a esas visitas, lo único que le pedía era que tuviese cuidado con Fabrizio. Ese hombre nunca le había gustado, estaba demasiado amargado y había algo oscuro en él. Después de lo que les había sucedido en Italia, era normal que Roberto tuviese problemas para confiar en la gente, y más en los hombres, y Teresa creía firmemente en los presentimientos. Si a Roberto Fabrizio le producía escalofríos, algún motivo debía de haber y ella iba a respetarlo. Lo que no implicaba que fuese a romper su relación con Amalia.

Aquella tarde era una de esas, Teresa dejó a Jack en el taller con su padre y fue a casa de su clienta, una mujer que no podía caminar y que era muy respetada en el barrio, para probarle el vestido. Fue agradable estar un rato sola, no pensar en el niño ni en nada y perderse por las maravillas de esa ciudad que les estaba ayudando a construirse un futuro. Merendó en una pequeña cafetería, se sentó en una mesa junto a la ventana y leyó el periódico mientras se bebía un delicioso café con leche, no podía compararse al que había bebido en Italia, pero no le importaba. Después, caminó hasta el edificio donde residían los Tabone y subió a ver a su amiga. Era un edificio de ladrillo rojizo con ventanas blancas. Parecía alegre y Teresa tatareó una canción al cruzar el portal.

—Conozco esa canción —la interrumpió un desconocido.

Ella se detuvo y se giró despacio. El dueño de la voz había sido amable y simpático, le había hablado en inglés aunque con marcado acento italiano. Teresa tuvo que sujetarse a la barandilla cuando vio al hombre. Durante unos segundos las rodillas estuvieron a punto de no sujetarla y se mordió los labios para contener el miedo que le subía por la garganta.

—¿Se encuentra usted bien, señora? —El desconocido se quitó el sombrero y se acercó a ella. Eliminó los dos escalones que los separaban y la miró preocupado—. No pretendía asustarla.

Teresa se obligó a inspeccionar mejor esas facciones y poco a poco el corazón dejó de latirle frenético. No era Adelpho Cavalcanti, ese hombre era más joven, como mínimo unos cinco años, y tanto sus ojos como su nariz y sus labios eran distintos.

—Sí, muchas gracias —contestó tras humedecerse los labios.

El hombre le sonrió sin maldad.

—Espero que acepte mis disculpas. Hacía mucho tiempo que no escuchaba esa canción.

—No... —Tragó nerviosa. El desconocido no era Adelpho Cavalcanti, pero era imposible que no tuviese nada que ver con él. Ella jamás olvidaría el rostro del desalmado que había estado a punto de destrozar a su familia—. No se preocupe.

—Lo mínimo que puedo hacer es acompañarla a su destino. Dígame, ¿adónde se dirige?

—Voy a visitar a Amalia Tabone —contestó.

Él volvió a sonreírle y le ofreció el brazo para subir juntos el tramo de escalera que quedaba.

—Ah, Fabrizio y Amalia Tabone, también son buenos amigos de mi familia.

Teresa no dijo nada más. Ninguno de los dos se había presentado y ella quería evitarlo a toda costa. Teresa no quería saber quién era ese desconocido. Si sus sospechas se confirmaban y estaba relacionado con los Cavalcanti, la felicidad que Roberto y ella acababan de encontrar peligraría. Roberto no soportaría vivir en la misma ciudad que un Cavalcanti, aunque este no tuviese nada que ver con Adelpho.

Llegaron al piso de los Tabone y el desconocido llamó a la puerta y volvió a sonreír a Teresa. Amalia abrió pocos segundos después y al encontrarse a su amiga acompañada la miró sorprendida.

—He asustado a la señora... —él se detuvo a mitad de la explicación—, discúlpeme de nuevo. Me temo que no sé cómo se llama.

Teresa miró a Amalia. Antes de iniciar la travesía que los había llevado a América, Teresa y Roberto habían decidido que lo mejor sería no contarle a nadie el verdadero motivo de su viaje y ocultar su relación con los Cavalcanti. Uno nunca sabía hasta dónde llegaban los brazos de esa familia. Amalia no comprendió el nerviosismo de su amiga y lo confundió con timidez.

—Veo que estás hecho todo un seductor, Luciano. Aunque esta vez vas a tener que contenerte, Teresa está casada.

Luciano puso cara de inocente y miró a Teresa.

—Es un placer, señora...

—Abruzzo —concluyó Amalia—. Su marido, Roberto, y ella llegaron con nosotros en el Libertà.

—Es un placer, señora Abruzzo. —Le besó los nudillos—. Yo soy Luciano Cavalcanti.

Teresa tembló y él sonrió porque lo interpretó como una reacción al beso que acababa de darle en la mano.

—Lo mismo digo, señor —balbuceó Teresa tras soltarse.

—Bueno, queridas damas, será mejor que me vaya. Mis amigos me están esperando. —Señaló el piso inferior con el pulgar y giró sobre sus talones.

Luciano bajó la escalera silbando y Teresa intentó convencerse de que ese Cavalcanti no tenía relación con Adelpho. Él ni siquiera se había inmutado al oír su nombre y si Adelpho fuera su hermano seguro que estaría al tanto de lo sucedido. Era imposible que fueran familia, como mucho serían parientes lejanos. Ese joven, Luciano, parecía encantador, un seductor tal como lo había definido Amalia, nada más.

Teresa intentó tranquilizarse y mantener la compostura con su amiga, no quería hacer nada que pudiese despertar sus sospechas e iniciar una tanda de incómodas preguntas. Se quedó allí y compartieron anécdotas sobre los pequeños. Alicia, la hija de Amalia y Fabrizio, correteó por el comedor hasta que se quedó dormida abrazada a su muñeca al lado de Teresa. Ella le acarició el pelo y pensó que sería bonito tener una niña.

Tal vez Roberto y ella pudieran volver a intentar ser padres. Habían sido cautos desde su llegada, pero ahora, con el ascenso y la nueva casa habían cambiado las cosas. Una niña les haría muy felices y seguro que Jack estaría encantado de ejercer de hermano mayor. Ese niño tenía un instinto protector muy marcado.

Con la idea de ese bebé cogiendo fuerza en su cabeza, Teresa se despidió de Amalia e inició su paseo de regreso. No fue a casa, se desvió hacia el garaje donde trabajaba Roberto y estuvo un rato hablando con los Parissi. En cuanto entró, Jack se acercó a ella corriendo tan rápido como se lo permitieron sus pequeñas piernas y se agarró a la tela de la falda. Teresa lo levantó y lo apretó contra su pecho.

No le dijo a Roberto lo que le había sucedido esa tarde. Jamás llegó a contarle que había coincidido con un extraño en la escalera de los Tabone ni que ese extraño había resultado llamarse Luciano Cavalcanti. Y tampoco le dijo que Luciano Cavalcanti, aunque en apariencia inofensivo y encantador, tenía los mismos ojos que Adelpho, ni que era una copia más joven del hombre que había estado a punto de matarlos.

Luciano Cavalcanti pasó la tarde en compañía de los Tabone y otros italianos recién llegados. A él no le gustaban demasiado esa clase de reuniones, aunque las consideraba necesarias y habían demostrado ser de lo más útiles. Cualquier otra tarde habría conseguido relajarse y reírse con alguna de las ocurrencias, o disfrutar de una buena partida de cartas, pero esa tarde no podía quitarse de la cabeza a la mujer que se había encontrado en la escalera.

Ella no poseía el tipo de belleza que solía captar su atención. Sin embargo, la señora Abruzzo se había instalado en su mente desde que la oyó cantar. Si solo la hubiera visto de espaldas a esas horas ni se acordaría de ella. Teresa Abruzzo no poseía una figura espectacular, estaba muy lejos de tener las curvas de las mujeres que solían lanzarse a sus brazos, aunque era atractiva y desprendía algo que él no solía encontrar; dulzura. Ella le había mirado con miedo, de eso Luciano no tenía ninguna duda, lo que no sabía era por qué.

Vanderbilt Avenue

Quizá por eso no podía dejar de pensar en ella. Necesitaba saber por qué le había mirado tan horrorizada. Sus negocios allí no eran limpios, traficaba con armas y con alcohol, sobornaba a la policía y seguiría haciéndolo. En realidad, pensó Luciano mientras se bebía un whisky, uno que había llegado al país solo para él, haría cualquier cosa para que sus negocios siguieran prosperando, pero nunca había hecho daño a mujeres ni a niños. Él, a su manera, por supuesto, tenía un estricto código del honor. Había límites que jamás cruzaría y estaba seguro de que Teresa Abruzzo no se había rozado nunca con uno de esos límites.

¿Por qué le había mirado asustada y por qué había temblado al apartarse?

Una chica se acercó a él. Esa tarde se habían reunido en ese apartamento porque uno de los Tabone, un recién llegado, había tenido un altercado con la policía y Luciano prefería resolver ese tema allí y no en su despacho o en el local de la calle Mulberry. La chica era rubia y un camisón negro era la única prenda que cubría sus curvas.

—Ahora no —le dijo apartándola decidido.

La joven se fue haciendo un mohín y se acercó a la barra que dividía la cocina del comedor. Tuvo el acierto de no acercarse a otro hombre, todas sabían que si querían tener una oportunidad con Luciano no podían tratarle como si fuera sustituible. Si ella de verdad quería pasar la noche con él, iba a tener que demostrárselo. Otra noche cualquiera Luciano habría recapacitado y tras las absurdas poses de la muchacha se habría levantado y se la habría llevado a casa para darse un revolcón con ella. Esa noche tenía una sensación extraña, un mal presentimiento, y estaba convencido de que Teresa Abruzzo era el motivo.

De repente se abrió la puerta y entraron dos hombres. La reunión se había demorado por su culpa. Luciano, aunque era el más joven de los presentes, estaba al mando y ninguno se había atrevido a empezar sin que él diese la orden. Luciano, por su parte, había decidido esperar porque le molestaba sobremanera tener que repetirse y quería que todos comprendieran de una maldita vez que no podían provocar a la policía de Nueva York por gilipolleces. Él no iba a seguir protegiendo a los idiotas que iniciasen una pelea absurda y que con ella pusieran en peligro al resto de la organización.

Iba a tener que darles una lección.

Desvió la mirada hacia el joven que era el causante de todo, Bruno Tabone, y sintió cierta lástima, aunque no se planteó cambiar de opinión.

—Ya estamos todos, jefe —le anunció Fabrizio Tabone, el marido de Amalia y el otro único Tabone que quedaba con edad de serle útil, el resto eran unos ancianos a los que solo ayudaba por respeto a la familia.

—Sentaos. —Los hombres obedecieron como era de esperar y lo miraron—. No voy a tolerar que la policía de Nueva York husmee en nuestros asuntos. Ni ahora ni nunca. Y mucho menos por una estupidez como la del otro día. Si alguno de vosotros quiere demostrar que es el más gallito del barrio o el que la tiene más grande, perfecto, pero nada de policía.

—Jefe, yo...

—Silencio.

Fue sepulcral.

—Señor Cavalcanti —Fabrizio intentó hablar de nuevo y Luciano lo miró; al menos había comprendido que lo de «jefe» también le parecía una estupidez y que no era el trato que prefería.

—He dicho que silencio. —Esta vez nadie se atrevió a interrumpirle de nuevo—. Mataste a un hombre, a un irlandés, porque según tú se propasó con tu chica. —Habló dirigiéndose a Bruno, aunque todos estaban pendientes de sus palabras—. Una cantante de tres al cuarto con la que no tienes la menor intención de casarte.

—Pero yo... —Bruno balbuceó.

—Tú nada. —Luciano entrelazó los dedos—. Los irlandeses no van a dejarlo pasar. La policía no va a dejarlo pasar. Y yo tampoco. Mañana por la mañana te acompañaremos a la comisaría del distrito y te entregarás. Así lo hemos acordado con los irlandeses.

—¿Va a sacrificar a Bruno? —preguntó uno de los hombres.

Luciano clavó los ojos en él.

—No, se ha sacrificado él solo. Tomo esta decisión para protegernos a todos. —Apoyó las palmas en la mesa—. ¿Acaso creéis que esto es un juego? —Los miró uno a uno—. Vendré mañana por la mañana a buscarte, Bruno, procura estar listo.

Luciano se puso el sombrero y se dirigió hacia la puerta. Si esos hombres eran listos, se encargarían de que Bruno no opusiera resistencia y obedeciera. En realidad, pensó al bajar la escalera, tampoco hacía falta que fuesen listos, solo tenían que tener instinto de supervivencia. Él podía protegerlos, podía hacerles ricos, pero necesitaba mantener a la policía alejada de sus asuntos y eliminar esa clase de comportamientos propios de matones de pueblo.

—¡Señor Cavalcanti, espere!

Si esa voz no hubiese pertenecido a Fabrizio Tabone, Luciano no le habría hecho caso. O quizá incluso se habría planteado apuntar al muy estúpido con la pistola que llevaba guardada en el bolsillo lateral de la americana.

—¡Espere, por favor!

Luciano se detuvo y se dio media vuelta para esperar a Fabrizio. Aprovechó para encenderse un cigarro y dio una calada.

—¿Sí?

—Bruno se entregará, se lo prometo —empezó apresurado—. Pero tiene que protegerle en la cárcel. Si no, lo matarán.

En eso Fabrizio tenía razón.

—¿Por qué «tengo» que protegerlo?

—Usted, su familia, siempre ha dicho que nos protegerían.

—Bruno ha hecho una estupidez.

—Todos las hacemos, incluso usted.

Luciano arqueó una ceja. Él era más joven que Fabrizio, pero maldito fuera si no iba a respetarlo.

—Cuidado, Fabrizio.

—Tiene que haber algo, alguna cosa, que podamos hacer para que Bruno esté protegido en la cárcel. En Italia su hermano...

—No metas a Adelpho en esto, Fabrizio.

—Disculpe, señor Cavalcanti. Estoy preocupado por Bruno.

Luciano dejó escapar el humo por entre los dientes.

—Está bien, veré qué puedo hacer. Buenas noches, Fabrizio. Hasta mañana.

—Buenas noches, señor.

Luciano siguió fumando y abandonó el edificio donde vivían los Tabone. Esa noche no pasó por el local y fue directo a casa, allí repasó los últimos documentos de aduanas, fal-

sos, por supuesto, y las rutas de los barcos con sus cargamentos. Estaba a punto de tener una puerta de entrada fiable para sus armas, algo que Adelpho jamás habría conseguido. Tendría que estar contento, tendría que estar celebrándolo con una mujer despampanante en la cama, pero oír el nombre de su hermano mayor había acabado de estropearle la noche. Se fumó otro cigarro, cogió una botella de whisky y fue a acostarse. Mañana tendría que entrar en la comisaría y entregar a uno de sus hombres, más le valía estar mínimamente aturdido.

CAPÍTULO 7

Jack
Vanderbilt Avenue
1940

Encontrar a Siena Cavalcanti no me ha resultado difícil, lo que me ha resultado jodidamente duro ha sido irme del apartamento de la profesora de música sin cogerla en brazos y decirle exactamente qué pensaba de sus «no he terminado» y de la rabia que brillaba en sus ojos. Esa chica no puede ir por el mundo defendiendo al capo de la mafia de Nueva York por muy tío suyo que sea, nadie es tan inocente. Ya no.

El alegato que me ha soltado sobre los motivos por los que llamó a la policía y por los que ni se le pasó por la cabeza ocultar el asesinato de Emmett ha sido el más sincero que he oído en mucho tiempo. Quizá en toda la vida.

Lástima que una parte de mí se niegue a creerlo.

La otra parte se ha puesto furiosa y ha perdido el control. Allí sentado en esa butaca con el olor a lavanda flotando en el aire y esa estirada profesora de violín, he sentido cómo se me aceleraba el pulso y empezaba a arderme la sangre. Durante unos segundos, mis ojos han decidido fijarse en los labios de la señorita Cavalcanti, no sé si son estúpidos o qué diablos pretendían, pero a partir de entonces no he podido evitar imaginarme qué sentiría si colocase los míos encima.

¿Cómo debe de ser besar a alguien que aún cree en la inocencia?

Joder. No me he limitado a los besos. Mientras ella seguía atacándome, acusando a la policía de no involucrarse en Little Italy, yo prácticamente la he desnudado con la mirada. La pasión con la que hablaba, la rabia que intentaba retener con esa postura de señorita de clase alta me ha hecho reaccionar de un modo imprevisible, molesto, vergonzoso e incontrolable.

¡Con los años que llevo sin sentir nada, sin tener ni el menor deseo de caer en la tentación, y hace unas horas lo habría mandado todo a la mierda solo por tocarla a ella!

A la sobrina de Luciano Cavalcanti.

A la peor chica del mundo.

A la única que aún cree en la inocencia.

Es culpa de sus ojos. Tiene unos ojos difíciles, complicados, y una piel que desprende calor solo con mirarla. Es culpa de ella por mirarme con tanto desprecio y por hacer justamente lo que me ha acusado de hacer a mí; juzgar a alguien sin conocerlo.

¿Pero qué estoy diciendo?

Yo no quiero que Siena Cavalcanti me conozca. No quiero volver a verla y dudo que suceda. Ella y yo no nos movemos por los mismos círculos, gracias a Dios. Aunque la investigación del asesinato de Belcastro se alargue y tenga que volver a Little Italy más a menudo es imposible que la señorita Cavalcanti y yo coincidamos.

Llego a mi apartamento, lo alquilé hace dos años, después de mi último ascenso en la policía, y elegí esta calle porque está cerca de la estación central. Sigo pensando que necesito tener a mano varias rutas de escape. Cuando me mudé, también estaba a pocas calles de la comisaría, pero ahora que me han trasladado no tengo más remedio que desplazarme. Cruzo la entrada del edificio de ladrillo blanco y por primera vez caigo en la cuenta de lo opuesto que es ese color al rojizo que caracteriza el barrio donde me crie.

Nunca volveré a Little Italy.

¿Por qué iba a hacerlo?

Allí no me queda nada.

Mierda. No puedo pensar en eso ahora. No voy a recordar cómo mi padre me declaró muerto en cuanto entré en la policía, ni en cómo mi madre acató su voluntad y nunca se atrevió a visitarme, ni siquiera a escribirme. Si no hubiera sido por la estúpida moneda que ahora mismo estoy deslizando entre los dedos, creería que todo mi pasado no existió.

Nick también se ha puesto furioso al verme.

Ha cambiado mucho, aunque le habría reconocido en cualquier parte. Sigue teniendo la misma mirada astuta y esa sonrisa tan estudiada y peligrosa para las mujeres. Ahora, sin embargo, es mucho más duro y cruel que antes, basta con ver el modo en que se mueve, en que estudia todo lo que sucede a su alrededor. Cuando un hombre tiene principios, titubea, puede costarle tomar la decisión de matar a alguien.

Nick, el Nick que he visto esta tarde, no titubea.

Abro la puerta de mi apartamento y dejo la pistola, la americana y el sombrero en la mesa marrón del comedor. Estaba amueblado cuando lo alquilé y me habría acomodado a cualquier clase de mueble, aunque la sencillez de los que me encontré sin duda se adapta a mí mucho mejor que la butaca de terciopelo en la que me he sentado antes.

¡Mierda!

¿Por qué vuelvo a pensar en ello? La voz de Siena me eriza la nuca y decido que lo mejor que puedo hacer es ir a servirme algo de beber. Al menos la ley seca lleva cinco años abolida, porque hoy, si quiero sacarme a la señorita Cavalcanti de la cabeza (a la que empiezo a tutear cuando no debo), necesito un trago.

La luz de la cocina parpadea unos segundos antes de quedar fija en el techo. No cocino nunca. En los armarios hay los utensilios necesarios para las pocas noches o mañanas en las que decidido comer algo en casa. No hay nada que no pueda dejar atrás en cuestión de segundos.

Descorcho la botella de whisky. No es excepcional, el whisky de calidad sigue llegando de contrabando y es difícil de encontrar, o está fuera del alcance del sueldo de un policía. Al menos de uno que no acepta sobornos.

Y ya está, la señorita Cavalcanti reaparece. Cualquier excusa es buena para que mi cerebro recuerde su airado discurso y el efecto que me ha producido. Carraspeo, me digo que no hace calor y que esa presión que siento en el estómago es debida a la tensión.

Me sirvo otro whisky.

«Si de verdad quiere averiguar quién asesinó al señor Belcastro, busque al hombre tatuado, haga su trabajo y déjenos a mi tío y a mí en paz».

Mierda. Dejo el vaso tan rápido encima de la encimera que trastabilla y cae al suelo. Se hace añicos y cabreado conmigo mismo me agacho a recoger los trocitos.

—¡Joder!

La sangre resbala por el pulgar y mancha la baldosa blanca. Dejo los cristales en el fregadero y el agua fría me limpia la herida. En el informe que me dio Restepo no se mencionaba ningún tatuaje.

—Joder —repito en voz más baja.

Si en casa de la maestra no hubiese estado tan distraído con los labios y la rabia de la señorita Cavalcanti, me habría dado cuenta de ese detalle. He cometido un error de principiante, un estúpido error que podría haberme resultado muy caro si no lo hubiese descubierto. ¡Maldita sea! Salgo de la cocina y vuelvo a guardar la pistola en la funda y a ponerme el sombrero y la americana. Esta tarde Nick ha dejado claro que ellos, la mafia, también están investigando el asesinato de Belcastro, ¿saben ellos lo del tatuaje?

Algo me dice que no, mi instinto de policía está convencido de que no. Sí, aunque al principio me costó reconocerlo (y me cabreó muchísimo), tengo instintos de policía. No puedo presentarme en la vigilada y conocida casa de Cavalcanti. Sonrío para mis adentros, a Anderson le daría un ataque cuando se enterase de mi visita al capo de la mafia de Nueva York (aunque él ahora esté en Chicago). Además, no me serviría de nada. Es imposible que me dejasen pasar a charlar con la señorita Cavalcanti. Lo más probable es que alguien me diese una paliza sin ni siquiera preguntarme qué hago allí. No, no puedo ir allí, y tampoco me servirá de nada acercarme a Little Italy. A estas horas seguro que todos los bares del barrio saben que hay un detective husmeando por allí y aunque alguno esté dispuesto a colaborar no lo harán a la primera.

Tengo que ganármelos.

En esto tiene razón Anderson.

Por eso voy a verlo a él, para preguntarle si cree que soy un imbécil y por qué creyó que ocultarme que Nick trabaja para Cavalcanti era buena idea. Anderson, el muy hijo de puta, cree que puede manipularme como a un cadete inexperto y, después de todos estos años, ya debería saber que esta clase de jueguecitos no funcionan conmigo. Todo lo contrario.

Y sí, tengo ganas de pelearme con alguien, y si es con Anderson puedo matar dos pájaros de un tiro.

Sé donde encontrarle, el superintendente nunca se va a casa antes de las diez. Conozco su dirección particular, me la dio hace años mientras llevábamos un caso cruel y despiadado y él era solo mi capitán. Un jodido buen capitán, eso tengo que reconocerlo. Sé que está casado y también sé que soy uno de los pocos que poseen esa información. Supongo que es lo más parecido a una muestra de respeto que voy a recibir nunca de Anderson.

Son las nueve, así que el superintendente aún no se habrá retirado y estará en el bar de Joe, un antro medio escondido en la calle Cuarenta y Dos nada recomendable. Ir allí se convirtió en una especie de tradición hace años gracias al antiguo compañero de Anderson, ahora ya retirado en el campo, que era aficionado a una cerveza negra que solo servía Joe (y que sirvió durante la ley seca a escondidas, aunque Anderson insista en negarlo). Utilizo el paseo hasta allí para repasar mentalmente lo poco que he averiguado durante el día de hoy. Decir que la gente del barrio se acuerda de mí y que me consideran un traidor sería quedarse corto. La gran mayoría me desprecia. Mi partida y mi decisión de entrar en la academia de policía es una especie de leyenda que ha ido creciendo con el paso de los años hasta adquirir proporciones épicas. Esta tarde, en una cafetería donde no me han reconocido, un camarero charlatán me ha contado que el detective que está investigando el asesinato de Belcastro es «una alimaña que traicionó a su propia familia y que vendió medio Little Italy a la policía a cambio de un miserable trabajo».

Bueno, supongo que lo del trabajo miserable es cierto, aunque el resto... Lo que más me molesta es que no he encontrado a nadie que se cuestione esa historia. Nadie se pregunta por qué me fui o si, contra todo pronóstico, lo hice por algún buen motivo. Da igual.

Tampoco lo hice por ninguno de ellos.

El letrero del bar de Joe está apagado, pero de la ventana aún sale luz y delata que en su interior todavía hay alguien. La puerta está abierta y cuando la cruzo veo a Anderson sentado en la barra charlando con Joe con expresión relajada. Tal vez por eso visita este antro cada día antes de irse a su casa, porque no quiere presentarse ante su esposa con el mal humor y la amargura con los que nos impregna nuestro trabajo.

La puerta se cierra a mi espalda y ni Joe ni Anderson se sorprenden de verme.

—Pasa, Jack —me invita Joe—, ¿lo de siempre?

Asiento. Aunque le pidiera otra cosa, Joe siempre me

sirve lo que a él le apetece. Afirma que ese es su don, saber qué tienen que beber sus clientes.

—Siéntate, Jack. —Anderson señala con su vaso medio vacío el taburete que tiene al lado—. A juzgar por tu presencia aquí, deduzco que tu primer día en tu antiguo barrio ha sido todo un éxito.

Por sarcasmos como ese Anderson debe de haberse llevado más de un puñetazo en su juventud. Tiene suerte de que sea mi superior y de que yo al final haya entendido que pelearme con él solo sirve para complicarme las cosas.

Ocupo el taburete, dejo el sombrero en la barra y sin cuestionármelo demasiado engullo la bebida que me ha servido Joe.

—¿Desde cuándo sabe que Nick trabaja para Cavalcanti?

Esa es la pregunta que más me corroe y se la suelto mirándolo a los ojos.

—Desde siempre.

Es un hijo de puta tan frío que en cierto modo me alivia que en su momento decidiera servir a la justicia. Si Anderson hubiese decidido ser un criminal, habría sembrado el terror allá donde fuera y nadie lo habría atrapado jamás. Quizá yo habría sido el único que lo habría intentado, si mi vida hubiese sido distinta y me importase una mierda lo que sucediese en el mundo.

—¿Por qué no me lo había dicho?

—No creía que fuera importante —sentencia haciéndole señas a Joe para que vuelva a llenarnos los vasos.

—Y una mierda. —Aparto el segundo trago. No quiero beber más—. Sabía perfectamente lo que sucedería en cuanto lo viese.

—Hace diez años, cuando entraste en la academia y te pregunté a quién debíamos avisar si te sucedía algo, me dijiste que no te quedaba nadie, que a nadie le importaría si morías allí ahogado o de una paliza después de algún entrenamiento.

—No me venga con esas monsergas y dígame la verdad. ¿Era una prueba? ¿Acaso creía que cuando viera a Nick dudaría de mi decisión? —Aprieto la barra de madera con los dedos—. ¿O es a Nick a quien quiere descolocar conmigo? —Anderson levanta la comisura del labio—. Es eso, cree que Nick recordará nuestra estúpida amistad y traicionará a su jefe en un abrir y cerrar de ojos.

—Torres más altas han caído, la noche que te arrestaron estabas muy preocupado por Nick y Sandy. Quizá él también esté preocupado por ti.

—Nick Valenti no está preocupado por mí ni por nadie y es más probable que quiera matarme que invitarme a tomar una copa con él por los viejos tiempos. No confía en mí, y la verdad es que no le culpo. Y yo tampoco confío en él ni en nadie del entorno de Cavalcanti.

«Siena es distinta».

—Mira, Jack, te perdono el dramatismo porque me imagino lo difícil que tiene que haber sido el día de hoy para ti. —Bufo por la nariz y Anderson enarca una ceja—. Pero te aconsejo que soluciones tus asuntos tú solito y que te centres en el caso. Sí, sabía que Nick Valenti es la mano derecha de Luciano Cavalcanti. No, no te lo dije porque a ti no te incumbía, hasta hace apenas unos días trabajabas en otro distrito y la verdad es que eres un mero detective y no tengo que informarte de estas cosas. Y sí, creo que el que Nick y tú fueseis amigos en la infancia puede ayudarnos y estoy dispuesto a utilizarlo. —Se pone en pie y deja unos dólares en la barra. Aprovecha el gesto para dar un golpe y me mira amenazador—. Desahógate bebiendo, en la cama con una mujer, peleándote a puñetazo limpio con cualquier indeseable, pero haz el jodido favor de resolver este caso y de meterte en la cabeza de Cavalcanti.

Aprieto la mandíbula y entrecierro los ojos. Tengo tantas ganas de pegarle que me tiembla el brazo. Anderson se da cuenta y desvía la mirada hacia el puño que ya tengo cerrado y listo para alzar.

—Si no eres capaz de entender la importancia que tiene esto, no eres el hombre que creía. —Da un paso y se aleja de mí—. Y no sirvió de nada la decisión que tomaste hace diez años.

Con esa frase me desarma y la tensión abandona mis hombros.

—Tendría que haberme dicho que Valenti trabajaba para Cavalcanti —insisto porque me niego a que él tenga la última palabra.

—Podrías haberlo sabido. —Anderson se detiene en la puerta, está abierta y la calle oscura le está esperando—. Eres policía, Jack. Si hubieras querido, hace años que sabrías a qué se dedican Nick y Sandy. —Cierro de nuevo los dedos al escuchar el nombre de esa chiquilla a la que tanto quise en el pasado—. Deduzco que de ella tampoco sabes nada, ¿no? —Se pone el sombrero—. Dime, ¿por qué nunca has querido averiguarlo?

—Lárguese, Anderson, antes de que decida seguir su consejo y pelearme a puñetazo limpio con un indeseable.

Tiene la desfachatez de reírse.

—Buenas noches, Jack. Adiós, Joe, nos vemos mañana.

La puerta se cierra y Joe aparece delante de mí desde el otro lado de la barra.

—Bébete esto, Jack, y vete a la cama. —Me deja delante lo que parece ser un absurdo vaso de leche y vuelve a limpiar el resto de la barra.

Durante unos segundos me planteó la posibilidad de pelearme con Joe, pero sería completamente injusto y seguro que Joe acabaría dándome dos o tres puñetazos más que considerables. Opto por beberme la leche, que además está caliente, y sonrío al detectar el sabor de un chorro de whisky.

—Gracias, Joe.

—De nada.

Vuelvo a casa, supongo que sabía que ir allí no iba a servirme de nada y no puedo asegurar que yo no hubiese hecho lo mismo que Anderson si me encontrase en su situación. A lo largo de los años, Anderson ha demostrado que no se detendrá ante nada para conseguir su objetivo.

Vanderbilt Avenue aparece delante de mí y me recuerda que tengo una vida que no tiene nada que ver con mi pasado.

«Siempre has sabido que ibas a tener que volver».

Mi apartamento está igual que antes, desierto y frío, igual que mi interior. Anoto en mi cuaderno una única palabra «tatuaje» y voy a acostarme.

Si tengo suerte, no soñaré con nada.

La voz de Siena Cavalcanti furiosa conmigo por tener prejuicios no tarda en aparecer. Furioso, enciendo la luz de la mesilla de noche, busco un cigarro, que cuelga de mis labios segundos más tarde, y empiezo a tomar notas sobre lo poco que he averiguado del asesinato de Belcastro. Es curioso que un hombre tan respetado y querido por la comunidad haya sufrido una muerte tan violenta.

No ha sido un accidente ni una confusión.

Un hombre entró en su librería, en Verona, y le degolló el cuello.

Hay pocas muertes más personales que esa.

La sangre de Belcastro resbaló por los dedos de su asesino, este sintió la respiración de su víctima en la piel. Tocó el último suspiro que dio antes de caer al suelo. El asesino fue a Verona a una hora en la que corría el riesgo de encontrarse con alguien y no le importó. Podría haberse colado cuando la librería estuviese cerrada, podría haber atacado a Belcastro una noche en medio de la calle y su muerte no habría despertado ninguna sospecha.

La policía de Nueva York no le habría hecho ni caso.

Apago la colilla furioso. Aunque me retuerza las entrañas, el discurso santurrón y moralista de la señorita Cavalcanti tiene su razón de ser.

¿Quién podía odiar tanto a Belcastro como para matarle de esa manera?

A esas horas, con las emociones del día arañándome la piel, solo se me ocurren dos respuestas posibles. O Belcastro no era tan honesto y honrado como aparentaba, o su asesino quiere mandar un mensaje a alguien con su muerte.

Mierda.

Este caso debería ser de todo menos personal.

De pie frente a la ventana, desvío la mirada hacia la calle.

Nueva York no siente nada y yo tampoco.

CAPÍTULO 8

Esta mañana, cuando he vuelto a pisar Little Italy, he pensado que tal vez no me iría mal tener un compañero. En otras comisarías lo tuve, en esta, y en este caso en concreto, Anderson y Restepo llegaron a la conclusión de que sería mucho más efectivo que no.

Es mucho más fácil que me gane las simpatías de la gente de allí si me ven como un solitario, incluso como un animal abandonado. Un detective solo, italiano de nacimiento, que cometió un error en su juventud y tomó la decisión equivocada, eso pueden llegar a creérselo (o en eso confía Anderson). Una pareja de policías, armados, con chapas brillantes y relucientes, no tanto. Ni siquiera correrían a ayudarnos si nos disparasen en plena calle. Eso no significa que no eche de menos tener a alguien cubriéndome la espalda.

Aunque llevo tanto tiempo solo que ya debería haberme acostumbrado.

Vanderbilt Avenue

Ayer averigüé la rutina de la señorita Cavalcanti. Fue fácil. Demasiado fácil teniendo en cuenta quien es ella.

Siena Cavalcanti es una chica de costumbres a la que le gusta charlar con la gente y que participa siempre que puede (y que su tío se lo permite, según los chismes) en la vida del barrio. Nadie de Little Italy parecía dispuesto a hablar de Luciano Cavalcanti ni de la muerte de Belcastro, pero bastaba con mencionar el nombre de Siena para que los rostros se dulcificaran y apareciese una sonrisa y las ganas de contar una anécdota tras otra.

Si allí se organizara un baile de fin de curso, ella sería la reina.

Además de contarme lo buena, encantadora y generosa que es —lo que estuvo a punto de convertirme en diabético— todas las personas con las que hablé me advirtieron que no me acercase a ella. La sobrina de Cavalcanti es intocable y ellos, no solo los hombres de Cavalcanti, sino la población entera de Little Italy, están dispuestos a protegerla con la vida.

Genial, la única pista que tengo y que tal vez puede desembocar en algo útil y tengo que volver a hablar con una chica que ha manifestado abiertamente su desprecio hacia mi persona, que está protegida por mi exmejor amigo, que sigue odiándome, y que es una especie de Madonna para el barrio.

Antes de ir a buscarla, porque evidentemente tengo que ir tras ella, me acerco a la librería de Belcastro. Ella estaba allí ayer, quizá hoy también ha decidido pasarse. Verona está cerrada, entro utilizando la llave que me facilitó Restepo, el comisario, y al ver las distorsionadas manchas de polvo y de sangre seca deduzco que alguien más ha estado aquí desde ayer.

Mierda.

Tendría que haber dejado a unos agentes vigilando, pero eso me habría hecho mucho más difícil ganarme la confianza de esa gente, sería como ponerles un perro guardián en la puerta de casa. Quienquiera que haya estado allí fue cuidadoso, su paso por Verona es casi imperceptible, aunque a mí no me cabe ninguna duda.

La caja registradora está intacta, hay los mismos papeles y recibos que vi ayer. La misma libreta con pedidos pendientes sigue en el cajón y hay dos lápices y una bolsa con monedas. Nada por lo que merezca la pena morir. El despacho de Belcastro está en la parte posterior y más que una oficina en la que repasar facturas parece una extensión de la librería. Las paredes están repletas de estanterías llenas de libros y hay una butaca de viejo cuero rojo en una esquina, junto a una lámpara de pie.

Me siento en ella y cierro los ojos.

—¿Quién diablos eras, Emmett Belcastro?

Dejo caer las manos hacia el suelo, los muelles de la butaca están tan gastados, y yo soy tan alto, que mis nudillos rozan las patas de madera. Una tiene un hueco y al tocarlo descubro algo en el interior.

—Mierda.

Tumbado en el suelo tiro del papel enroscado y ante mis ojos aparece una vieja fotografía. Hay cinco hombres de unos veinte años, los árboles y la costa que hay a su espalda me resulta desconocida. Podría ser Italia, supongo, pero también podría estar equivocado pues yo nunca he estado allí. Uno de los hombres es Emmett Belcastro, está mucho más joven, pero su sonrisa es inconfundible, es la misma con la que me recibía cuando yo tenía quince años y pasaba a visitarle para que me contase una de sus historias. Hay tres hombres que tienen un gran parecido, no hay que ser un experto fisonomista para deducir que son primos o hermanos, y uno, el que en la foto está junto a Emmett, tiene que ser Luciano Cavalcanti de joven. Su foto ha aparecido bastantes veces en los periódicos y en los informes de Anderson como para que me haya quedado con su cara. El último hombre...

—Joder.

El último hombre es Fabrizio Tabone, mi padre.

—Joder.

Me levanto del suelo y doy un puñetazo a la pared que tengo más cerca.

—Joder.

La sangre me resbala por los nudillos y me los envuelvo con el pañuelo sin prestar demasiada atención.

Juré que no volvería a sentir.

No siento nada, pienso, solo dolor.

El dolor es lo único que me queda.

Doblo la fotografía y la guardo en el interior de mi libreta de piel negra, justo entre dos páginas blancas, como si ese vacío pudiese engullirla y hacerla desaparecer.

Abro los cajones del escritorio de Emmett. No hay nada importante, mi instinto me dice que esa fotografía es lo único que Belcastro quiso esconder en su vida. Quizá sea el motivo por el que fue degollado como un animal. Desvío la mirada hacia la pared y al ver los desperfectos que he ocasionado me cabreo conmigo mismo.

—Eres un estúpido, Jack.

Muevo la lámpara unos centímetros, lo justo para ocultar un poco las marcas de mi puño en el yeso. Sigue siendo visible. No tendría que haber perdido la calma de esta manera. Hablaré con Restepo y le pediré que se ocupe de que lo arreglen. Belcastro no tiene herederos, no sé qué pasará con Verona, pero ni la librería ni su difunto dueño se merecen ser víctimas de mi ira.

Es lo único que no he podido eliminar, junto con el dolor.

Flexiono los dedos, el pañuelo está manchado de sangre, de seguir así no me quedarán manos, ni pañuelos, cuando vuelva a irme de Little Italy.

Veo la hora y las manecillas del reloj me arrancan de allí. Tengo que darme prisa, la señorita Cavalcanti está a punto de llegar a la iglesia del Santo Cristo.

Cualquiera diría que está buscando que la canonicen.

Cierro la librería y salgo corriendo hacia la iglesia. Una iglesia, una maldita iglesia. Si no fuera porque me está sucediendo a mí, me haría gracia.

Estoy a una esquina cuando veo el mismo coche negro con el que ayer llegó a las clases de música. El vehículo se detiene frente a la puerta de la iglesia y el conductor, también el mismo tipo que ayer, sale a abrirla. Es un hombre alto, por suerte para mí, Nick no se dedica a hacer de chófer ni de guardaespaldas de la sobrina del jefe. A Nick me costaría más despistarle, aunque estoy seguro de que también lo lograría.

Ese tipo tiene prácticamente la palabra gánster escrita en la frente. Es corpulento, unos cuantos kilos no son músculos, sin embargo, y se le ve nervioso. No se siente cómodo en su trabajo.

—Ya somos dos —farfullo.

Entonces ella baja del coche y a pesar de que estoy a

como mínimo diez metros de distancia creo oler su perfume. Lleva un vestido parecido al de ayer, uno con el que nunca te imaginarías a una mujer de la mafia, parece una profesora o quizá una institutriz, si es que aún existen. Es un vestido gris con un pequeño cinturón blanco a juego con el cuello camisero de la prenda. Nunca me he fijado en estas cosas y sigo sin hacerlo, pero esta noche he soñado que arrancaba uno a uno los botones de un vestido casi igual.

El coche arranca. Detrás de la iglesia hay un pequeño descampado en el que seguro aparcará el chófer y luego entrará en la iglesia a esperarla. Solo dispongo de esos minutos. No quiero que ese matón informe a Valenti o a Cavalcanti de mi charla con Siena y estoy dispuesto a apostarme la moneda de la suerte que llevo en el bolsillo a que ella, si nadie la descubre, no va a contárselo.

Cruzo la calle y subo los escalones de la iglesia lo más rápido que puedo. Al entrar, la busco con la mirada. La señora que me contó lo de las visitas de Siena a la iglesia del Santo Cristo me dijo que siempre encendía unas velas y rezaba frente a la Virgen, así que intento recordar mis clases de catequesis (no sirvieron de nada) y...

Allí está.

Ella se ha quitado el sombrero y está sentada en un banco de dos o tres plazas frente a la imagen de la Virgen María. Hay unas cuantas velas encendidas y me sorprendo a mí mismo santiguándome.

Siena tiene los ojos cerrados y mueve los labios despacio, no logro descifrar qué está recitando.

No puedo dejar de mirarla, no desprende la mojigatería ni la hipocresía con las que yo siempre he relacionado a la iglesia, sus miembros y sus feligreses. Ella parece sentirlo y me dan ganas de tocarla y averiguar si es de verdad. Es imposible que lo sea.

Imposible.

Pasa una señora por mi lado y farfulla por lo bajo que me quite el sombrero. Es una falta de respeto, me ha dicho. Miro a mi alrededor, casi cometo la estupidez de no fijarme en si hay alguien observándonos. No lo hay, a parte de esa mujer estamos solos. No será por mucho tiempo.

Me quito el sombrero y me siento junto a ella. El banco cruje bajo mi peso y Siena abre los ojos.

Me mira.

Me aprieta el nudo de la corbata y me escuecen las heridas de las manos de lo rápido que me circula la sangre.

—No se asuste, señorita Cavalcanti, solo quiero hablar con usted.

—No me ha asustado, detective. —Desvía la mirada hacia la puerta en busca de su acompañante.

—Llegará enseguida —le contesto. No sé por qué, y me cabrea soberanamente no saberlo, me molesta que ella crea que puedo haber herido o noqueado a su gorila.

Ella arruga las cejas y respira profundamente.

—¿Qué quiere, detective?

—Hábleme del tatuaje.

—¿Qué tatuaje? —Durante un segundo parece sorprendida, hasta que sus ojos se entrecierran con inteligencia.

—Ese tatuaje. Necesito que me lo describa.

—¿Por qué?

—¿Por qué? —Esa desconfianza hacia mí me enerva—. Porque quiero encontrar al asesino del señor Belcastro y es la primera pista útil que tengo.

La puerta de la iglesia chirría y veo entrar al conductor. Él no nos ve y la anciana de antes se acerca a saludarlo.

—No le haga nada a Toni.

—¿Qué cree que voy a hacerle? La institución para la que yo trabajo no va dejando cadáveres como tarjetas de visita.

—Ni mi familia tampoco y usted...

Ella está elevando la voz y coloco mi mano en sus labios para callarla. Con el otro brazo le rodeo la cintura para que no se levante. No puedo dejarla escapar. No puedo. Necesito su ayuda.

Necesito.

—Tranquila —pronuncio pegado a su rostro—. Tranquila.

Siena asiente, el corazón le late rápido aunque no tanto como el mío. ¿Lo sabe ella? El comportamiento del mío no puedo explicarlo (u odio las explicaciones que se me ocurren). El de ella, ¿reacciona así por miedo o es por rabia?

Sí, está furiosa conmigo. Si pudiera me mataría, me maldice con los ojos como una gitana.

—No voy detrás de tu familia —miento—. Quiero resolver el asesinato de Belcastro y ayer creí que tú querías lo mismo. —Busca con la mirada al hombre de su tío, pero este está enfrascado hablando con la anciana—. No voy a hacerte daño. Necesito tu ayuda. —La aprieto más hacia mí—. Y tú necesitas la mía. Tu tío no puede resolver solo este asesinato. Si lo hace y se toma la justicia por su mano, le atraparé. —Abre los ojos de par en par. Me ha revelado demasiado y voy a aprovecharme—. Si quieres proteger a tu tío, ayúdame a resolver el asesinato de Belcastro.

Asiente, un leve movimiento de cabeza.

Unas risas resuenan en la iglesia y veo al matón agachándose para besar a la anciana. Se está despidiendo.

—Ven a verme esta noche. A mi casa. —Siena tensa la espalda y me mira ofendida—. ¿Prefieres venir a la comisaría? Por mí perfecto. ¿O quieres que vuelva a presentarme en tus clases de violín, o tal vez en la orquesta? Tú eliges.

Mil y una maldiciones vuelan hacia mí. Está sopesando sus opciones, calibrándolas.

La puerta de la iglesia se abre.

No me queda tiempo.

—Tú decides.

Aparto la mano de su rostro y me pongo el sombrero. Tengo que irme de allí antes de que me vea o todo mi plan se irá al traste.

—Deme la dirección —susurra ella furiosa.

Le contesto y me escondo entre las sombras de la iglesia justo a tiempo de que Toni no detecte mi presencia.

—¿Ha acabado, señorita Cavalcanti?

—Sí, Toni, ya podemos irnos.

La espío desde mi escondite, me digo que lo hago porque es lo único que puedo hacer. No puedo irme de allí hasta que ellos hayan desaparecido. Siena se levanta y se lleva una mano a los labios, deposita un beso en los dedos y antes de alejarse acaricia despacio la bandeja de metal en la que hay dos únicas velas prendidas.

Yo cierro los dedos con los que segundos antes he acariciado esos mismos labios.

Me quedo allí, detrás de una imagen de san Francisco de Asís, si la memoria no me falla.

—¿Puedo ayudarte en algo, hijo?

La voz del párroco me coge tan de sorpresa que es lamentable. Salgo de la penumbra fingiendo normalidad.
—No, padre.
—¿Estás seguro?
—Muy seguro, créame.
Le saludo llevándome dos dedos al sombrero y camino hacia la salida.
—Vuelve cuando quieras, hijo —me despide en voz alta—. Esta es tu casa.
Abro la puerta y el sol me ciega durante un instante.
—No, no lo es.
En la calle no hay ni rastro del coche de Cavalcanti y tras un cigarro mi cuerpo recupera la normalidad. La gota de sudor que me cae por la espalda y el nudo que se ha instalado en mi estómago se deben a que he pisado una iglesia por primera vez en diez años.
Iré a la comisaría, pediré los archivos fotográficos de Elys Island y toda la información relativa a la familia Cavalcanti para averiguar quiénes son los dos desconocidos de la fotografía y qué relación tenía con ellos Emmett Belcastro. Tal vez así también encuentre el modo de empezar a congraciarme con la gente de Little Italy. Después, cuando tenga un dibujo del tatuaje, seguiré esa pista, porque ella va a venir, lo he visto en su mirada.
Va a venir porque quiere proteger a su tío y está convencida de que es la mejor manera de hacerlo.
Lástima que su tío no se lo merezca, y lástima que yo le haya mentido.
Me detengo en la esquina antes de cruzar y el ruido proveniente del local que queda a mi espalda me obliga a girarme. En cuanto lo reconozco me veo obligado a

sonreír. Este caso es un jodido viaje a mis malos recuerdos.

El Blue Moon está ante mí y claro, qué hago yo, entrar.

Tengo que congraciarme con los lugareños y ese es tan buen lugar como otro para empezar.

«Es el peor lugar».

Una voz a mi derecha me lo confirma.

—¿Qué diablos estás haciendo aquí, Jack?

—Hola, Nick.

Es extraño encontrármelo aquí, en este local en el que los dos nos colábamos de adolescentes y fingíamos ser dos hombres peligrosos. Nos dejaban entrar porque uno de los camareros había trabajado con el padre de Nick y le debía algún favor, pero una vez dentro hacíamos el ridículo con las camareras o pidiendo bebidas que acabábamos vomitando a la mañana siguiente.

Me dirijo a la barra. No hay nadie, el barman está limpiando vasos y ni siquiera me mira. En un extremo veo unos papeles y un lápiz encima y al lado un sombrero. Deduzco que pertenece a Nick, el barman y él son los únicos que están allí además de mí, y me siento dos taburetes más allá.

—Claro, claro, siéntate. Hablemos como si fuéramos viejos amigos. —Tiene tan pocas ganas de verme allí que me sorprende que no me haya echado a patadas—. Sírvenos dos whiskies, Merc, por favor.

El barman se coloca el trapo en el hombro y llena dos vasos que coloca después frente a nosotros.

—¿Cómo está tu padre, Nick?

—Muerto. —Levanta el vaso y bebe un poco—. Murió hace años.

—Lo siento.

—Claro. —Vacía el vaso y lo deja en la barra—. Lárgate de aquí, Jack, antes de que te parta la cara.

—¿Desde cuándo trabajas para Cavalcanti?

—Vete de aquí, Jack.

Me bebo el whisky y mientras me quema la garganta intento elegir otra pregunta.

—¿Sabes algo de Sandy?

Nick se levanta del taburete y camina hasta el mío.

—Por supuesto que sé algo de Sandy, capullo. Eres tú el que se largó y se olvidó de todos nosotros.

—¿Dónde está Sandy?

—Haz tu trabajo, detective.

—No es ningún insulto.

—No, pero traidor y chivato sí lo son. A menudo son sinónimos de policía.

—Nunca entendiste nada, Nick.

—Tú tampoco, Jack. Y ahora lárgate de aquí.

Me levanto y lo miro. Desvío la mirada hacia la barra y veo que junto al sombrero y los papeles también hay una pistola.

—He venido aquí a resolver el asesinato de Emmett Belcastro. No intentéis resolverlo vosotros, Nick, te lo advierto. Déjame hacer mi trabajo.

—Nosotros nos bastamos, detective.

—Te lo advierto, Nick.

—No, Jack, yo te lo advierto a ti. Rellena tus formularios, paséate por el barrio, haz lo que te dé la gana para acallar tu conciencia, pero lárgate de aquí cuanto antes. Todos sabemos que la muerte de Belcastro os importa una mierda.

—No es...

El puño de Nick acierta en mi pómulo izquierdo y el dolor me ciega durante unos segundos. No caigo al suelo porque me sujeto a la barra.

—Mierda, Nick. ¿A qué diablos ha venido esto?

—Tenía que hacerlo, me lo debía a mí mismo. Ahora lárgate o arréstame, lo que sea que consiga que salgas de mi local cuanto antes.

El pómulo me escuece y al tocármelo guiño el ojo.

—Joder, Nick, estamos hablando.

—No, tú me has amenazado y yo te he amenazado a ti y te he dado un puñetazo. Y ahora, si no vas a arrestarme, volveré a mi trabajo. Te aconsejo que te vayas, Merc tiene un método muy peculiar para echar de aquí a los indeseables.

Merc tiene las manos bajo la barra en lo que seguro es un rifle.

—Volveremos a vernos, Nick.

—Seguro —farfulla mientras yo no tengo más remedio que tragarme el orgullo y abandonar el Blue Moon.

Debería meterme en la cabeza que no puedo pisar este bar. La última vez que estuve aquí acabé en un calabozo y alistándome en la academia de policía. Este lugar es peligroso para mi salud.

CAPÍTULO 9

Siena
Vanderbilt Avenue
1940

Me he escapado de casa. Otra vez. Pero hoy estoy furiosa por haberlo hecho. El otro día fue por una buena causa, iba a la librería de Emmett a ver si encontraba algo con que ayudar a resolver su asesinato.

«Ahora estás haciendo lo mismo».

Esto es lo que me he repetido mientras cenaba con Valenti, Toni y Alba, nuestra cocinera. Es lo que me he repetido mientras me escabullía por la ventana de mi dormitorio y cuando me he subido a un taxi tres calles más abajo, que lo estaba haciendo por Emmett.

El problema es que en mi mente no dejo de ver los ojos de ese maldito detective y estoy convencida de que tengo el sabor de su piel en mis labios.

Vanderbilt Avenue

Cuando me he cambiado el vestido antes de cenar me he mirado la cintura durante un rato porque estaba convencida de que me había quedado la marca de sus dedos, no porque me sujetara fuerte sino por el calor que desprendían.

Ese hombre me sulfura, sus prejuicios me sacan de quicio y afloran lo peor de mí. Hoy en la iglesia quería abofetearle, pero cuando me ha pegado a él he tenido que contener el impulso de no apoyarme en su torso. Me siento como el mar durante las mareas, atraída hacia él y obligada a apartarme.

El tío Luciano sigue en Chicago, no conozco los detalles de su visita y ya me advirtió que su estancia allí no sería tan breve como en otras ocasiones. Le echo de menos, a pesar de que cuando está aquí no es demasiado comunicativo. Antes le he notado cansado en el teléfono, ligeramente desanimado. No le he preguntado por qué, no habría servido de nada, y hemos estado hablando de tonterías. Ojalá hayan servido para relajarle y esta noche pueda dormir un poco.

«Dormirá porque no sabe que te has escapado de casa y estás a punto de entrar en casa de un policía».

Llevo mi pequeña pistola en el bolso. Subiré a casa del detective, le describiré el tatuaje y le pediré, no, le ordenaré que me deje en paz, a mí y a mi familia. Y que no vuelva a presentarse en la iglesia ni en casa de la señorita Moretti. Si quiere hablar conmigo por el motivo que sea, que venga a casa como todo el mundo. Basta de emboscadas.

Llamo a la puerta. El corazón me está golpeando el pecho. No oigo nada y tengo miedo de que el detective me haya gastado una broma cruel y me haya dado una dirección falsa. Vuelvo a llamar y me balanceo sobre los talones.

Quizá sea una señal del destino, quizá debería irme antes de que me viera alguien.

La cadena del cerrojo tintinea y aparece el detective Tabone. Tiene un horrible morado en la cara, una herida en el pómulo izquierdo y los nudillos de la mano con la que sujeta la puerta con restos de sangre.

—¿Qué le ha pasado? —pregunto horrorizada. No lo entiendo, pero verle herido me ha retorcido el estómago.

—¿Qué está haciendo aquí? —En su voz hay rastros de whisky y de cansancio—. No debería estar aquí.

—Usted me pidió que viniera.

—¿Lo hice? —Se aparta y me deja pasar—. Quería hacerlo, pero me obligué a prometerme que no lo haría nunca.

Se balancea peligrosamente durante un segundo. Recupera el equilibrio y me mira serio, más que serio. Entrecierra los ojos y se le oscurecen hasta quedar negros.

—No tendrías que estar aquí, Siena.

Se me anuda la garganta y el corazón me baja a los pies antes de subir despacio por las piernas, saltar en el estómago y retumbar en el pecho. Nunca me había hablado así, como si fuera un hombre y no un policía.

Mi nombre suena distinto.

Me gusta cómo suena mi nombre en los labios de Jack, el chico borracho y cansado. Y perdido.

—¿Te has desinfectado las heridas? La del pómulo parece infectada. Deberías utilizar un poco del alcohol que te estás bebiendo para limpiártela.

—Ya estás, ya me estás hablando como una institutriz. No tendría que gustarme, ¿sabes?

Intento no sonrojarme, lo intento con todas mis fuerzas,

aunque en realidad no hace falta porque Jack se ha sentado o, mejor dicho, desplomado en su sofá y tiene los ojos cerrados.

—Dime dónde tienes el botiquín, detective.

—Jack, llámame Jack. Ya que insistes en aparecer en mis sueños y torturarme una noche más, llámame por mi nombre.

—Está bien, Jack. —No sé qué me aturde más, que él crea que esto es un sueño o que no sea la primera vez que supuestamente aparezco en él—. ¿Dónde tienes el botiquín?

—En algún armario de la cocina debería haber algo.

Dejo el abrigo y el bolso encima de la mesa que hay en ese inhóspito comedor. Hay tan pocos muebles que parecería que se ha mudado recientemente, pero al mismo tiempo tengo el presentimiento de que Jack lleva aquí mucho tiempo. La cocina es blanca y los armarios están tan vacíos como el resto de la casa, apenas hay los utensilios necesarios para comer. Me agacho y bajo el fregadero encuentro una caja de metal con el dibujo de una cruz roja. Dentro hay un par de vendas, unas tijeras y poco más. Ni rastro de alcohol para desinfectar.

—El whisky servirá —digo mientras salgo de la cocina con la cajita, un trapo limpio que he encontrado en un cajón, y la botella de whisky medio vacía.

Al llegar al comedor veo que Jack sigue en la misma posición que antes. Se habrá quedado dormido, tal vez debería irme y... En aquel instante abre los ojos, los tiene vidriosos, siguen presos del sueño y de los efectos del alcohol.

—Tienes que irte. No puedes estar aquí.

¿Por qué parece estar tan asustado, tan preocupado por mí? Esta mañana parecía empeñado en que viniera.

—Deja que antes te cure esa herida. —Le señalo el pómulo con el mentón.

Él vuelve a cerrar los ojos y apoya la cabeza en el respaldo.

—No importa. El dolor está bien.

Me acerco a él igual que me acercaría a un animal peligroso. Podría recuperar mis cosas e irme de allí sin que lo supiera. Es lo que debería hacer, pero mis pies se dirigen al sofá y me siento a su lado. Dejo la caja de metal en el suelo, humedezco el trapo con el whisky y lo coloco con cuidado encima de la herida.

Tiene que escocerle mucho a juzgar por cómo aprieta los dientes. Esa, sin embargo, es su única reacción. Me aseguro de empaparle bien la herida. Él sigue con la mandíbula tensa. Una fina capa de sudor le cubre la frente.

Le seco la herida despacio y termino cubriéndola con una pomada que he encontrado en el rudimentario botiquín. Contendrá la infección y poco más.

—Ya está —susurro.

Sigo allí sentada, él sigue sin moverse, su respiración ha cambiado y el torso le sube y baja con dificultad. Empiezo a levantarme, tengo que salir de aquí antes de que cometa la estupidez de acariciarle el pelo.

Jack, sin abrir los ojos, captura mi muñeca con sus dedos.

—No tendrías que haberme tocado —dice entre dientes—. Ahora no podré olvidarlo.

—Yo... lo siento.

—No, no lo sientas. Eres el único sueño que voy a permitirme tener nunca.

Continúa con los ojos cerrados, los dedos con los que me retiene me aprietan con fuerza, con demasiada fuerza.

—Jack... me estás haciendo daño.

Los afloja de repente y se levanta de inmediato del sofá. Esos movimientos están impregnados de una desesperación que me asusta porque no entiendo. No le entiendo a él ni lo que me está pasando a mí al verle. Mis piernas reaccionan antes que yo y me llevan hasta la mesa. Tengo los dedos alrededor de mi abrigo cuando oigo un golpe en la pared seguido de lo que sin duda son vómitos.

Tengo que irme de aquí.

No puedo irme.

Vuelvo a dejar el abrigo y el bolso donde estaban. Camino hacia la puerta tras la que deduzco se esconde el baño y la golpeo con los nudillos.

—¿Jack?

—Vete de aquí y déjame en paz. —Más arcadas—. Vete.

Debo carecer por completo de instinto de supervivencia porque abro despacio y me acerco a él, que está de rodillas en el suelo vomitando en el retrete. No es el primer hombre que veo en este estado, al fin y al cabo llevo cinco años viviendo en casa de Luciano y aunque mi tío siempre intenta protegerme he visto casi de todo. Pero es la primera vez que el hombre en cuestión no me da lástima en un sentido maternal o que no me pongo furiosa porque él haya bebido más de la cuenta. Jack tiene los hombros completamente tensos y la nuca empapada de agua y sudor. Tiene las manos apoyadas en el mármol blanco y los dedos están tan rígidos que parecen los de una escultura.

Ha bebido y está borracho, sí, pero también está sufriendo y lo odia. El odio es palpable, casi noto su sabor en los labios.

—Vete de una vez. No deberías estar aquí. No estás aquí. No estás aquí.

Tengo que hacer algo. Nunca he podido soportar el dolor ajeno. En Jack, que debería ser solo un desconocido, me retuerce las entrañas.

Dejo de plantearme por qué me causa este efecto, si son sus ojos, su mirada, o el modo en que me habla, y me apresuro hacia el grifo. Empapo una toalla que, gracias a Dios, está limpia con agua helada y me arrodillo junto a él.

Le mojo la nuca. En cuanto la toalla toca la piel que queda al descubierto por entre el cuello de la camisa y el pelo negro, Jack suspira y los dedos con los que está a punto de romper el mármol se aflojan un poco.

—Tranquilo, tranquilo.

Está inmóvil, cierra los ojos. Veo las arrugas que se le marcan en las comisuras de los párpados. La herida del pómulo se ve limpia y la hinchazón de antes ha disminuido un poco. No me atrevo a tocársela, pero sí que le paso la mano con la que no sujeto la toalla por el pelo. Él suelta el aire despacio. Espero un segundo, espero a que abra los ojos y vuelva a insistir en que me vaya.

No hace nada parecido, sigue con los ojos cerrados y yo me atrevo a volver a acariciarle el pelo y a seguir mojándole la nuca. Su respiración se va relajando y los hombros decaen lentamente.

—Vamos, te ayudaré a levantarte.

El suelo está frío y las baldosas se me clavan en las rodillas. Ni las medias ni el vestido me protegen demasiado y me imagino que a él los pantalones negros tampoco. Jack no dice nada, sigue con la cabeza agachada y sus facciones se han vuelto más impenetrables que cuando está sobrio. Me levanto y dejo la toalla junto al grifo. Me tiemblan no solo las manos, también las piernas, nunca me habría imaginado una situación así.

Vanderbilt Avenue

Me acerco a él y le acaricio el pelo y la nuca. Tocarle el pelo me hace cosquillas en los dedos, tocarle la piel, las primeras vértebras, sentir la tensión y la rabia que intenta contener me hace algo que no puedo entender.

—Vamos, Jack —le digo—. Tienes que meterte en la cama.

Algo parecido a una risa sarcástica se escapa de sus labios cuando le ayudo a levantarse. No abre los ojos, me imagino que podría sostenerse en pie, de todos modos le rodeo por la cintura y le acompaño hasta la puerta que hay al final del pasillo. La empujo con una mano y veo la cama junto a la ventana. El único otro mueble de la estancia es una mesilla de noche con una lámpara junto a la que hay un paquete de cigarrillos.

Le acompaño hasta la cama y le ayudo a sentarse. Él no se tumba de inmediato, se queda en esa posición y respira. Cada bocanada de aire parece dolerle. Tiene los botones del cuello de la camisa desabrochados y la piel le brilla por el agua y el sudor. Las manos están en la sábana y veo que los nudillos de una están hinchados y manchados de sangre.

—Túmbate, Jack.

Me sorprende al hacerlo y me doy media vuelta para ir en busca del trapo de antes, le limpiaré esas heridas y me iré.

Y no volveré a cometer una estupidez de este calibre nunca más. Y tampoco me plantearé por qué estoy ayudándole, solo estoy siendo una buena persona. Nada más. Haría lo mismo por cualquiera.

—Sabía que ibas a desaparecer —farfulla desde la cama—. Tienes que irte. Vete.

Me detengo y me giro despacio, esa voz contiene una agonía casi animal, pero él sigue con los ojos cerrados y por el modo en que respira creo que está dormido. Está soñando, o atrapado en una pesadilla a juzgar por cómo aprieta los labios y los párpados.

—Tengo que irme de aquí —susurro en voz baja.

Voy a la cocina y encuentro el trapo de antes, lo empapo un poco más con alcohol y vuelvo al dormitorio. Jack mueve la cabeza de un lado al otro, no entiendo ni una palabra de lo que farfulla, no creo ni que sean palabras. Cuando le limpio los nudillos con el alcohol, sisea y tensa los músculos del cuerpo, pero no se despierta.

—¿Qué te pasa, Jack? ¿Qué te pasa de verdad?

No espero que me conteste. De hecho, me arrepiento enseguida de haber hecho esa pregunta en voz alta. No tendría que importarme qué le pasa a Jack ni qué le ha llevado a beber hasta quedar en este estado. No tendría que importarme por qué parece llevar una carga tan pesada sobre los hombros ni cómo consigue fingir que no existe durante el día.

Me aparto y salgo del dormitorio tras mirarlo una última vez. Le acariciaría el pelo, le daría un beso en la frente y le susurraría que mañana será otro día y todo se arreglará. No hago nada de eso y me siento como si le estuviera fallando, a él y a mí.

Dejo el trapo en la cocina. Cuando estoy en la puerta giro y con movimientos rápidos, lo bastante como para no tener tiempo de juzgarme demasiado ni de ponerme furiosa conmigo, lleno un vaso con agua del grifo y busco un cazo. Solo hay uno, así que tendrá que servir.

Vuelvo al dormitorio de Jack. Él no se ha movido, aunque ahora parece descansar tranquilo y las arrugas han desaparecido de su rostro. Parece más joven, es la primera vez que reconozco a un joven de veintiocho años bajo las duras facciones del detective. Es curioso que Valenti y él fuesen amigos, los dos se han convertido en criaturas complejas y con demasiados secretos. Lo que me fascina es que Valenti nunca ha despertado en mí la menor curiosidad. En cambio, Jack Tabone se está colando en mi interior con dolorosa facilidad.

—Tengo que irme de aquí —me repito.

Dejo el vaso de agua en la mesilla de noche y el cazo en el suelo junto a la cama por si vuelve a sentirse enfermo. Me voy, solo le acaricio la mano al apartarme de la cama y me digo que él no ha suspirado al sentirlo.

Es imposible.

Me pongo el abrigo y sujetando el bolso con firmeza entre los dedos abandono ese apartamento y a Jack. Me prometo que no volveré, sería una temeridad. Al llegar a la calle camino decidida hasta Grand Station y allí me monto en un taxi. El conductor me mira de reojo cuando le doy la dirección y yo le entrego un billete por adelantado para ahorrarme preguntas incómodas. El trayecto no dura demasiado, le pido que se detenga una esquina antes de llegar a casa y doy gracias porque la noche todavía está oscura y porque no veo nada que me haga pensar que Toni o Valenti han detectado mi ausencia.

Cuando por fin me acuesto tengo el corazón acelerado y me resulta imposible dormirme. No puedo volver a hacer esto. He estado fuera tanto rato que es un milagro que no se hayan dado cuenta de que no estaba en casa.

Cierro los ojos e intento respirar despacio. El rostro del detective se niega a alejarse de mí, su voz y esos gemidos de dolor me persiguen.

—No le conviertas en un misterio, Siena —me digo en voz alta a ver si así me hago caso.

No soy tan inocente ni tan crédula como cree todo el mundo. Sé que los motivos que llevan a un hombre a quedar en el estado en el que estaba Jack esta noche son peligrosos. Los problemas que pueda tener Jack no son asunto mío, no me incumben y si no me alejo de él acabaré haciéndome daño.

Además, dejando a un lado esta extraña noche, Jack Tabone me ha perseguido e intimidado, y me ha dejado claro que si mi tío mete la pata le encantará arrestarlo, o algo peor.

La lista de motivos por los que debo mantenerme alejada de él es cada vez más larga, acercarme a Jack es peligroso, estúpido y no tiene ningún sentido. Sin embargo hace apenas una hora se me ha retorcido el estómago cuando le he dejado allí solo.

¿Estará bien?

Alguien golpea la puerta de mi dormitorio y el corazón está a punto de salirme del pecho.

—¿Siena?

Es Valenti, suena serio y muy despierto a pesar de lo tarde que es. ¿Habrá pasado por aquí antes?

—¿Sí?

—¿Estás bien? Me ha parecido oír algo —me pregunta sin entrar. Valenti es muy respetuoso y Luciano insistió en que ninguno de sus hombres debía entrar jamás en mi habitación, excepto si corría peligro.

—Sí, solo me cuesta dormir —le contesto.

—¿De verdad estás bien? —insiste. No quiero que entre, estoy segura de que si me mira verá que me ha sucedido algo. El encuentro con el detective me ha afectado tanto que tiene que notárseme en el rostro—. ¿Mañana vas a ponerte el vestido blanco?

Esta es la pregunta en clave que eligió mi tío por si alguna vez entraba algún intruso y me retenía en contra de mi voluntad. Si respondo que sí, que me pondré el vestido blanco, Valenti derribará la puerta.

—No, me pondré el azul.

Pasan unos segundos.

—Buenas noches, Siena.

—Buenas noches, Valenti —respondo de inmediato y siento la necesidad de añadir—. Gracias por quedarte aquí.

Sé que a Valenti no le gusta estar en casa, es un hombre muy reservado y me imagino que preferiría mil veces estar en su casa, sea donde sea.

—De nada.

Le oigo alejarse por el pasillo y me pregunto cansada por qué nunca he sentido la menor curiosidad por ese hombre, que probablemente conseguiría la aprobación de mi tío, y ahora mismo, si pudiera, volvería a escabullirme por la ventana para ir a ver si Jack, que quiere meter a mi tío en la cárcel, está bien.

Tengo que dejar de pensar en él.

Ahora.

Para siempre.

CAPÍTULO 10

No duermo demasiado y cuando me despierto y me siento en la cama tengo que contener la culpabilidad que me sube por la espalda. Me siento culpable de haber mentido a mi tío, tal vez él no sepa nunca que ayer por la noche salí a escondidas de casa, pero eso no significa que no lo hiciera y que, por tanto, no haya traicionado su confianza. Me siento culpable por haber dejado a Jack solo en ese apartamento tan frío y vacío que parece una cárcel. Me siento culpable por no ser capaz de decidirme, por no saber qué camino elegir.

Esto acaba hoy.

No voy a seguir mintiendo a Valenti ni a Toni, tarde o temprano se enterarán y entonces será peor para todos, también para Jack. «Deja de pensar en él».

Esta mañana tengo clase de música con la señorita Moretti y después he quedado para comer con unas amigas. Por la tarde me quedaré en casa y practicaré la nueva partitura y por la noche, cuando cenemos, le contaré a Valenti lo del tatuaje y le exigiré que a cambio me mantenga informada sobre la investigación. Quiero que alguien encuentre al asesino de Emmett y se haga justicia, y no me veo capaz de volver a ver al detective. Tendré que conformarme con que lo encuentre Valenti y confiar en que cuando lo haga sabrá hacer lo correcto.

Decidida, me permito pensar en el detective Tabone una última vez antes de despedirme de él para siempre. Es un ritual que ya he hecho otras veces, lo hice la mañana que me fui de Italia, me despedí de mi hogar y de todos los maravillosos y dolorosos recuerdos que dejaba allí.

Cierro los ojos, conjuro su rostro, le veo tranquilo, tumbado en la cama, justo en el instante en que pensé que no parecía un policía y me despido de él. Lo borro para siempre como hice con las imágenes de mi antigua vida.

—Adiós, Jack —susurro—, supongo que es una lástima que nos hayamos conocido.

Sí, habría sido mucho mejor que no le hubiera visto nunca, que no supiera que existen sus ojos ni su voz rota ni tampoco el tacto de la piel de su nuca, caliente y tersa.

Después de vestirme y de desayunar en compañía de Alba, afino el violín y toco un par de veces la partitura que me prestó la señorita Moretti en mi última clase. Es alegre, justo lo que necesito, e incluso Toni sonríe cuando pasa por el salón y me escucha.

—Deberíamos irnos ya, señorita Cavalcanti.

Tiene razón, el tiempo me ha pasado volando con la música. Guardo el violín y sigo a Toni hasta el coche. En casa solo quedará Alba, Valenti vuelve a estar ocupado con «unos asuntos» según Toni y me pregunto si mi tío está al corriente de ello. No quiero sospechar, basta con ver a Luciano con Nick para saber que su relación va más allá de la de jefe y empleado, aunque tampoco sé si lo definiría como amistad. En momentos como este echo de menos que Luciano no esté casado o con una mujer, quizá ella me ayudaría a entender mejor a estos hombres que se esfuerzan tanto por mantenerse inaccesibles.

—Toni.

—¿Sí, señorita?

—¿Cuándo fue la última vez que mi tío tuvo una invitada en casa?

Veo que las orejas y la nuca de Toni se sonrojan.

—Señorita, yo...

—No pasa nada, Toni. Es que estoy preocupada por él y no me gusta pensar que esta solo. No te estoy poniendo a prueba ni nada —le aseguro—. Te prometo que solo te lo pregunto como sobrina que quiere lo mejor para su tío.

Toni carraspea y conduce en silencio durante unos minutos. No falta mucho para llegar al edificio de la señorita Moretti. Me imagino que Toni no quiere correr el riesgo de contestarme y de que después mi tío o Valenti le castiguen por ello.

—Lamento si te he incomodado, Toni.

—Su tío estuvo con una dama hace un tiempo, unos tres años, si no me equivoco.

—¿Tres años? Yo ya estaba aquí entonces —señalo contenta. Me acerco al extremo del asiento y coloco las manos en el respaldo del de Toni—. ¿Qué pasó?

—Eso sí que no lo sé, señorita, sencillamente un día dejó de ir a visitarla.

¿Quién sería esa mujer? No suena como si fuera una historia casual, aunque tal vez son imaginaciones mías. Tengo que conseguir que Luciano me lo cuente, quizá así averigüe qué pasó y pueda arreglarlo.

—Gracias por contármelo, Toni.

Le coloco la mano durante un segundo en el hombro y él vuelve a incomodarse. Esa chica que ayuda a Alba en la cocina es una tonta si lo deja escapar.

Tres años, ¿qué sucedió hace tres años? Intento recordar si pasó algo extraño, algo que justificase una ruptura de esa clase, pero no encuentro nada. Claro que tampoco sé qué estoy buscando.

—Ya hemos llegado, señorita.

El coche se detiene frente al portal y salgo antes de que mi solícito conductor me abra la puerta. No hace falta que se moleste, esta calle es de las más concurridas y seguras de la ciudad y lo cierto es que lo de ir acompañada a todas partes me parece una exageración.

—Nos vemos dentro de dos horas, Toni. Adiós.

Le sonrío desde la acera y él no se va hasta que me ve cruzar la entrada. Subo silbando, canturreando, no se me da demasiado bien y en cuanto me oigo comprendo que estoy contenta. Hoy será un buen día, un día normal y corriente, y bueno. Llamo al timbre de casa de la señorita Moretti, tengo tantas ganas de tocar que apenas puedo contenerlas.

—Buenos días, señorita Moretti —la saludo en cuanto aparece.

—Buenos días, Siena.

Se aparta para dejarme entrar, me ha sonreído así que deduzco que hoy no voy a encontrarme con ninguna sorpresa. En el comedor donde solemos tocar hay una bandeja con una tetera y dos tazas esperándonos y un precioso ramo de flores blancas en un jarrón de cristal.

—Oh, qué flores tan bonitas, ¿son de un admirador? —bromeo.

—En realidad, Siena, son para ti.

Me pellizco el dedo con la funda del violín.

—¿Para mí?

«Que no sean de él, que no sean de él, que no sean de él».

—Son de tu detective.

Son de él.

—No es mi detective —contesto entrecerrando los ojos—. ¿Y cómo sabe que son de él?

—Las ha traído en persona hace un rato.

—¿Él ha estado aquí?

Me giro sobresaltada como si todavía estuviera y mis piernas deciden que es mejor que me siente.

—Se ha ido media hora antes de que llegaras. No me lo ha dicho, pero he tenido la sensación de que prefería no coincidir contigo.

—¿Tenía mal aspecto?

«No estoy preocupada por él».

—Parecía cansado y un poco alterado, aunque puedo asegurarte que ha sido muy amable.

—Habrá venido a verla a usted y me ha utilizado como excusa.

—No, querida. Me ha repetido tres veces que las flores eran para ti. Además, hay una tarjeta.

—¿Dónde?

—Junto al ramo. Si te levantas y te acercas podrás averiguar qué dice. Te aseguro que las flores no van a morderte, Siena.

—No entiendo por qué me ha traído flores.

—Y si no lees la tarjeta, nunca lo sabrás. —Con su habitual carácter práctico, la señorita Moretti coge la tarjeta y me la deja en el regazo—. Ábrela.

—¿No la ha leído?

—Por supuesto que no. —Se aparta para darme intimidad y camina hasta la mesilla para servirnos el té—. Es un tipo extraño tu detective.

—No es mi detective —farfullo.

Abro el sobre, es pequeño, de unos siete centímetros de largo y cuatro de ancho, y dentro hay un sencillo papel con unas pocas líneas:

No sé exactamente hasta qué punto debo pedirle disculpas, señorita Cavalcanti, pero le ruego que las acepte. Sigo necesitando hablar con usted sobre el tatuaje. Estoy esperándola en la cafetería de la esquina.

La nota está firmada con una sencilla «J» y me quedo mirándola durante unos segundos. Siempre he creído que la caligrafía es un detalle muy íntimo de las personas y la del detective Tabone es tan misteriosa y fuerte como él.

—Tienes que irte, ¿me equivoco?

—¿Cómo lo sabe?

—Te has puesto de pie.

Bajo la vista y me siento como una idiota por reaccionar así.

—Yo... no sé qué hacer.

La señorita Moretti y yo nunca nos hemos sincerado la una con la otra, sin embargo, en este instante siento que puedo hacerlo. Probablemente es lo más parecido a una amiga que tengo.

Ella se sienta y da un sorbo a su taza de té.

—Tu detective es peligroso, Siena.

—Lo sé, pero yo... señorita...

—Catalina, ya va siendo hora de que tú también me trates de tú.

—Creo que puedo ayudar al detective, Catalina.

—Si sabes algo que pueda ayudar a la policía a resolver la trágica muerte del señor Belcastro, puedes acudir a la comisaría y contárselo a cualquier agente. O también podrías contárselo a tu tío. Mira, no voy a darte ningún consejo ni a decirte que pienses bien lo que vas a hacer. Solo te diré que te imagines cómo te sentirías si hoy, al salir de aquí, tu vida cambiase de repente y no volvieses a verlo nunca más.

—¿Nunca más?

—Nunca más.

Un escalofrío me recorre la espalda y me tiemblan las manos. Una presión se instala en mi pecho y me cuesta respirar. La señorita Moretti lo ve y me sonríe como solo sonríe alguien que sabe demasiado bien que en la vida no hay vuelta atrás.

—Baja a hablar con él. Quizá hoy, cuando vuelvas a verlo, todo cambie.

—Sí, eso es lo que pasará. Estoy segura.

—Claro.

—Iré a hablar con él y le contaré lo que sé. Así no tendremos que volver a vernos.

—De acuerdo. —Me acompaña hasta la puerta y la sujeta abierta—. No te olvides de volver aquí antes de que terminen tus clases. No quiero que Toni suba a buscarte. Estoy dispuesta a cubrirte por ahora, pero si después de hoy las cosas cambian, tendrás que tomar una decisión.

—No cambiarán.

—Perfecto, entonces no tendrás que tomarla. Estaré aquí esperándote.

Bajo a la calle con la sensación de que no soy la misma chica que hace unos minutos ha subido silbando por la escalera. Tengo miedo de ver a Jack porque no sé con quién me encontraré en esa cafetería.

¿Será el detective de ojos fríos y con ansias de encerrar a mi tío? ¿O será el hombre que ayer por la noche se mostró herido e indefenso ante mí? ¿Será otro completamente distinto?

Catalina tiene razón, solo hay un modo de averiguarlo y por eso estoy en la acera cogiendo aliento antes de entrar. Me sudan las manos y me maldigo por no ser de la clase de chica que utiliza guantes. Hoy tampoco llevo sombrero ni tengo unas gafas de sol tras las que ocultarme o con las que protegerme.

Un caballero abandona la cafetería y con un gesto muy educado me invita a entrar mientras él sujeta la puerta.

—Gracias —balbuceo.

Recorro el interior con la mirada y veo al detective sentado en una mesa. El sombrero está junto a una taza de café y su cuaderno de piel negra. No me ha visto, está anotando algo, pero de repente se siente observado y levanta la cabeza. Su mirada se oscurece y me observa con atención. ¿Está buscando algo que me delate? ¿Acaso sospecha de mí en algún sentido?

Siento un horrible escalofrío y me pregunto si no sería mejor que me diese media vuelta y me fuera.

—Gracias por venir, señorita Cavalcanti.

Me molesta esa frialdad tan exagerada, ese distanciamiento forzado que al parecer él está decidido a imponernos.

—De nada, detective.

Le ha molestado mi tono. Me alegro.

—Siéntese, por favor. ¿Le apetece tomar algo? —Me señala la silla que hay frente a la suya y hace gestos a uno de los camareros con delantal a rayas negras para que se acerque.

—Tomaré un té. Gracias. Usted también debería dejar el café para otro día y beber té, va bien para el estómago.

El detective se sonroja antes de sentarse. No voy a ponérselo fácil, no señor. Estoy harta de que todo el mundo se comporte conmigo con guantes de seda. Lo de anoche sucedió y no podemos negarlo. Y yo soy lo suficientemente lista, mayor y valiente como para poder afrontarlo.

—Gracias por venir.

—Ya me lo ha dicho.

El camarero me deja una taza vacía y una tetera blanca y humeante delante.

—Señorita Cavalcanti, me temo que anoche estaba indispuesto cuando vino a verme.

—Estaba borracho.

Y era mucho más encantador y cercano.

—No sé... —carraspea—... espero que pueda disculparme por mi comportamiento.

Me quedo mirándolo y él me aguanta la mirada. Tiene ojeras, un pómulo un poco hinchado y con un morado entre amarillo y violeta. Va bien afeitado, pero la pulcritud no consigue ocultar los rastros de cansancio. Le tiembla la sien durante un segundo y entonces comprendo que odia estar aquí conmigo haciendo esto. No es que no quiera disculparse, algo me dice que Jack Tabone sabe pedir perdón cuando comete un error. Es otra cosa.

—No te acuerdas de lo que sucedió.

Él suelta por fin el aliento.

—No. Veo imágenes, pero todas son difusas y no consigo retenerlas ni descifrarlas. Créame, señorita Cavalcanti, lo de anoche no me había sucedido nunca y si hubiese podido elegir usted habría sido la última persona del mundo que lo habría presenciado.

Ese último comentario me atraviesa y me duele. ¿Tan mala opinión de mí tiene? Podría haberle dejado tirado en el suelo del baño rodeado de su vómito o largarme de allí sin importarme que se abriese la cabeza contra la pared.

—El sentimiento es mutuo. —Él retrocede dolido, ¿a santo de qué? ¿Qué quiere que le diga? Ha sido él el que ha dicho que soy la última persona del mundo a la que le pediría ayuda—. No pasó nada por lo que deba disculparse, detective.

Él se frota el puente de la nariz.

—¿Nada? Cuando me he despertado esta mañana creía que la había soñado, pero entonces he visto el vaso de agua y ese cazo en el suelo. —Se aprieta el puente—. Es imposible que yo dejara eso allí.

—Lo dejé yo.

—¿Por qué?

—Porque vomitó en el baño y no estaba segura de que no necesitara volver a hacerlo y si, llegado el momento, pudiera llegar de nuevo al lugar indicado. Pensé que era lo más práctico.

—Vomité delante de usted.

—Sí.

—Mierda. Lo siento. —Extiende las manos y las deja sobre la mesa. Las heridas de los nudillos aún son visibles, pero no están infectadas—. Llámeme Jack, creo que después de lo de anoche podemos dejar las formalidades de lado.

—Está bien, Jack. Tú puedes llamarme Siena.

—Lamento lo de anoche, Siena. —Coge aire y lo suelta despacio mirándome a los ojos. No estoy preparada para ese impacto—. Gracias por... por lo que fuera que hicieras.

Tengo que tragar saliva dos veces para recuperar la voz.

—De nada.

Un hombre pasa por nuestro lado y mira a Jack con desprecio.

—Si Amalia pudiese ver en qué te has convertido. Tendría que darte vergüenza. Vuelve al lugar de donde has salido.

Jack tensa los hombros y yo, obedeciendo a un impulso, coloco una mano encima de una de las suyas. Se queda inmóvil y su mirada cambia, esas murallas se tambalean un poco.

—No le hagas caso, la gente a menudo habla sin pensar —le digo.

—No me toques.

Aparto la mano dolida por su reacción y me dispongo a levantarme. Él me sujeta por la muñeca igual que anoche. Desvío la mirada hacia sus dedos y después hacia sus ojos.

—Lo siento —me dice sin soltarme—. Lo siento. No te vayas.

Vuelvo a sentarme despacio y él aparta la mano. Venir aquí ha sido un error, en los pocos minutos que llevo con él ya me ha hecho daño dos veces y no consigo entender ninguna de las reacciones de mi cuerpo.

—No vi el rostro del hombre que asesinó a Emmett. —Deduzco que este es el único motivo por el que ha impedido que me fuera, así que empiezo a hablar. Cuanto antes le cuente todo lo que sé, antes desaparecerá de mi vida—. Tampoco oí su voz. Supongo que oí a Emmett hablando con alguien, pero no distinguí lo que se decían, aunque, ahora que lo pienso, hablaban en italiano. —Él anota lo que voy diciendo sin dejar de mirarme, como si mis ojos fuesen mucho más importantes que mis palabras. «Basta»—. Cuando salí de detrás de la estantería, vi a Emmett sujetándose el cuello, la sangre se escurría por entre sus dedos y corrí hacia él a medida que se iba desplomando. Solo estaba preocupada por Emmett, no me fijé en nada más. Hasta que oí sonar las campanillas que cuelgan encima de la puerta de Verona y levanté la vista. El hombre que se iba era alto, pero no demasiado, más bajo que tú. Tenía la espalda ancha y se movía despacio como si no tuviese prisa por irse de allí. Llevaba sombrero y el pelo que se escapaba por debajo era canoso, y en la nuca tenía un tatuaje. Captó mi atención porque me pareció muy extraño y me costó entenderlo, primero pensé que era una hoja o las alas de un pájaro, pero de repente comprendí qué era. Era la cola de una sirena.

—¿Estás segura?

—Muy segura.

—Gracias, todo esto me será...

Me levanto y me aseguro de que él no pueda retenerme de ninguna manera.

—Me alegro. Supongo que no volveremos a vernos, detective. Espero que encuentres al asesino y que cuando te vayas de aquí entiendas que en Little Italy hay buenas personas. —Se me rompe la voz y me odio por ello—. Que tengas un buen día, Jack. Gracias por las flores.

Salgo de la cafetería sin detenerme ni un segundo más. Me escuecen los ojos y no sé por qué. Estaré mucho mejor sin averiguarlo, me digo. Si con apenas unos días y unas conversaciones estoy así, no puedo ni imaginarme qué me sucedería si Jack Tabone se quedase en mi vida.

He hecho lo correcto, le he contado todo lo que vi esa noche y se lo he dicho antes que a Valenti. Ahora todo volverá a la normalidad, subiré al apartamento de la señorita Moretti, tocaré una partitura y dejaré de llorar como una estúpida.

Tengo que serenarme antes de que Toni venga a buscarme.

Tengo que...

Alguien me sujeta por la cintura y me mete en la entrada del edificio de Catalina. Voy a gritar, pero entonces oigo su voz.

—Dime que te suelte y que me vaya.

Tiemblo de la cabeza a los pies.

—No soy bueno para ti. Te haré daño.

Me da media vuelta, a pesar de sus palabras me sujeta con sumo cuidado cuando me apoya contra la pared. Aunque estamos en el interior del edificio, la puerta tiene un círculo de cristal glaseado en el centro por el que puede verse nuestra silueta. Y, si baja alguna de las inquilinas, nos sorprenderá.

Nada de eso me importa. La información ha pasado por mi cerebro sin dejar huella. Lo único que quiero saber es por qué él me ha seguido hasta aquí y por qué mi corazón ha vuelto a latir en cuanto he oído su voz.

—Dime que me vaya —me repite mirándome a los ojos—. Por favor.

Vanderbilt Avenue

Levanto una mano despacio, él cierra los ojos y aprieta la mandíbula. Quizá cree que voy a abofetearlo cuando en realidad quiero acariciarle la herida del pómulo. Mis dedos rozan su piel y él respira por entre los dientes.

—¿Qué te ha pasado, Jack?

—¿Acaso no lo entiendes? —Abre los ojos, está furioso, eso es lo único que me deja ver. El resto de lo que está sintiendo lo esconde—. Voy a hacerte daño.

—¿Cómo lo sabes? —Por mucho que se empeñe en asustarme, mis instintos me gritan lo contrario—. ¿Y cómo sabes que no voy a hacértelo yo a ti?

—Eso es imposible. A mí ya nada puede hacerme daño.

—¿Qué te ha pasado, Jack? —Le acaricio la ceja—. Cuéntamelo.

Ese gesto le gusta y le enfurece. Se acerca a mí, ni el aire puede entrometerse entre nuestros cuerpos. Busca provocarme, escandalizarme con su físico y las reacciones de su cuerpo. No va a conseguirlo. Sé identificar a un animal herido. Tiemblo. Más me vale no equivocarme.

—Si me dejas acercarme a ti, no seré delicado ni considerado. —Las manos, que hasta entonces ha tenido apoyadas en la pared, aparecen en mi cuerpo. Una la coloca en mi cintura y la otra en mi mentón para levantarme el rostro—. Te utilizaré e intentaré averiguar todo lo que pueda sobre tu tío y su negocio.

—Quizá yo también quiera utilizarte. Quizá yo también intentaré averiguar todo lo que pueda sobre ti para hundirte.

—Ojalá sea así. Dios mío. —Apoya la frente en la mía—. Ojalá sea así.

Su respiración roza la mía, cierra los ojos y sus pestañas

negras tiemblan encima de los pómulos. Barreras, una tras otra.

—¿Por qué me has seguido, Jack? —susurro—. Yo me había ido.

—No lo sé.

No se mueve, me fijo en la piel del cuello que aparece por el primer botón desabrochado de la camisa y en que no lleva sombrero. Ha salido tan rápido de la cafetería que se lo ha dejado allí, o tal vez se le ha caído en la calle. Se está desmoronando y esta es la única prueba que voy a tener de que quizá sienta verdadero deseo por mí y yo no solo sea un medio para acercarse a mi tío. Elijo arriesgarme, elijo cometer una temeridad y creer en algo que no tiene sentido.

Jack es lo primero que me sucede en la vida que no puedo negar y que no está impregnado de dolor. No de momento. Si le pido que se vaya, no sabré nunca por qué me ha sucedido con él. Tal vez no vuelva a sucederme con nadie.

Me hará daño, en eso siento que no me ha mentido. Pero, tal como le he dicho yo, yo también puedo hacérselo a él. «Espero que no».

Apoyo las manos en su torso y él suelta el aliento.

—Es tu última oportunidad, Siena. Dime que me vaya.

Aparto las manos, él empieza a alejar las suyas dispuesto a cumplir con su palabra e irse de allí.

¡Qué equivocado está!

Le cojo por la nuca y me pongo de puntillas.

Sus labios retroceden en cuanto los míos los acarician. Queman. Tiemblan. Quizá vaya a irse. Quizá...

Me sujeta el rostro con las manos y su cuerpo se pega al mío. La pared que hay a mi espalda es lo único que me retiene en el mundo real. Mis labios ceden bajo los de Jack, sus dientes chocan con los míos. Es el beso más real y furioso que me han dado nunca.

El primero que nunca tendrá otro con el que compararse.

Su lengua busca la mía, con las manos enmarca mi rostro como si quisiera entrar dentro de mí. No va despacio, ni rápido, es un beso que no tiene movimiento, es fuego, tiene vida propia y nos exige que le dejemos existir. Sus labios intentan ser suaves, cada vez que me roza con los dientes busca después acariciarme con dulzura, pero ninguno de los dos sabemos cómo dominar esto.

No podemos.

Creo que podría besarle toda la vida. Ahora, con sus labios buscando los míos, con sus manos en el rostro, su sabor buscando el mío, mezclándose, entiendo lo que es necesitar a alguien. No porque le ames, no porque te entienda, sino porque tu existencia depende de la suya.

Es adictivo.

Es mucho más peligroso de lo que él pueda hacerme o de lo que yo pueda hacerle a él. Esto que nos está pasando no vamos a poder dominarlo.

Hundo los dedos en su pelo, le acerco a mí porque me asusta esta intensidad y no sé qué hacer. No la entiendo. Me da miedo.

Pero no quiero soltarlo.

—¿Siena, detective?

La voz de Catalina nos sorprende. Jack no me suelta de golpe, aminora despacio la intensidad del beso y termina con una suave caricia en los labios que me encoge el corazón. Vuelve a apoyar la frente en la mía. Abro los ojos y le descubro con los suyos cerrados.

—Debería irse, detective, Toni no tardará en llegar —nos aconseja la señorita Moretti.

Jack se aparta y se gira hacia ella.

—Gracias por cuidar de Siena, se lo agradezco.

Catalina le observa y lo que cree ver en él debe de gustarle porque se da media vuelta y desaparece por la escalera.

—Deberías ir arriba, Siena —me dice Jack sin mirarme.

—De acuerdo.

Esa pose estoica no encaja con el hombre apasionado que me estaba besando. ¿Se arrepiente del beso o se está haciendo el héroe?

Sea lo que sea, si es capaz de comportarse como si nuestro beso no hubiese sucedido no quiero verlo. Si niega este beso, lo negará todo.

Subo el primer escalón.

El segundo.

El tercero.

Él sigue allí sin moverse y sin decirme nada. En el quinto escalón tendré que girar y ya no podré verle.

—Siena. —Me detengo y me doy la vuelta para mirarle—. Te haré daño, en eso no he mentido. Más del que tú puedas hacerme a mí jamás. Si fuera un buen hombre, me iría de aquí y no volvería a buscarte. No soy un buen hombre. Ahora mismo tengo que contenerme para no hacerte el amor aquí mismo. Ni siquiera me importaría que nos vieran.

Me humedezco los labios.

—Estás intentado asustarme.

—Estoy intentado advertirte. Volveré a buscarte. Tendré que hacerlo. No dejes que te encuentre.

Se va y dos escalones más tarde noto una lágrima resbalándome por la mejilla.

CAPÍTULO 11

Italia
1915

A Adelpho Cavalcanti no le resultó demasiado difícil averiguar que Roberto Abruzzo había sobrevivido a la paliza que le habían dado sus hombres y que se había marchado a América junto con su preciosa esposa.

Si Teresa Abruzzo hubiese sido solo una cara bonita, una mujer que lo hubiese rechazado, la habría considerado una estúpida y se habría olvidado y reído de ella.

Si Roberto Abruzzo hubiese sido solo un petimetre de esos que lo juzgaban y que se pavoneaban frente a él de su moralidad y de sus buenas obras, pero luego acudían a pedirle ayuda en forma de dinero o trabajo, se habría reído de él y lo habría olvidado.

Pero el matrimonio Abruzzo había hecho algo imperdonable, le había dejado en ridículo y tarde o temprano iba a *tener que pagar por ello. La primera había sido ella. El día que Adelpho vio a Teresa por primera vez, vio en ella mucho más que una mujer hermosa, vio la posibilidad de salvarse. Había tanta bondad y tanta pureza en los ojos de ella que pensó que si la poseía terminaría por contagiársele. El cuerpo de esa mujer era el pecado disfrazado y se excitó en esa misma plaza donde la vio solo con imaginarse cómo sería en la cama; él conseguiría pervertirla, llevarla a su bando. Eliminar esa bondad y esa inocencia. Sería él el que la contagiaría a ella y disfrutaría de cada segundo, de cada noche. Preguntó por ella. En cuestión de horas lo supo todo, estaba casada, pero eso nunca había sido un problema para él. Y, si lo era para el esposo en cuestión, siempre podía aceptar una cantidad de dinero y desaparecer o convertir a la mujer en viuda.*

Teresa había sido intransigente. A Adelpho le hervía la sangre al recordar que Teresa no había dudado ni siquiera un segundo. De nada había servido que él le ofreciese lujos o privilegios, ella no había titubeado ni un instante y le había mirado como si él fuera la criatura más despreciable de la Tierra.

En su última conversación, sin embargo, Adelpho dio con la única moneda con la que podía negociar con ella, el miedo. Miedo, no por ella, sino por lo que pudiera sucederle a su querido marido. Había bastado con que amenazase a Roberto para que Teresa empezara a escucharlo de otra manera. Pero, cuando eso sucedió, Adelpho comprendió que, para su desgracia y mayor humillación, no era eso lo que quería. Él no quería que Teresa fuese a su cama como una mártir, no quería ningún sacrificio. Quería que ella lo deseas.

Esa noche la dejó marchar, fue la única vez que ella no lo miró con cara de asco.

Roberto tenía que morir, era la única opción, y Adelpho tenía que asegurarse de que no pudiesen relacionarle con su muerte. Por eso cometió el error de encargar el trabajo a un atajo de ineptos y se aseguró de que todo el mundo supiera que esos días él no iba a estar en la ciudad, estaría en casa de sus padres con sus hermanos.

Roberto recibió una paliza, pero no murió. Los hombres que se la propinaron se jactaron de que habían sido contratados por Adelpho. Aunque no lo hubiesen hecho, Teresa lo habría sabido. Desaparecieron esa misma noche. Adelpho removió cielo y tierra para encontrarlos.

Y lo hizo, pero demasiado tarde.

El Libertà ya había zarpado del puerto.

América, sin embargo, no era tan grande como la gente creía y los italianos tenían la necesidad de juntarse, de replicar en el nuevo continente las estructuras del viejo que acababan de dejar atrás. A él le parecía una estupidez y así lo repetía a sus amigos cuando se subían uno tras otro a uno de esos enormes transatlánticos.

Él no iba a irse a ninguna parte, la vida le estaba tratando muy bien allí donde estaba. Pero ese día iba a aprovechar la partida de uno de sus amigos más íntimos para mandar un mensaje a Nueva York, uno que algún día daría sus frutos.

Adelpho fue paseando a la plaza del pueblo. No le hacía falta ir acompañado para lo que tenía en mente. El carro ya estaba cargado con las maletas y seguro que no tardarían en partir hacia el puerto. Era una estupidez, ¿quién cambiaría la preciosa y rica costa italiana por un infierno de asfalto? Ellos quizá estaban mal, pero sabían a qué atenerse. Allí, en el otro lado del mar, nada les era conocido y ellos, los inmigrantes, si llegaban vivos perdían la dignidad que les quedaba en cuestión de meses.

Luciano, su hermano pequeño, se había ido unos años atrás y en sus cartas insistía en que no se planteaba volver. Allí había conocido a gente interesante y estaba seguro de que conseguiría grandes cosas para él y para el resto de la familia.

A pesar de que Luciano estaba allí, Adelpho no se planteó en ningún momento contarle lo que tenía planeado para los Abruzzo, su hermano estaba dispuesto a engañar con los impuestos, a mentir en las aduanas, a traficar con todas las mercancías prohibidas del mundo, pero era muy quisquilloso con los asesinatos a sangre fría. Le molestaba, decía que siempre traían complicaciones; la mayor de todas, la *vendetta*. Porque siempre quedaba alguien vivo, un hijo, un hermano, una prima, alguien que amaba a las víctimas y que no descansaría hasta matar a sus asesinos.

Luciano no tenía moral, era en exceso práctico y la venganza era un inconveniente nada rentable.

No, no podía recurrir a Luciano, necesitaba otra persona y por eso había roto su promesa de no ir nunca a despedir a un italiano.

—Hombre, Adelpho, si no te estuviera viendo no me lo creería —lo saludó su amigo—. ¿Se te ha incendiado la casa o de verdad vienes a despedirme?

—Estás cometiendo un error y lo sabes, pero ya que insistes... —le dio un abrazo y le golpeó la espalda— he venido a despedirme y a desearte buen viaje.

—Ja, no te lo crees ni tú. —El hombre se apartó y lo miró a los ojos sin acobardarse. Eran muy pocos los que se atrevían a hacer eso—. ¿Qué diablos quieres?

—¿Te espera alguien en Nueva York? ¿Qué planes tienes exactamente?

—Buscarme la vida, Adelpho. Me imagino que iré a ver a tu hermano Luciano y también buscaré a Fabrizio Tabone, él se fue hace dos o tres años, creo recordar.

Sí, allí era donde Adelpho quería llegar. Según había descubierto, Fabrizio Tabone y su familia también habían viajado a América en el Libertà. Era más que probable que hubiese conocido a los Abruzzo, aunque algo le decía a Adelpho que el matrimonio no le había contado a nadie la relación, a falta de otra palabra, que tenían con él.

—Tienes razón, he venido a pedirte algo.

—¿De qué se trata? Piensa que quizá no llegue con vida a América —bromeó.

—Más te vale llegar vivito y coleando, Belcastro. Si tienen que echarte al mar, estropearás la pesca durante años.

—¿Qué diablos quieres que haga?

—Quiero que le des esta carta a Fabrizio Tabone. —Sacó un sobre del bolsillo del pantalón y se lo entregó a su amigo, que lo aceptó y lo guardó.

—¿Nada más?

—¿No quieres saber qué dice la carta?

—No especialmente. —Belcastro se encogió de hombros. Por eso habían logrado hacerse amigos, porque el joven Emmett Belcastro no parecía inmutarse por nada de lo que hiciera Adelpho.

—Le pido que busque a alguien.

—¿Por qué?

—Porque quiero que esa persona sepa que no me he olvidado de ella.
—Dime de quién se trata, tal vez yo también pueda buscarla.

Adelpho se quedó pensándolo y al final decidió contárselo. Ese hombre partía en cuestión de horas y, tal y como había señalado él mismo, quizá no llegase a pisar tierra firme. De poco importaba que descubriese lo desalmado que era en realidad.

—Se trata de un matrimonio, los Abruzzo, Roberto y Teresa Abruzzo. Quiero matarlos, quiero que desaparezcan de la faz de la Tierra.

—Lo dices en serio —señaló horrorizado—. ¿Qué te hace pensar que ahora que sé la verdad no voy a destruir la carta?

—Tú mismo has dicho hace unos minutos que cuando llegues a Nueva York vas a ir a ver a mi hermano Luciano. —Esperó a que Emmett asintiera antes de continuar—. No mandaré por correo una carta encargando un asesinato, no soy tan estúpido, pero puedo mandar una carta a mi hermano preguntándole si te ha visto y si ha recibido mi regalo. Luciano sabrá a qué me refiero, sabrá que te he dado algo para él y que no lo ha recibido. En la carta para Tabone también le pido que vaya a visitar a mi hermano y resuelva con él los pormenores del encargo. Luciano empezará a sospechar y sí, quizá es mucho más comprensivo que yo, pero es mucho más curioso y no descansará hasta saber la verdad. Y también puedo escribirle a Tabone o mandar más cartas como esta pero con otro nombre dentro del sobre, el tuyo. El que esté aquí en Italia no me impide ajustar cuentas con la gente que me decepciona. ¿De verdad vas a arriesgarte a empezar tu «nueva vida» provocándome? Ten. —Le tendió un segundo sobre, que Emmett observó con desconfianza—. Considéralo un regalo de despedida.

—Eres un hijo de puta.

—Sí, pero tú no vas a romper la carta. —Le dio un abrazo que no fue devuelto, le metió el segundo sobre, el que contenía una cantidad casi indecente de dinero, en el bolsillo del abrigo y se alejó de la plaza con una sonrisa de oreja a oreja—. Buen viaje, Emmett. Quédate el dinero, por lo que he oído te hará falta para sobrevivir en el barco y quiero que llegues sano y salvo a tu destino.

Little Italy
Nueva York
1915

Fabrizio no podía permitir que su sobrino Bruno fuese a la cárcel sin contar con la protección de Cavalcanti, moriría en cuestión de minutos. Los irlandeses, los rusos, y varias familias de italianos tenían motivos para vengarse de ellos.

En realidad, por más vueltas que le daba, no entendía la decisión de Luciano Cavalcanti. Un buen capo debe proteger a sus hombres a toda costa, si no, ¿de qué sirve? Esa tarde se había mordido lengua, pero ahora, horas más tarde y tras varios tragos estaba furioso. Si en lugar de Luciano estuviese aquí su hermano Adelpho habrían salido a matar a los irlandeses. Adelpho no habría negociado con ellos.

Uno de ellos se había propasado con la chica de Bruno. Fin de la historia.

No, Luciano era muy distinto a Adelpho. Sí, todos tenían

buenas viviendas y sus hijos podían acudir a la escuela y a la iglesia, donde contaban con buenos profesores y comida caliente. Pero esas cosas a él no le importaban, eso eran cosas de mujeres, a él le preocupaba la reputación de la familia, el respeto que infundiera su nombre cuando alguien lo pronunciase en un callejón o en un local de Manhattan.

«Ese es un Tabone, cuidado con él, es peligroso. Muéstrale tu respeto».

Eso era lo único que le importaba y le repateaba el hígado que su comedido y frío capo le ordenase que se mordiese la lengua y se tragase el orgullo.

—Eso es de cobardes —farfulló sirviéndose otra copa—, de putos cobardes.

Y él no era un cobarde, él era un Tabone y los Tabone no se disculpaban con los jodidos irlandeses. No, él no era un cobarde, pero tampoco era estúpido. No podía desafiar públicamente a Luciano, sería un suicidio.

Tenía que hacerle cambiar de opinión. Era su única opción. Si Luciano decidía atacar a los irlandeses, Bruno no tendría que ir a la cárcel y todo el barrio sabría que con los Tabone (y el señor Cavalcanti) no se juega.

Pero ese jodido Cavalcanti no tenía sangre en las venas. Quizá por eso era tan bueno para los negocios, pero era pésimo para provocar una pelea. Luciano parecía más interesado en la contabilidad que en las riñas que se generaban en un bar. El único tema por el que le había visto alterarse un poco era por su familia, a ellos sí que les protegía con uñas y dientes, pero allí no había nadie.

Cavalcanti a penas tenía amigos y sus hermanos seguían en Europa, uno en Italia y el otro en Francia, o eso les había contado la última vez que había hablado de ellos. En Nueva

York tenía que haber alguien que lo conociera mejor y que pudiese ayudarlo. Si encontraba a alguien que significara algo especial para Cavalcanti, podría utilizarlo para negociar con él.

Quizá incluso podría fingir que esa persona había muerto en manos de los irlandeses. Entonces Luciano sí que daría la orden de matarlos a todos.

Necesitaba a esa persona. Cavalcanti tenía que tener un punto débil, todo el mundo lo tenía, incluso él estaría dispuesto a meterse en el infierno y convertirse en la puta de Lucifer para proteger a su pequeña. Haría cualquier cosa por Alicia, su única hija.

¿A quién podía preguntárselo sin llamar la atención de Luciano? No podía dirigirse a ninguno de sus hombres, ni tampoco a los chismosos del barrio. Tenía que ser alguien discreto, alguien ajeno a la mafia.

Emmett Belcastro.

Se tomó un último trago y fue en busca de Belcastro que, si no le fallaba la memoria, acababa de alquilar un pequeño local y estaba trabajando para remodelarlo y convertirlo en una librería o algo igual de absurdo. La historia se la había contado Bruno meses atrás, le había explicado que Luciano le había prestado el dinero para el alquiler y los primeros gastos. Fabrizio no lograba comprender qué necesidad tenía ningún italiano de complicarse la vida de esa manera cuando podían encontrar tan fácilmente otra clase de trabajos. En cierto modo, pensó Fabrizio mientras caminaba hacia el local, Belcastro le recordaba a Roberto Abruzzo, otro papanatas que creía en el sueño americano y que no se cansaba de repetir que algún día tendría su propio taller.

Fabrizio tenía que reconocer que Emmett Belcastro no le

gustaba y estaba seguro de que el sentimiento era mutuo. Belcastro había llegado a Nueva York dos o tres años después que él y tenía la sensación de que lo evitaba y, si por casualidad coincidían en alguna parte, como por ejemplo en la iglesia, apartaba la mirada.

Antes, de adolescentes en Italia, no había sido así. Hubo una época en la que compartían chicas y risas sin importarles nada más. Viajar a allí los había cambiado, supuso, él sin duda no era el mismo que entonces.

Llegó al local y aunque la puerta estaba abierta no vio a Emmett por ningún lado. En el cristal del escaparate podía leerse la palabra «Verona», no era mal nombre para una librería, y las estanterías empezaban a coger forma.

Decidió esperarle y se acercó a lo que parecía ser una improvisada mesa de despacho. Había un papel en el que había escrito con letras enormes: Vuelvo enseguida. He ido a por más clavos.

Emmett habría escrito ese cartel con intención de colgarlo en la puerta y al final se habría olvidado. Fabrizio curioseó, había planos, listas de libros, facturas y más facturas, algún que otro boceto del nombre de la librería, entre el que se encontraba el que al final había elegido, y hojas y sobres en blanco. Aquello le estaba resultando muy aburrido hasta que vio su nombre escrito en un sobre amarillento. El sobre estaba en el interior de un libro que había encima de la mesa y que Fabrizio abrió para matar el aburrimiento.

Lo miró durante unos segundos. Era su nombre, no había ninguna duda, y el sobre llevaba allí cierto tiempo a juzgar por el color y el tacto del papel.

¿Qué hacía Belcastro con una carta dirigida a él? ¿Por qué no se la había dado? ¿Por qué se la había ocultado?

Rompió la lengüeta y sacó el papel para leerlo. En el interior del sobre había otro, este más blanco y en mejor estado, que iba dirigido a Luciano Cavalcanti. Al ver ese nombre, Fabrizio leyó todavía más nervioso.

En la quinta línea supo que había encontrado la solución a sus problemas, no solo al de Bruno, sino a cualquiera que pudiese tener en el futuro.

Lo único que tenía que hacer era matar a Roberto y a Teresa Abruzzo.

Sonrió y se guardó las dos cartas en el bolsillo.

Era su día de suerte.

Abandonó el local de Belcastro sin que este supiera que había estado y que había encontrado la manera de tenerle siempre en sus manos.

Salvar a Bruno le hacía feliz en la medida que así preservaba el buen nombre del apellido Tabone. Tener, por fin, una excusa para cargarse a Roberto Abruzzo le producía placer. Lo de la esposa era una lástima, la suya, Amalia, la echaría de menos, pero ya encontraría otra amiga que supiera coser y con niños de la edad de Alicia. Poder restregarle a Luciano Cavalcanti la carta de su hermano Adelpho era un sueño hecho realidad. Así aprendería a tenerle la consideración que se merecía.

Tenía que darse prisa, tenía que ocuparse de todo esa misma noche.

Giró en plena calle y se dirigió al taller de los Parissi. Menos mal que había escuchado a su esposa la noche que le habló sin cesar de la suerte que había tenido Roberto al encontrar ese trabajo.

Si tuviera más tiempo, planearía algo más sofisticado. Esa noche, iba a tener que conformarse con encerrarle den-

tro y provocar un incendio. El taller era casi tan viejo como sus propietarios, los hermanos Parissi, a nadie le extrañaría que se produjera un accidente, un fuego mal apagado, una mancha de aceite. Esas cosas pasaban a diario. ¿Una puerta que no se abre? Una desgracia, sin duda. Una lástima. Bloquearía las puertas y las llamas se encargarían de eliminar cualquier rastro de su paso por allí.

Llegó al taller, estaba tan alterado, tan nervioso, que el sudor le resbalaba por la frente y le empapaba la espalda. La calle estaba poco transitada, pero tenía que andarse con cuidado. No quería que nadie lo viese y pudiese echarle a perder el plan. Tenía que eliminar a Roberto esa noche, después ya se ocuparía de Teresa, quizá podría fingir un suicidio dentro de unos días. Esa noche necesitaba algo con lo que poder acudir a Luciano y exigirle que cumpliese con la promesa de su hermano Adelpho. En la carta le aseguraba que si cumplía con su encargo su familia gozaría siempre de la protección de los Cavalcanti y que sería generosamente recompensado.

Miró a su alrededor, había una bicicleta en la calle, apoyada en una pared, y le quitó la cadena, que utilizó para bloquear la puerta e impedir que alguien pudiera abrirlas. El fuego acabaría fundiéndola. Se dirigió con cuidado a la parte de atrás del taller y por una ventana sucia de grasa vio la silueta de la esposa de Roberto con su hijo en brazos. No podía creerse que tuviera tanta suerte. Movió unos bidones que había allí, y que él había visto en anteriores ocasiones, y los colocó frente a la ventana para impedir que escapasen por allí.

Una fría calma se apoderó de él cuando lanzó contra el único espacio que quedaba descubierto de la ventana la primera botella de alcohol preparada para arder. Después lanzó otra. Y luego otra. Las había preparado allí escondido, agazapado tras unas cajas. Había robado dos cajas de botellas de whisky de un cargamento de Cavalcanti y no se le ocurría mejor ocasión que aquella para utilizar unas cuantas.

Las llamas no tardaron en propagarse. El humo tardó un poco más y cuando empezó a salir fue oscuro y negro.

Después llegaron los gritos.

Fabrizio se quedó en su escondite hasta que le quemaron los pulmones y entonces salió corriendo a la calle y pidió auxilio. Exigió a gritos que alguien fuese a buscar a los bomberos o que alguien saliese a ayudarlo.

La gente empezó a llegar, vecinos preocupados y dispuestos a ayudar y otros que solo querían curiosear. Cuando llegaron los bomberos, ya era demasiado tarde.

Fabrizio se hizo el desolado, lloró para ocultar la sonrisa de satisfacción que se negaba a abandonarle el rostro.

Hasta que vio a su esposa Amalia en la multitud con un niño en brazos.

Un niño.

—¡Fabrizio! ¡Fabrizio! —gritó ella desolada y con el pánico en la mirada.

—¡Amalia! —Corrió hacia ella y el policía que había intentado detenerla la dejó pasar—. ¿Qué haces aquí?

Tenía que haber una explicación.

—¿Dónde está Alicia? —le preguntó ella desencajada cayendo al suelo de rodillas con el niño—. ¿Dónde está Alicia?

Fabrizio no podía pensar, se negaba a reconocer lo que veían sus ojos.

—¡Contéstame, Fabrizio!

—¿Alicia no está contigo? —la garganta se le cerró al pronunciar el nombre de su hija.

—No —balbuceó Amalia—, esta tarde se la ha llevado Teresa, yo me encontraba mal y como Jack también está resfriado hemos hecho un cambio. Alicia quería ir a ver los gatos recién nacidos de los Parissi.

—No, no, no, no, no...

—¿Dónde está Alicia? ¡Dime dónde está!

—No ha salido nadie —farfulló—. Han muerto todos.

Amalia emitió un grito de dolor tan profundo que varios bomberos corrieron hacia ella y se abrazó al pequeño de tres años que tenía en brazos. Los dos lo habían perdido todo. Y nadie sabría jamás la verdad de lo que había sucedido esa horrible noche.

CAPÍTULO 12

Jack
Vanderbilt Avenue
1940

¿Por qué no puedo quitarme su sabor de los labios? ¿Por qué no puedo olvidarme del tacto de su pelo?

Lo eliminé todo de mi interior, absolutamente todo. A ella también tengo que eliminarla. No puedo quedarme nada dentro. Si lo hago, me destruirá.

Busco la llave en el bolsillo y mis dedos tropiezan con la moneda. La saco y me quedo observándola allí en el portal. Nick y Sandy han seguido enviándomela a pesar del resentimiento que sienten hacia mí. El de Nick es obvio, el de Sandy, me lo imagino.

Nadie me ha hablado de ella y no me la he encontrado en ninguna parte. Guardo la moneda en el bolsillo y decido que buscar a Sandy es justo la distracción que necesito ahora. Debería centrarme en el hombre con la cola de sirena tatuada en la nuca, lo sé, pero si pienso en eso no conseguiré dejar de pensar en Siena.

Y si pienso en Siena no pienso en nada más.

Ni siquiera respiro.

Vuelvo a la calle y me obligo a caminar en dirección al piso de la abuela de Sandy, allí es donde he mandado la moneda durante todos estos años cuando le tocaba el turno a mi amiga. Y desde allí es siempre el remitente. Por fortuna para mí, mi destino se encuentra en una calle de Little Italy que aún no he visitado y en la que dudo que nadie me reconozca. Camino apresurado, llevo los puños cerrados y en los bolsillos. En uno guardo la moneda, su tacto familiar me hace compañía. En el otro, el tacto de la piel de Siena.

Intento imaginarme qué habrá sido de Sandy y de sus hermanos, los gemelos que ella crio como si fueran sus hijos a pesar de que entonces ella seguía siendo una niña. El destino de la madre de Sandy es fácil de deducir, un día eligió mal y el tipo con el que se fue acabó matándola. O tal vez fue la bebida. Lo cierto es que no sé qué ha sido de ella, deduzco que ese fue su final pues, cuando recibí la moneda en la academia de policía, en la escueta nota adjunta estaba incluida la dirección de la abuela de Sandy. Los niños y ella debieron de mudarse allí después de perder a su madre.

Tendría que haberle seguido la pista.

Es una estupidez, lo sé, supongo que quería que ellos dos, Sandy y Nick, vinieran detrás de mí. Supongo que bastante suerte tuve con que me mandasen la moneda y mantuviesen ese vínculo entre nosotros. Aun así, soy policía, joder, podría haber averiguado cualquier detalle, o casi, sobre su vida y su paradero y la realidad es que no sé nada.

No saber nada es mucho mejor.

Debería detenerme y no dar ni un paso más.

—¡Maldita sea! —farfullo y retomo la marcha.

Ya no puedo detenerme, como mínimo tengo que saber que Sandy está bien. Después, volveré a cerrar esa puerta de mi pasado. No se ha abierto por casualidad, es culpa de Siena y de sus ojos llenos de confianza y de esas frases ingenuas sobre la buena gente. Es culpa de ese beso, de la dulzura que ha destilado por entre la pasión.

Es culpa de Siena.

Acelero la marcha y llego en unos minutos a ese edificio en el que nunca he estado, pero al que he enviado decenas de cartas con solo una vieja moneda dentro. El portal está limpio y en mal estado, una combinación frecuente en esa parte de la ciudad. También está abierto y me pregunto si es lo más acertado. Miro los buzones y el último de la primera fila me llama la atención porque es mucho más negro que el resto, como si su propietario lo cuidase con más interés que los demás. Me acerco y veo que no tiene nombre, solo el número del apartamento y que corresponde al de la abuela de Sandy.

Subo por la escalera y cuando llego a la puerta busco instintivamente el arma que llevo oculta en el costado derecho. Hace mucho tiempo que nadie cruza esa puerta, está medio rota y cubierta de polvo y suciedad. Un hombre aparece en el rellano y le apunto instintivamente.

—Solo voy a la calle, no dispare.

Es un caballero de unos sesenta años con un puro a medio fumar en el labio y zapatillas de lana en los pies.

Guardo el arma con cuidado y le pregunto.

—¿Sabe quién vive aquí?

—Nadie. Este piso lleva años vacío, desde que la muchacha y esos dos críos se mudaron.
—¿Sabe a dónde?
—No tengo ni idea. Hay cosas que un caballero jamás le pregunta a una dama. —Sonríe y levanta las cejas.
—¿Y la abuela? ¿Sabe dónde puedo encontrarla?
—¿La abuela de Sandy?
—Sí.
—Murió hace años, creo que dos o tres antes de que se fueran.
—No es posible.
—Le aseguro que sí. La muerte es lo más posible que hay en esta vida, muchacho. ¿Por qué lo pregunta? No será el tipo que le rompió el corazón a Sandy, ¿no? Le prometí a esa chica que si le veía le daría una paliza.
—No, no lo soy.
Estoy tan aturdido y confuso que me quedo mirando la puerta del piso abandonado como si fuese a darme una respuesta.
—¿Estás bien, muchacho?
Al parecer mi confusión logra que el caballero de las zapatillas me trate de tú y con cierto tono paternalista.
—Sí, estoy bien —carraspeo antes de seguir—. ¿Sabe si en este edificio hay algún encargado de mantenimiento?
—¿A ti te parece que aquí alguien se encarga de mantener algo? Estas paredes son más viejas que yo y te aseguro que también tienen más achaques.
—No lo entiendo. Llevo años mandando una carta a esta dirección y recibiendo otra al cabo de unos meses.
—Ah, sí, Sandy me dijo que alguien se encargaría de venir a vaciar el buzón de vez en cuando y de ocuparse de las

cartas. Me ofrecí a hacerlo, pero me dijo que era un asunto delicado y que lo había dejado en las manos apropiadas. Creí que tendría que ver con los gemelos o con su madre.

—¿Ha visto alguna vez a esa persona?

—Por supuesto que sí, es un tipo encantador.

—¿Sabe su nombre?

—Claro.

Está jugando conmigo, tiene gracia en el fondo. Hace apenas unos minutos le estaba apuntando con mi arma reglamentaria y ahora me está tomando el pelo.

—¿Le importaría decírmelo?

—Nick Valenti, un gran tipo. Creo que puede encontrarle en...

—Sé dónde puedo encontrarlo, gracias. Gracias por su ayuda.

—De nada.

El hombre sigue sonriéndome cuando yo, mucho más enfadado de lo que ya estaba, bajo apresuradamente la escalera.

Una de las pocas ventajas que tiene estar sumamente furioso es que no pienso en nada excepto en ver a Nick y darle un puñetazo. El muy hijo de puta podría haberme dicho que era él el que mandaba las cartas y que Sandy no estaba donde yo creía.

Podría haberme ahorrado esta visita, aunque conociendo a Nick este es precisamente el motivo por el que no me lo ha contado.

Hijo de puta.

Ayer, después de «coincidir» en el Blue Moon, me dirigí a la comisaría para buscar toda la información posible sobre Nick Valenti y me sorprendió lo poco que sabe la policía de él. «Lo poco que sabemos». Mierda, no puedo dudar de quién soy. Otra vez no. En los informes, tanto los que puede consultar cualquier agente como los reservados y más extensos que Anderson ha ido creando a lo largo de los años, no hay nada que no hubiese podido averiguar paseando un par de horas por el barrio.

Y no me creo una mierda de lo que aparece en esos papeles. Hay mucho más, demasiado más. Hay un límite en lo que un hombre puede soportar, yo alcancé el mío hace mucho tiempo y he hecho las paces con ello.

Estoy bien así.

Pero ayer cometí una estupidez, una más desde que llevo este caso y he vuelto aquí. Fui al taller de los hermanos Parissi, al descampado donde aún quedan ecos de la tragedia. No había vuelto desde la noche en que me arrestaron y Anderson me contó lo del incendio, y ayer, después de sentir deseo por primera vez en años, en la iglesia, y solo por sujetar a Siena por la cintura y cubrir los labios con mi mano. Después de recibir un puñetazo de mi mejor amigo, y de comprobar que Anderson lleva años engañándome, me pareció buena idea ir.

No es de extrañar que después decidiese beber hasta perder el sentido.

Y entonces apareció Siena.

Siena aparece.

Siena tendrá que desaparecer.

Según los papeles de Anderson, Nick empezó a trabajar para Luciano Cavalcanti el verano después de cumplir los dieciocho. Nunca ha sido arrestado y nunca ha estado ingresado oficialmente en ningún hospital de la ciudad, pero nadie llega a convertirse en la mano derecha del capo más respetado de la ciudad llevándole solo los números. Además de ser un gánster profesional, Nick también tiene sus propios negocios, algo muy inusual. ¿Por qué le permite Cavalcanti tal libertad?

Nick es el propietario del Blue Moon y de un edificio abandonado en otra parte de la ciudad. Quizá tenga más inversiones, estas son las que conoce la policía porque están dentro de la ley y, curiosamente, al día de todo. En realidad, los permisos del Blue Moon soportarían cualquier examen. Lo sé porque los analicé a fondo.

Si Nick es capaz de ser tan meticuloso, si es tan brillante con los negocios, ¿por qué no eligió otro camino?

Da igual, por fin he llegado adonde quería y podré preguntárselo. Después de devolverle el puñetazo de ayer y de desquitarme un poco. Es de noche, así que el Blue Moon ya está abierto y lleno de gente. El vigilante me abre la puerta, no sé si me reconoce o si ve mi cara de malas pulgas y decide dejarme entrar antes de que me pelee con él.

La luz azul cubre el interior del Blue Moon con un halo de fría sensualidad. Las mesas están ocupadas por mujeres y hombres representando papeles que les alejan de la realidad, en el escenario hay una chica de piel blanca, pelo negro y voz rota cantando una canción que habla de vidas y amores perdidos. Parece hecho a propósito.

Nick está en la barra igual que ayer por la mañana. Me detengo a cinco metros de distancia y la primera pregunta que surge en mi mente es quién diablos está protegiendo a Siena si él está aquí.

Siena aparece.

Siena tiene que desaparecer.

Reacciono y camino hacia Nick. El barman, el mismo de

ayer, cruza la mirada conmigo y señala a Nick con el mentón. Este se gira y no parece sorprendido de verme.

—¿Qué diablos estás haciendo aquí?

—¿Dónde está Sandy?

Sonríe satisfecho consigo mismo.

—Has ido al apartamento —adivina antes de volver a girarse hacia la barra y darme la espalda—. Sandy está bien.

—No te he preguntado cómo está, te he preguntado dónde está.

—Lo sé, y es patético. —Vacía el vaso de whisky que tiene delante—. Deberías irte, detective.

Debería irme.

Alargo el brazo izquierdo, sujeto a Nick por el hombro y le obligo a darse la vuelta. Le golpeo con el puño derecho y lo lanzo al suelo. La música del local se detiene, el barman saca el rifle de detrás de la barra.

—No —le dice Nick desde el suelo limpiándose la sangre de la comisura del labio—. Me la debía desde hace años.

El barman baja el arma, preferiría que no lo hiciera. Preferiría que Nick se levantase del suelo y me diese un puñetazo. El dolor de la pelea sería un alivio.

—Vete, Jack.

Nick no se levantará hasta que me vaya, o si lo hace lo único que hará será pedir ayuda a sus hombres para echarme, pero no se peleará conmigo. No me dará esa satisfacción.

Le maldigo en voz baja y me voy del Blue Moon. Los clientes se apartan a mi paso y alguien me abre la puerta. En cuanto llego a la calle, se reanuda la música. Mi interrupción ha sido irrelevante.

Debería ir a casa, pero si voy ahora volveré a beber. Nunca he utilizado el alcohol para huir de la realidad, recuerdo demasiado bien el efecto que tenía la bebida en Fabrizio, mi padre, el único que conocí y que recuerdo.

Pero ayer bebí y esta mañana me he asustado al comprobar que no era capaz de recordar qué había sucedido la noche anterior. No quiero convertirme en la clase de hombre capaz de cometer una maldad y no recordarla al día siguiente.

Ningún borracho se dedica a hacer buenas obras cuando está bebido y yo no sería la excepción, hay demasiada maldad y frialdad en mí.

«Necesitas a Siena».

No es un susurro en mi interior, no es la voz de mi conciencia, ni tampoco me lo pide el corazón. Es un instinto básico y oscuro, espeso, que circula por la sangre, inunda los pulmones. Puedo saborearlo, tocarlo. Le haría daño.

Sé lo que tengo que hacer.

Camino hacia China Town. En la calle Canal, está lo que necesito. Por fortuna para mí, está cerca. No tengo tiempo de cambiar de opinión. No puedo.

—Buenas noches, detective, cuánto tiempo.

—Nada de detective, Shen, ¿cómo tienes la noche?

Conocí a Shen hace años, trabajaba en un caso de trata de blancas y él accedió a facilitar cierta información a la policía a cambio de que hiciéramos la vista gorda sobre los combates ilegales que organizaba en su gimnasio. Durante el día, Shen era el discreto propietario de un local de artes marciales en apariencia legal. De noche, en ese mismo tatami, uno podía presenciar las peleas más salvajes de la ciudad.

—Tranquila, los voluntarios de hoy no merecen la pena.

Hombres de todos los barrios de Nueva York, incluso de las afueras, acudían a Shen y se presentaban voluntarios para esos combates. Lo hacían porque el ganador de la noche se llevaba la mitad del bote generado por las apuestas. La otra mitad era para Shen, por las molestias.

—Apúntame.

Shen me mira y sonríe.

—No me parece justo, detective, acabo de decirle que esta noche no tenemos a ningún contrincante digno.

—No me vengas con monsergas. Puedes quedarte todo el dinero, me importa una mierda. No he venido aquí a eso.

—Entonces de acuerdo, Tabone. No creo que la pelea de ahora vaya a durar mucho más. —Me acompaña por el interior del gimnasio hasta el tatami donde efectivamente hay un hombre de aspecto oriental dándole una paliza a un pobre desgraciado irlandés, a juzgar por el color de su piel y de su pelo—. Prepárate.

—Perfecto.

—No vendrá mañana a arrestarme, ¿no?

—No —le aseguro entre dientes—. Lo de esta noche es personal, pero más te vale que no me entere de que estás metido en algo más. Hicimos un pacto; todos los participantes son voluntarios y nada de menores. Mientras lo cumplas, te dejaré en paz.

—¿Aunque esta noche pierda?

Me lanza una toalla y unas vendas para los nudillos.

—No voy a perder. Si alguno de los combatientes de esta noche es amigo tuyo, dile que se vaya.

—Lo haré.

Shen se marcha y mientras me quito la camisa y me vendo los dedos le veo hablar con un joven. Este asiente y abandona el local segundos antes de que el irlandés caiga noqueado al suelo del tatami. El juez, que durante el día ejerce de profesor en el gimnasio, anuncia el final de ese combate y la llegada de un nuevo participante: yo.

El oriental consigue derribarme al suelo tres veces. Me rompe una costilla y sé que me dolerá la cabeza durante días, pero no consigue vencerme. Esta noche nadie podría detenerme.

Lo malo de no sentir nada es que hay momentos en los que el vacío es tan grande que lo único que puede evitar que te ahogues dentro es el dolor.

Me estoy ahogando.

Fin del combate.

El oriental no puede levantarse y dos hombres se lo llevan colgando por los hombros del tatami. Llega un tipo enorme, pelo negro, músculos tatuados con dibujos propios de las cárceles rusas. Él será más difícil, peleará mucho más sucio que su predecesor, habrá sangre.

Media hora más tarde, el ruso pierde el sentido en el suelo de Shen. Tengo un ojo casi cerrado del todo y me sangra una oreja porque ha intentado arrancármela con los dientes.

Puedo respirar.

—¿Quién es el siguiente? —le pregunto a Shen, que me mira desencajado.

—Ya no hay más.

Me lanza una segunda toalla y mi camisa.

—¿Cómo que no hay más?

Shen camina hasta mí y levanta del suelo la botella de plástico en la que hay un mejunje de creación propia para desinfectar las heridas.

—Debería irse, detective.

Sí, debería irme.

Debería irme de Little Italy para siempre y no volver nunca más.

No me molesto en limpiarme las heridas, me pongo la camisa y me voy a casa. Vanderbilt Avenue siempre ha sido mi refugio, el lugar que elegí para vivir sin pasado y sin futuro, para solo existir. Entro a oscuras, conozco el camino, y dejo la ropa manchada de sudor y sangre en el suelo del baño. Me doy una ducha de agua caliente y el dolor se extiende por mi cuerpo como las llamas del fuego que destruyó mi vida. Al terminar, veo la botella de whisky junto al vaso en el que está mi cepillo de dientes.

Sonrío.

Mierda, el ruso me ha partido el labio.

Siena dejó allí la botella, es el único pensamiento sobre ella que voy a permitirme. Me la he arrancado a golpes; ha funcionado.

Levanto la botella y derramo el líquido sobre las heridas de las manos. Después, doy un trago que escupo tras unos segundos. Vacío el resto, el agua se lleva los rastros de sangre al desagüe.

En el dormitorio, me dejo caer en la cama y en la oscuridad.

CAPÍTULO 13

El sol no me deja dormir lo que mi cuerpo necesitaría para recuperarse de los golpes de ayer. La luz consigue meterse por entre la hinchazón del párpado y me estalla la cabeza. Sin levantarme de la cama me aprieto el puente de la nariz, al menos está entera.

—Mierda —farfullo.

Tendría que haberme detenido antes, no es propio de mí dejarme caer al vacío. De nada sirve que me justifique, no he descubierto nada que no supiera. Ni nada que no haya provocado yo mismo.

—Joder, Jack. Tienes que dejar este caso.

Me siento en la cama y al bajar la vista veo que tengo el costado izquierdo del cuerpo de un feo color violeta. Paso los dedos por encima, tengo dos costillas rotas, quizá tres, me dolerán durante unos días y me recordarán que no puedo volver a perder el control. Busco los calzoncillos a tientas y voy al baño a vendarme.

Vanderbilt Avenue

Hacía años que el abismo no lograba arrastrarme. No soy tan fuerte ni tan frío como creía, tendré que andarme con cuidado. El rostro que descubro en el espejo del baño es el de un desconocido. Me echo agua en la cara y me lavo los dientes. Al menos tuve el acierto de no beber. Poco a poco siento que las piezas vuelven a encajar y vuelvo a sentirme cómodo en mi piel.

El incendio sucedió hace años, nunca han encontrado a los culpables. Lo sé, hace años que lo sé. Nick y Sandy fueron mis amigos en el pasado, ya no lo son. Fabrizio y Amalia me adoptaron e hicieron lo que pudieron, no puedo culparles. Lo sabía entonces y lo sé ahora.

El pasado se queda allí, en el pasado.

Yo estoy aquí y sé lo que tengo que hacer para que nada pueda volver a romperme.

Me vendo las costillas, tenso el vendaje tanto como puedo y voy a la cocina a prepararme un café. Mi despensa es patética.

Llaman a la puerta.

Puedo contar con los dedos de una mano la cantidad de veces que alguien ha venido a visitarme. Mi casero solo vino una vez hace años, me imagino que nuestro arreglo le parece tan conveniente a él como a mí; le dejo el sobre con el dinero en su buzón y él no me molesta. Anderson sabe dónde vivo, siempre le he mantenido informado sobre mi paradero porque me cabrearía mucho que se presentase un día sin que yo le hubiese dado la dirección. Al menos así tengo la sensación de que le he dado permiso para hacerlo. A lo largo de los años, apenas ha venido tres veces, y las tres estaban relacionadas con un caso.

Deduzco que es él. Me froto la sien al caer en la cuenta

de que lo más probable es que la pelea de ayer en el gimnasio de Shen haya llegado a sus oídos. Tendré que aguantar el sermón, qué remedio. Tal vez tenga suerte y no tenga que pedirle que me quite el caso.

Abro la puerta resignado y cansado. No he perdido el tiempo en ponerme una camiseta. Si Anderson se presenta sin avisar bien puede verme tal y como estoy.

No es Anderson.

Sujeto la puerta con tanta fuerza que la madera cruje bajo mis dedos y los nudillos se me quedan blancos.

Es Siena.

Siena aparece.

Siena tiene que desaparecer.

—¿Qué te ha pasado?

No, no puede mirarme así. No puede mirarme con preocupación, ni con cariño, ni con esos ojos incapaces de decidir si son verdes o marrones. Sencillamente no puede.

—¿Qué estás haciendo aquí? —Me cuesta hablar, un calor insoportable se ha extendido por el interior de mi cuerpo. Ella lo interpreta de otro modo y da un paso hacia atrás.

Vete.

Vete, por favor.

—Acabo de ver a Valenti —contesta. Se ha cruzado de brazos por culpa de mi frialdad—. Le diste un puñetazo.

—Sí.

—¿Esto te lo ha hecho él?

Parece furiosa, indecisa. Clava los pies en el suelo.

—No, puedes estar tranquila, tu Valenti no me ha hecho esto. No podría aunque lo intentase. Esto me lo he hecho yo.

Empiezo a cerrar la puerta.

Vanderbilt Avenue

Ella da un paso adelante y coloca una mano en la hoja de madera. Podría apartarla, si fuese capaz de respirar y de dar un paso hacia atrás, podría apartarla.

—Tendría que estar en la iglesia —empieza tras humedecerse el labio. «No hagas eso, por favor»—. Toni ha tenido que ir a ocuparse de un asunto y Valenti ha accedido a dejarme coger un taxi.

—¿Valenti tiene que darte permiso?

Me hierve la sangre. Me quema por dentro.

—Le he mentido y yo nunca miento.

—Te dije que te alejaras de mí.

—No he podido dormir. No puedo pensar. No puedo respirar.

—Tienes que irte, Siena.

—¿Lo ves? Es culpa tuya. —Le brillan los ojos—. Me dices que tengo que irme, pero pronuncias mi nombre de esta manera...

—Vete.

—¿Qué te ha pasado, Jack?

Suelta los brazos y alarga la mano derecha hacia mí. Aguanto la respiración. El dolor de las costillas no es nada comparado con el que me hará ella cuando me toque.

—Vete —repito. Tengo los ojos cerrados.

—¿Te duele?

Desliza los dedos por encima del vendaje. Aún puedo controlarme, todavía no está encima de mi piel, dentro de mí.

—¿Por qué has venido?

No tendría que importarme. Tendría que engañarme y decirme que no me importa.

—Tengo que entenderlo, Jack, tengo que entender qué está pasando.

Mueve la mano y la coloca en mi rostro.
Mierda. Estoy perdido.
«No sigas, no sigas».
—No soporto verte así, tan herido. Nadie tendría que sufrir tanto. —Se le rompe la voz.
Abro los ojos.
—No me conviertas en un héroe, no lo soy.
Capturo su muñeca y tiro de ella hacia mí. Odio que vea a un hombre que no existe. Tendría que verme a mí, solo a mí, no a una creación de su imaginación. Siena coloca ambas manos sobre mi torso para mantener el equilibrio, sus ojos, hoy casi verdes, se abren al ver de cerca las heridas que tengo en el rostro.
—No soy un héroe —repito—. No necesito que me cures, no necesito a una amiga y no puedo enamorarme. Aquí no hay nada para ti.
No la suelto, espero a que ella se aparte o me mire ofendida o dolida. O tal vez aburrida, eso le estaría bien merecido a mi ego. Pero ella no se mueve, ni siquiera tensa la espalda o mueve las manos de donde están. Ladea la cabeza y me mira a los ojos.
—Entonces, ¿qué eres, Jack? ¿Qué necesitas? ¿Qué puedes darme?
Me sudan las manos. La curva de su cintura empieza a quedarse grabada en mi piel a través de la tela del vestido. El color de sus ojos parece cambiar frente a los míos, son demasiado perspicaces y la frialdad no les afecta.
—¿Quieres entender qué está pasando?
Aprieto las manos, la voz me sale ronca y cargada de rabia.
—Sí.

Vanderbilt Avenue

—Solo es sexo. Yo tampoco lo entiendo, la verdad, nunca me había sentido atraído por una mujer como tú. —Ese insulto le afecta un poco, hasta que me tiembla el pulso.

—Si solo es sexo, nos resultará fácil solucionarlo, ¿no crees?

¡Maldita sea!

Me río con amargura.

—El sexo entre tú y yo no será fácil de solucionar, Siena. Ayer me peleé con dos hombres, creo que tengo tres costillas rotas y moratones por todo el cuerpo, no tendría que poder excitarme. Tendría que estar medio muerto en la cama y desde que te he visto quiero arrancarte la ropa.

«Vete, por favor».

—Intentas provocarme y que me vaya.

—Intento decirte la verdad.

Ahora se ríe ella.

—¿Eso crees? Deja que te enseñe a decir la verdad, Jack.

Nunca permitiré nada tan peligroso. Tengo que echarla de aquí. Aflojo los dedos que tengo en su cintura y obligo a mis pies a dar un paso hacia atrás. Ella levanta las manos de mi torso.

Se va.

Aprieto los dientes para contener las ganas de gritar como un animal herido.

Siena enreda los dedos en el pelo de mi nuca.

«Dios, no».

Tira de mí al mismo tiempo que se pone de puntillas y me besa.

No sé si iba a darme un beso de despedida, en cuanto sus labios han rozado los míos he perdido la batalla. Mi cuerpo ha prendido fuego, es repentino e incontrolable. Innegable.

La sujeto por la cintura y tiro de ella hacia el interior del apartamento. Cierro la puerta con el pie y apoyo a Siena en ella.

Me besa, gime, suspira dentro de mi boca y sé que, si pudiera retenerla aquí, dentro de mí, quizá tendría una oportunidad de sobrevivir. No puedo, tengo que alejarla de mí, pero la necesito aunque solo sea una vez. Voy a morir de verdad si no la siento junto a mí, es lo más cerca que estaré nunca de estar vivo.

Baja las manos, no me aparta, yo la beso con más fuerza. Nunca he sido tan agresivo con nadie porque nunca he sentido esta necesidad por nadie. El deseo que despierta en mí Siena es incluso violento, intenta dominarme y obligarme a sentir.

Tengo que desnudarla, tengo que meterme dentro de ella y apagar este fuego.

Le desabrocho los botones del vestido sin dejar de besarla y sin apartarme de delante de ella. Mi cuerpo está pegado al suyo, la tela me roza el torso y está tan fría que me produce escalofríos. Cuando la aparto, cuando por fin mis nudillos rozan la piel de Siena, me tiemblan las rodillas.

Capturo su labio inferior entre los dientes y el suspiro de ella me acaricia la lengua. Le quito el vestido, la prenda cae al suelo y se arremolina a sus pies. Si pudiera dejar de besarla, la miraría, pero no puedo. «La próxima vez». No, no habrá una próxima vez. Tendrá que bastarme con esta, ella no querrá verme después.

Mi mano derecha se mete por debajo de la camisola que aún cubre a Siena, la arrugo entre mis dedos y le acaricio el muslo. Aparto los labios de los suyos. Es casi doloroso y la presión que siento en el pecho solo se aligera cuando los deposito en su cuello. La beso allí, hundo mi rostro en ese hombro perfecto, suave y fuerte.

Ella me acaricia el pelo.

No, no puedo permitirlo.

Es sexo, solo sexo.

Los dos lo necesitamos para poder seguir adelante y olvidarnos el uno del otro.

—Jack —susurra mi nombre y mi piel reacciona como un perro adiestrado y se eriza de principio a fin.

—Tengo que saber si has estado antes con un hombre.

Le sigo besando el cuello y noto que se sonroja.

—Jack...

Aparto los labios de su piel. La recorro con la lengua y la miro a los ojos.

—No me importa la respuesta, solo quiero saber si tengo que ir con cuidado. No voy a detenerme, Siena. Ya te di esa oportunidad. Soy un bastardo y, a no ser que me lo pidas ahora mismo, no voy a dejarte ir hasta haberte follado.

Esa palabra no le gusta, se muerde el labio inferior y entrecierra los ojos. Esos ojos siempre la traicionan, tarde o temprano alguien le hará demasiado daño y dejarán de ser tan sinceros. Odio ser ese alguien.

—No tienes que ir con cuidado —contesta aguantándome la mirada—. He estado antes con...

No le dejo terminar la frase, no puedo soportarlo. Una parte de mí insiste en que es mucho mejor así, todo sería mucho más complicado si Siena fuese virgen. Perder la virginidad puede ser importante para algunas mujeres, quizá también para algunos hombres. Es mejor así, me repito, mucho mejor. ¿Con quién diablos se ha acostado Siena? ¿Por qué no está con él ahora?

«Déjalo. Solo es sexo».

Otra parte, la que el deseo aturde de inmediato, desea durante un doloroso segundo ser de la clase de hombre que se enamora de una mujer y quiere ser el primero en estar con ella.

Estoy furioso por no ser ese hombre, estoy furioso con Siena por hacerme pensar en ello, pero me obligo a contener esta rabia sin sentido y a convertirla en lujuria.

Bajo las manos hasta el extremo de la camisola y tiro de la prenda hacia arriba para dejar a Siena en ropa interior. Ella tiembla y se sonroja, pero no retrocede y me devuelve la mirada de deseo.

—Ven conmigo.

Le ofrezco mi mano y ella la acepta sin dudar. Mi corazón intenta acelerarse y le obligo a detenerse.

Solo es sexo.

Tiene que ser solo sexo, ¿por qué iba a llevarla al dormitorio?

Me detengo y me doy la vuelta para volver a besarla. Ella me muerde el labio y se sujeta a mis hombros, se pega a mí y, a pesar de que lleva aún el sujetador, siento la presión de sus pechos. Basta. Es demasiado. Quiero más.

Quiero más.

Camino hacia la cocina, apenas puedo dar un paso más. No aparto los labios de su boca, los besos se vuelven más húmedos, más agresivos, mis dientes y mi lengua no soportan alejarse de ella. La sujeto por la cintura y la siento encima de la mesa. Mis costillas se quejan durante un segundo, el dolor es un buen recordatorio.

Solo es sexo.

Le separo las rodillas y me coloco entre ellas. Le desabrocho el sujetador y cuando aparto la prenda y nuestras pieles se funden gimo y la beso apasionadamente. Me ahogo si no la beso y tengo miedo de no poder correr ese riesgo.

Le acaricio los pechos y ella levanta las piernas despacio y me rodea la cintura. Baja las manos por mi torso, es delicada cuando se cruza con el vendaje y sigue hasta llegar a la cinturilla de los calzoncillos, allí titubea.

Muevo una mano y la coloco encima de una de Siena. Tiembla al sentirla, pero no la aparta. Juntos eliminamos de mi cuerpo la única prenda que me convertía en un ser civilizado. La beso con más ternura. Es un instinto extraño, quizá lo hago porque sé que cuando entre dentro de ella no podré hacerlo.

—Tu sabor me vuelve loco —le digo.

Es una estupidez y ella lo sabe, sonríe y me mira.

—Cállate, Jack.

Le sonrío y le doy un beso en la punta de la nariz.

¿Pero qué estoy haciendo?

Siena ve algo en mis ojos y me acaricia el pelo. «No, no puedo permitirlo». Muevo la cabeza para morderle la piel del interior de la muñeca y a ella se le dilatan las pupilas de deseo.

—Jack...

Sexo, es solo sexo.

Me aparto un segundo para quitarle las braguitas. Me duelen los dedos de las ganas que tengo de acariciarla, de entrar dentro de ella también de esta manera, pero estoy demasiado excitado. Lo único que me permito es colocar la palma encima de su sexo para sentir su calor y asegurarme de que está tan excitada como yo. No, como yo es imposible. Tanto deseo es doloroso.

—¡Dios mío! —farfullo.

Voy a enloquecer de verdad.

Guío la erección hacia su cuerpo. No voy a mirarla a los ojos, no podré soportarlo. La miro, no puedo apartar la mirada. Ella tira de mi y me besa al mismo tiempo que entro en ella. Durante unos segundos, creo que voy a morir.

Es demasiado.

Quema, me aprieta, es perfecto.

Me sujeto de su cintura y me obligo a quedarme completamente inmóvil. Puedo sentir el cuerpo de Siena adaptándose a mí, temblando, aprendiéndose el mío de memoria. Ella deja de besarme sin apartar los labios. Tengo miedo de estar haciéndole daño, no puedo soportar la idea de hacerle daño. Empiezo a besarla con ternura, son besos pequeños, besos que nunca le he dado a nadie. Siena respira controladamente, su aliento es una caricia en mis labios mientras sigo dándole esos besos. Necesito que no le duela, necesito que me bese y que me desee. Lo necesito.

Suspira.

Su cuerpo tiembla de un modo distinto y sus piernas se aprietan alrededor de mi cintura, sus brazos alrededor de mi cuello y me devuelve el beso de nuevo.

Me besa.

Me desea.

Gime mi nombre y cada letra me golpea el pecho.

No, es sexo. Solo sexo.

—Siena.

Me tiemblan los brazos, no puedo respirar y no tiene nada que ver con las costillas rotas. Apoyo las manos detrás de ella, nada me gustaría más que tocarla y sentir su piel bajo la mía.

No, es solo sexo.

—Jack.

Entro en su boca, la beso porque lo necesito y porque no quiero oírla decir mi nombre otra vez. Sus manos en mi pelo, su sabor en mis labios, cada una de las reacciones de su cuerpo me pertenecen y despiertan el mío. El deseo desaparece, lo que estoy sintiendo no es tan ligero ni absurdo como una necesidad física, eso podría contenerlo.

Es instinto.

Es impulso.

Es solo sexo.

Mis manos se apartan de la mesa y suben por la espalda de Siena. Al llegar a la nuca le acarician el pelo casi por primera vez y se detienen allí, bailan con los mechones que acarician el rostro y el cuello de su dueña. Estoy partido en mil pedazos, me muevo dentro de Siena a un ritmo frenético, casi violento, quiero borrar cualquier rastro de ese desconocido que ha estado allí antes que yo. Mis brazos, sin embargo, la abrazan con la delicadeza que se merece, como si fuera la criatura más maravillosa del mundo. Ha cometido una estupidez entregándose a mí y yo soy un hijo de puta por haberla aceptado.

Intento dejar de besarla, noto su corazón acelerado sobre el mío, aprieta las piernas y me clava las uñas en los hombros sin darse cuenta. Consigo apartar los labios y abro los ojos.

—Siena, mírame —le pido.

Tiene las pupilas dilatadas, jamás podré olvidar (aunque lo intentaré) ese verde con motas doradas. Está sudada y tiene los labios mojados de nuestros besos.

Intenta decirme algo, pero yo muevo las caderas y se queda sin aliento.

—Solo es sexo —le digo.

O tal vez me lo estoy diciendo a mí.

—Jack —susurra acercándose a mí para besarme.

—Solo es sexo —repito.

Aunque me entrego a ese beso. Siena tiembla, me abraza, me besa, respira a través de mí cuando el orgasmo le gana la partida. Yo tengo un segundo para pensar que no estoy preparado para esto, no podré soportarlo.

Entonces, las murallas se derrumban, aunque solo lo sé yo, y me rindo a algo que no comprendo y que podría destrozarme y quizá reconstruirme. Pero no voy a permitirlo, estoy bien así y así es como tengo que ser para sobrevivir.

No, solo es sexo.

El beso de Siena es dulce, sabe por lo que estoy pasando porque ella apenas ha sobrevivido, sus labios me ofrecen cobijo mientras nuestros cuerpos se entregan sin límites.

Dejo de besarla. Escondo el rostro en su cuello y le doy un beso allí para no delatarme. Ella me acaricia el pelo y me besa en la mejilla.

Las piernas no me sujetan, la mesa golpea la pared de la cocina. Flexiono los dedos en su cintura, su piel me quema, nuestros cuerpos no quieren separarse y es el orgasmo más doloroso que he tenido nunca.

Minutos después, aflojo las manos y levanto la cabeza. Noto el sabor de la sangre en los labios. Me he mordido para no gritar su nombre. Ella lo ve y deposita un beso en ellos.

No lo merezco.

CAPÍTULO 14

Siena
Vanderbilt Avenue
1940

Puedo sentirlo dentro de mí, no solo en donde es más obvio, puedo sentirlo bajo mis costillas, en mi estómago, detrás de mis ojos. No hay ninguna parte que esté a salvo de Jack, y yo que creía que podría protegerme.

Soy una estúpida.

Él también está desconcertado, él tampoco creía que fuera a sucedernos algo así.

«Es solo sexo».

Lo ha dicho tantas veces que tengo ganas de gritar. Si no fuera por el brillo que he visto en sus ojos cada vez que lo pronunciaba, le habría abofeteado y me habría largado. Tengo que ser cauta, no debo ver más de lo que hay, pero esto, esta locura que creamos juntos, no puedo negarla.

Después del primer beso, he dejado de pensar, el mundo ha dejado de importarme y todo lo que quería era estar con él, como fuera, donde fuera. Para siempre. Ha sido como tocar la partitura más peligrosa y apasionada que existe, mi cuerpo sabía qué compases tocar, su piel respondía a la mía como dos instrumentos perfectamente afinados.

Ha sido doloroso.

Me escuecen los ojos.

—¿Te he hecho daño? —me pregunta preocupado. Arquea una ceja de un modo distinto cuando está preocupado de verdad a cuando está haciendo de policía.

—No, estoy bien —le aseguro. Le miento porque sé que no puedo decirle que estoy asustada porque no sabía lo que significaba entregarse a alguien hasta hoy.

—¿De verdad? —Me acaricia la mejilla. «No lo hagas, Jack. No me acaricies si después vas a decir que solo es sexo»—. Creo que he sido un poco violento al final —confiesa un poco avergonzado.

Esa timidez es la que me hace daño.

—De verdad, ha sido perfecto.

Me trago las lágrimas.

—¿Y yo, te he hecho daño? —Veo las marcas de mis uñas en los hombros e intento sonreír al hacerle la pregunta.

Él también sonríe, gracias a Dios.

—No, qué va.

Sale con cuidado de mi interior y se sube los calzoncillos que estaban en el suelo. Abandona la cocina sin decirme nada y me siento mucho más desnuda y avergonzada que segundos antes. ¿Qué se supone que tengo que hacer ahora? Aunque intento ocultarlo, aún tiemblo demasiado para ponerme en pie y vestirme, por no mencionar que lo de irme de aquí imitando a una femme fatale está fuera de cuestión.

Jack vuelve a entrar en la cocina con una toalla en la mano. Se detiene en la puerta y me mira inseguro, casi le oigo pensar desde donde estoy. Reanuda la marcha al tomar una decisión, sea la que sea, y se detiene ante mí.

Agacha la cabeza y con mucho cuidado acerca la toalla que está mojada con agua caliente al interior de mis muslos.

—Siento haberte hecho daño —dice en voz muy baja.

—No me lo has hecho.

Quiero acariciarle el pelo, levanto una mano de la mesa y la acerco a él. Cierro los dedos antes de tocarle, ¿se apartará si lo hago?

—Espérate aquí, iré a por tu vestido.

Vuelve a dejarme sola y cuando vuelve está vestido y trae mi ropa consigo. Habrán pasado unos minutos, me imagino, estoy tan aturdida que no me he dado cuenta. La ropa está perfectamente doblada y amontonada en el orden en que debo ponérmela. Es un detalle absurdo que está a punto de hacerme llorar de nuevo.

Jack deja el montón de ropa en la mesa y se da media vuelta para darme cierta intimidad, o quizá sea él el que la necesita. Mientras me visto, abre armarios de la cocina en busca de algo que no parece encontrar.

—Creía que tenía todo lo necesario para preparar café, pero veo que no.

He bajado de la mesa y me estoy abrochando el vestido. No puedo pensar en lo que ha sucedido, aún no, mi cuerpo aún siente a Jack, aún se estremece buscándolo.

—No te preocupes.

Solo me faltan los zapatos, supongo que estarán junto a la puerta. Me sonrojo al pensar en el beso que nos hemos dado allí, en cómo hemos acabado haciendo el amor en la mesa de la cocina.

—Debería irme —dice Jack entonces—. Tengo que ir a la comisaría.

—Claro.

Salgo yo la primera de la cocina y voy directa a por mis zapatos. Tendría que estar preocupada por si Toni va a buscarme a la iglesia o por si Valenti termina antes de tiempo y se pasa por allí. Nada de eso parece importarme. Si ahora solo pudiera tener la respuesta a una pregunta, sería: ¿qué diablos le pasó a Jack para dejarle así?

—¿Estás lista?

Levanto la mirada y le veo frente a mí. No es el hombre herido que me ha abierto la puerta hace una hora ni el amante entre tierno y salvaje que me ha poseído en la cocina. Frente a mí está solo Jack Tabone, detective de Nueva York.

—Claro.

Abandonamos juntos el apartamento, es una escena tan doméstica y surrealista que no sé si ponerme a reír o a llorar. Decido no hacer ninguna de las dos cosas y seguir el ejemplo de Jack y representar mi papel; él, el de policía y yo, el de sobrina del capo de la mafia. Es mejor así, supongo, ahora ya hemos satisfecho nuestra curiosidad y podemos volver a la normalidad.

Al llegar a la calle, Jack detiene un taxi con un silbido. El modo en que ha sonreído al ver que el vehículo se acercaba ha sido casi arrogante. Me abre la puerta y mientras me siento le dice al conductor la dirección de la iglesia del Santo Cristo.

Supongo que esto es nuestra despedida.

—Gracias por lo del tatuaje —me dice—, creo que me será muy útil.

—Me alegro. Espero que encuentres pronto al asesino de Emmett.

Le veo flexionar los dedos y le tiembla un poco el pulso.

—No sé cómo hacer esto, Siena —confiesa de repente—. No quiero hacerte daño y, mierda, ya has visto lo que ha sucedido arriba.

—No me has hecho daño, no físicamente —añado antes de poder censurarme. Creo que me merezco esa verdad y él tiene que escucharla.

—Volveré a hacértelo. Ahora mismo iré a la comisaría y daré la orden de seguir a Toni, buscaré a algún informante que le haya visto esta mañana y que me diga dónde ha estado.

Se me retuerce el estómago. Habla en serio, ayer ya me dijo que esto era lo que quería y yo he cometido el error de decirle que Toni había tenido que ocuparse de algo importante.

—Yo ayer por la noche le dije a Valenti lo del tatuaje.

Entrecierra los ojos y aparta la mirada durante un segundo.

—Tendríamos que parar ahora, Siena.

—De acuerdo.

—No quiero parar.

Maldito Jack y su estúpida y cruel sinceridad.

—Tengo que irme, Toni estará a punto de ir a la iglesia a recogerme. Esta noche hay un concierto en la Ópera de

Nueva York, toca la señorita Moretti y estoy invitada desde hace meses. Adiós, Jack.

Cierra la puerta y el taxi se pone en marcha.

La iglesia del Santo Cristo es pequeña y vieja, al menos para la ciudad de Nueva York. Cuando la pisé por primera vez fue como entrar en casa de una vieja conocida, enseguida me sentí bien recibida y esa tarde me pasé horas llorando en compañía del párroco y de una anciana que no entendía lo que me pasaba.

Hoy es justo lo que necesito.

El taxi se detiene en la puerta y cuando voy a pagarle me dice que «el policía ya le ha pagado». El gesto de Jack me molesta tanto que le doy el dinero igualmente al taxista y le digo que se vaya a cenar con quien quiera a nuestra salud. ¿Quién se ha creído que es? Peor aún, ¿quién se ha creído que soy? Qué manera tan absurda de tratarme, como si fuese una chica de un bar o algo peor. Me lleno los pulmones de aire y lo suelto despacio, no quiero entrar así en la iglesia, me pondría a gritar ante el primero que metiese la pata conmigo. Echo los hombros hacia atrás y subo los escalones despacio.

Da igual, Jack se ha ido y no volverá. No sé por qué diablos le he dicho lo de esta noche, podría haberme ahorrado la humillación.

Abro la puerta de la iglesia y me reciben las voces de los niños de la coral. Están cantando una vieja canción italiana y un hombre les acompaña tocando el violín.

Mamá me tocaba esa canción.

Me siento en el último banco y busco un pañuelo en el bolso, cómo les echo de menos.

—Hola, Siena, siento llegar tarde —me saluda Toni quitándose el sombrero. Por fin ha accedido a tratarme de tú—. ¿Qué te pasa? ¿Estás llorando?

Él se sienta apresurado a mi lado y veo que busca alguna clase de herida en mi cuerpo, algo que justifique las lágrimas.

—Estoy bien. —Le sonrío—. Mi madre me tocaba esta canción.

A juzgar por la mueca de pánico creo que Toni habría preferido lidiar con una herida de bala que con mis emociones.

—No te preocupes, se me pasará.

Asiente y mira hacia delante. La coral cambia de canción y el violinista les acompaña, esta también es triste, pero no me trae tantos recuerdos.

—Lamento mucho lo que les sucedió a tus padres.

—Gracias.

Toni ya estaba trabajando para Luciano cuando me mudé a Nueva York, se dedicaba a hacer recados y a ir de un lado para el otro. Creo que le pillé mirándome de un modo extraño un par de veces la semana que llegué, aunque no estoy segura. Supongo que en aquel entonces le dio vergüenza darme el pésame. Si lo hubiera hecho, yo no le habría dado importancia. Para mí entonces era un desconocido que además representaba uno de los motivos por los que mamá y papá estaban muertos. Ahora se lo agradezco.

—El señor Cavalcanti nos ponía a veces la música de tu madre.

—¿Ah, sí? No lo sabía.

—Sí, creo que era de cuando ella tocaba en una orquesta en París.

—Sí, mamá había tocado en la Ópera de París.

—Le habría encantado la de Nueva York —sugiere Toni.

—Sí, le habría gustado mucho. —Es muy agradable hablar de ellos con normalidad, estoy cansada de que si alguna vez me atrevo a mencionarlos ante Luciano acabemos hablando solo de su muerte, de cómo les asesinaron.

Escuchamos dos canciones más. No tenemos prisa y esperamos para irnos a que los niños salgan corriendo de la iglesia. Toni no me cuenta dónde ha estado esta mañana y yo tampoco tengo intención de contárselo. Será como si no hubiera sucedido.

Volvemos a casa a tiempo de comer y por la tarde llama Luciano y hablo con él un rato. Le oigo menos cansado que la última vez, mucho más animado.

—¿Cuándo volverás, tío?

—Creo que dentro de dos días. La reunión ha ido muy bien y confío en que podamos dejarlo todo resuelto muy pronto.

—¿De verdad? ¿Vas a cumplir con lo que me prometiste?

La noche que murió Emmett, Luciano me prometió que buscaría el modo de retirarse. Hasta ahora no me he atrevido a preguntarle si lo decía de verdad.

—Es muy difícil, Siena, y tengo que ser muy cauto. Hablaremos de ello cuando vuelva.

—Pero tío...

—Confía en mí, Siena, ¿de acuerdo?

—Está bien.

—¿Cómo van tus clases?

—¿Vas a dejarme hacer las pruebas para la orquesta de la Ópera?

Me molesta que me trate como a una niña pequeña.

—Es peligroso, Siena. Serías demasiado visible.

—No si te retiras —insisto.

—Hablaremos de ello cuando vuelva. ¿Esta noche vas a ir al concierto?

—Sí, por supuesto que sí, la señorita Moretti está muy nerviosa.

—Dile que no tiene por qué estarlo.

—Se lo diré.

—Ten cuidado, Siena. Es una época de cambios y tenemos que ser cautos.

—No te preocupes, tío. Tendré cuidado, tenlo tú también.

—Claro, busca a Valenti y dile que quiero hablar con él.

No tengo que buscar demasiado, yo estoy en el sofá y él está sentado en la mesa que hay junto a una de las ventanas. Ha elegido ese lugar para darme cierta privacidad y porque sabía que, en cuanto yo terminase de hablar, Luciano preguntaría por él.

—Valenti, mi tío quiere hablar contigo.

Se pone en pie y camina hacia mí, aún tiene la mejilla hinchada por el puñetazo de Jack, pero el labio le ha cicatrizado.

—Gracias.

Acepta el teléfono y yo me pongo de pie y salgo de la biblioteca. Podría quedarme, Valenti no me echaría y a mi tío no le molestaría, pero ver a Valenti me hace pensar en Jack y la verdad es que prefiero no hacerlo. Ya tengo bastante con que mi cuerpo siga recordándomelo cada segundo.

Toco el violín un rato antes de empezar a arreglarme para el concierto de esta noche. Me doy un baño, lleno la bañera de agua caliente y echo unas sales que huelen a mar.

En Nueva York el mar no huele como en Italia, allí es mucho más cálido y seductor. Aquí todo es más frío.

Me hundo entre las burbujas y rezo para que se lleven el tacto de Jack de mi piel, me volveré loca si no lo hacen. Cuando me pongo las medias y la ropa interior me digo que las marcas que tengo en la piel no son los dedos de Jack y cuando me maquillo y tengo que cubrirme un ligero moratón en el cuello me digo que este no tiene la forma de sus labios.

«Voy a hacerte daño, Siena».

No, no me lo hará porque por fin he comprendido que no dispongo de las armas para enfrentarme a él. Si fuera tan mal hombre como dice, podría apartarlo de mí sin mirar atrás. Para mi desgracia, no lo es.

Lo echo de mi cabeza y busco un vestido dorado que me compré en Navidad. Deja la espalda al descubierto mientras que por delante no tiene escote y cubre los hombros completamente. Me dejo el pelo suelto, solo me coloco una horquilla en forma de mariposa en el lado derecho para que ese mechón no me caiga en la frente.

Llaman a la puerta cuando estoy acabando de maquillarme.

—¿Estás lista?

Es Valenti, él va a acompañarme a la Ópera en ausencia de mi tío.

—Sí, enseguida salgo.

—Te espero en el salón.

Oigo sus pasos alejándose y deduzco que lleva unos derby recién lustrados a juego con el esmoquin que es obligatorio para esta velada. Me pongo unas gotas de perfume y antes de salir del dormitorio me beso dos dedos y deposito el beso encima del violín de mamá.

Valenti me está esperando con Toni, que se está burlando de él por parecer un camarero.

—Estás muy guapo, Valenti —Yo también le tomo el pelo, aunque está guapo de verdad.

—Si supieras lo que me ha prometido tu tío a cambio de esto, no te reirías tanto, señorita Cavalcanti —me dice—. Y tú, Toni, ten cuidado —le amenaza sin ganas y guiñándole el ojo.

—Por supuesto, Valenti, lo siento.

—Eso esta mejor. ¿Nos vamos?

Me ofrece el brazo y yo se lo acepto. No es la primera vez que Valenti me acompaña a algún acto de esta clase y tengo que reconocer que es una compañía muy agradable.

—¿Por qué nunca te me has insinuado? —le pregunto en el coche hacia la Ópera.

Valenti enarca una ceja y me mira sorprendido.

—¿A qué viene esto, Siena?

—A nada, siento curiosidad. —Miro por la ventana e intento parecer sofisticada—. Es obvio que mi tío y tú os lleváis muy bien.

—¿Y solo por eso debería fingir que me gustas y hacerte la corte? No te ofendas, Siena, pero si ese fuera el caso tendrías que darme calabazas.

—Lo haría. No quiero que nadie se interese en mí por mi tío. —En cierto modo, eso es lo que ha hecho Jack—. Es solo que todo sería mucho más práctico.

—¿Para quién? ¿Para mí o para ti?

—¿Desde cuándo eres tan hablador?

Valenti sonríe y conduce en silencio durante unos minutos.

—Mira, Siena, esta conversación la has empezado tú y

sí, bromas aparte, todo sería más fácil si tú y yo estuviésemos juntos. Pero eso no sucederá jamás entre tú y yo.

—Lo sé. No quería incomodarte.

Me avergüenza haber sacado este tema, he quedado como una niña tonta que busca que la halaguen.

—No me has incomodado. Eres una mujer increíble y no te creas que no me he dado cabezazos contra la pared al ver que no sentía la más mínima atracción hacia ti. Me temo que en este sentido soy un caso perdido.

—¿Por qué?

—¿Por qué no me siento atraído hacia ti? —Me mira de reojo sin apartar la vista de la calle.

—No, ¿por qué eres un caso perdido?

—Conocí a una chica hace muchos años y...

—¿Te rompió el corazón? —bromeo. Nunca me había imaginado que Valenti fuese un romántico.

—No, murió.

—Oh, Valenti, lo siento mucho.

Le tocaría el brazo, pero está tan tenso que tengo miedo de que si lo hago tengamos un accidente.

—Fue hace mucho tiempo. —Le quita importancia—. A veces hay personas que nos afectan de un modo distinto y de cuya pérdida jamas nos recuperamos.

El corazón me sube a la garganta, ¿sabe lo de Jack?

—Ver morir a alguien hace que te preguntes muchas cosas.

Suspiro aliviada y me siento fatal por ello. Valenti no se refiere a Jack, pero, ¿cómo he podido olvidarme de la muerte de Emmett?

—Sí, supongo que sí.

—Dentro de unos días Luciano estará de vuelta y todo

volverá a la normalidad. Tal vez podrías convencer a tu tío para que os fuerais los dos de viaje.

—Sí, es muy buena idea.

Un viaje muy lejos de aquí, lejos de un hombre con ojos negros que, aunque ha estado dentro de mí, es incapaz de hablarme como acaba de hablarme el hombre que ahora tengo al lado y que ha confesado abiertamente que no se siente atraído hacia mí.

CAPÍTULO 15

La Ópera de Nueva York está preciosa y repleta de actrices, actores, políticos y gente importante de la ciudad. Hay ocasiones en las que ser «la sobrina de Cavalcanti» me molesta, pero hoy doy las gracias por ello. Los políticos se mantienen alejados de mí y los miembros de la arcaica alta sociedad también.

Valenti es el acompañante perfecto, es atento, guapo y desprende autoridad. Las mujeres le observan con descaro al pasar y los hombres se apartan a su paso. Me pregunto quién era la chica que murió, tenía que ser muy especial para dejarle una marca tan profunda. Estos días sin Luciano me han servido para conocer mejor a Toni y a Valenti, y estoy descubriendo que están llenos de matices. No son un matón y un genio con los números, son mucho más, con sus virtudes y sus defectos, pero mucho más.

—Vamos, tenemos que ir a ocupar nuestros asientos.

Catalina nos ha reservado un palco, daría cabida a seis

personas, pero solo hay dos enormes butacas rojas esperándonos. A mi tío le gusta que estemos solos cuando vamos a escuchar a Catalina. En otras circunstancias, tal vez estaría incómoda a solas con Valenti, hoy, después de esa extraña conversación en el coche, me alegro de tenerle a mi lado.

Nos sentamos y pocos segundos después empieza la música.

—Creo que le pediré a tu tío que me convierta en su heredero —farfulla Valenti tras la primera canción.

Le sonrío y le pido que baje la voz, y él contesta cerrando los ojos y fingiendo que se pone a dormir. Al menos creo que finge.

El concierto es hermoso, los músicos tocan con tanta pasión que se me eriza la piel. Los compases se vuelven más íntimos y a medida que me pierdo en la música empiezo a recordar los brazos de Jack, sus besos, sus malditos ojos negros.

«Basta».

Me obligo a pensar solo en la técnica, en lo mucho que han tenido que practicar estos músicos para llegar hasta aquí. Fijo la mirada en Catalina, desde el palco me parece más joven y más insegura que cuando voy a su casa y me riñe porque no he tocado lo suficiente.

Una gran ovación marca la media parte y Valenti abre los ojos y se pone a aplaudir como si se hubiese pasado todo ese rato escuchándolos. La ópera se ilumina, Valenti tamborilea los dedos en el reposabrazos de la butaca. Está distraído hasta que alguien del anfiteatro capta su atención. No logro distinguir quién es, hay demasiada gente, aunque Valenti no parece tener el mismo problema.

—No te muevas de aquí, Siena. Enseguida vuelvo.
—De acuerdo.

La soledad del palco me abruma, me siento observada por las miradas crueles de los llamados buenos ciudadanos de Nueva York. Luciano soborna a la policía, traficó con alcohol durante la ley seca y ha hecho cosas horribles, pero no tantas como le adjudican. Allí abajo hay gente juzgándome que tal vez ha pegado a su esposa o ha abandonado a un hijo. ¿Quiénes se creen que son? Su doble moral me repugna y no voy a permitirles que sigan observándome como si yo fuese un oso de circo adiestrado.

Me levanto y con tanta serenidad como consigo aparentar echo la cortina del palco, es de un pesado terciopelo rojo y confío en que me proteja del veneno de esas alimañas.

Vuelvo a sentarme en la butaca y cierro los ojos, no quiero reconocerlo, pero estoy a punto de llorar y tengo que evitarlo.

—No se merecen tus lágrimas.

La voz de Jack es tan inesperada que temo habérmela imaginado. Abro los ojos y le veo de pie frente a mí, mirándome.

—¿Qué haces aquí?

Estaba segura de que no iba a venir y ahora que le tengo delante no sé si me alegro de verle o si me hace más daño.

—He averiguado quién hizo el tatuaje.

No esperaba esa respuesta ni que se siente en la butaca que antes ha ocupado Valenti.

—¿Has venido para decirme que has capturado al asesino de Emmett?

—Aún no. En todo Nueva York solo hay un tatuador que tatúa colas de sirena, tiene el local en el barrio irlandés, pero está fuera de la ciudad. Se ha casado una prima suya en Filadelfia. Vuelve mañana.

—Ah.

—Quizá no sirva de nada. Nuestro hombre pudo haberse tatuado en otra ciudad, pero tengo un buen presentimiento.

—Espero que estés en lo cierto y que averigües pronto quién mató a Emmett.

—También he averiguado dónde estaba Toni esta mañana.

Me tenso, me duele respirar. Me duele que haya cumplido con su palabra.

—No quiero saberlo.

Yo confío en Luciano.

—Al parecer ha visitado a un antiguo contable de unos amigos de tu tío, unos amigos de Chicago.

—No sigas.

—El contable está ahora en el hospital.

—No ha sido Toni.

—El hombre está inconsciente y de momento no puede hablar, pero, cuando se despierte y confirme que ha sido tu querido Toni, voy a arrestarle.

—No ha sido Toni.

—Tengo varios testigos que le vieron entrar y salir del edificio y tu tío está ahora mismo en Chicago. No hay que ser muy listo para ver que dos más dos son cuatro.

—Te equivocas.

Nos quedamos en silencio, no me he dado cuenta, pero me he ido acercando al borde de la silla y Jack también.

—Me pregunto —empieza él— si a mí también me defenderías con tanta pasión.

Es cruel que me pregunte esto.

—Tú no necesitas que te defienda, Jack. Es solo sexo, ¿recuerdas?

Los ojos negros se oscurecen y con la cortina de terciopelo rojo de fondo adquieren un brillo más peligroso de lo habitual. Parece salido del infierno.

—Tienes razón.

Mueve los brazos tan rápido que no consigo reaccionar hasta que me descubro sentada encima de él. Coloca una mano en la piel desnuda de mi espalda y la otra alrededor de mi cintura. Él lleva una camisa blanca y americana oscura, no va vestido de gala y deduzco que ha entrado en la ópera sin ser visto.

—Suéltame.

Me besa el cuello, sube la lengua despacio hasta la oreja y me muerde el lóbulo.

—No.

Besa la mejilla y la mandíbula mientras dibuja círculos con la mano que tiene en mi espalda. Mueve los dedos como si estuviese tocando el piano y mi piel fuese su partitura preferida.

—Estás preciosa.

Cierro los ojos e intento resistirme. Estoy a punto de conseguirlo, estoy a punto de levantarme y de exigirle que se vaya cuando él me susurra al oído:

—Bésame, Siena, solo una vez más. Te necesito.

Giro el rostro y busco sus labios.

Tendría que haber sabido que no nos bastaría con un beso. Jack me levanta y me cambia de posición, ya no estoy de lado, ahora estoy a horcajadas encima de él.

—Tus costillas —susurro apartándome un poco.

—Mis costillas pueden irse al infierno, ahora solo te siento a ti.

Tira de mí y vuelve a besarme, flexiona los dedos que tiene en mi espalda como si buscara el modo de contenerse. Le acaricio el rostro, paso las manos por su pelo cuando él me besa con más fuerza y más desesperación que antes. Aparta la mano de mi cintura y la esconde bajo la seda dorada del vestido. Sube por las medias, tiembla al llegar al muslo y dibuja el liguero, y segundos después sigue avanzando hasta colocarse encima de mi entrepierna.

—Jack, no podemos...
—Me da igual, te necesito.

Desliza unos dedos bajo la delicada prenda y me estremezco al sentir lo mucho que me afecta.

—¡Dios mío, Jack!
—¿Te gusta?

Me sonrojo y le beso. Vuelve a sucederme lo de esta mañana, el mundo se desvanece, mi cordura se desmorona, solo sé que quiero estar con Jack y que nada de lo que hacemos juntos está mal, ¿cómo puede estarlo?

—Dímelo o dejo de tocarte.

Nunca pensé que pudiera ser así, que existiese un sentimiento tan fuerte y tan puro que pudiese eliminar cualquier inhibición.

—Jack, por favor.

Me besa, su lengua recorre el interior de mi boca. La mía se pierde en la de él y me sujeto al respaldo de la butaca. No quiero tocarle, tengo miedo de lo que haré si lo hago.

—Dímelo.

Mueve la mano muy despacio, es la insinuación de una caricia. Después, empieza a apartarse.

—Me gusta.

Jack sonríe y vuelve a acariciarme.

—Tócame tú a mí.

No lo hago, sigo besándole y diciéndome que aún soy capaz de detenerme.

—Tócame, por favor. Yo no tengo miedo de decírtelo. Tócame.

Jack me muerde el labio y los dedos con los que está acariciándome se vuelven más atrevidos, más sensuales. No puedo evitar gemir ni que se me erice la piel. Me suelta el labio y me mira.

—Estoy aquí. He venido. Odio necesitar esto.

—Yo también.

Sonríe con cierta tristeza y me besa despacio.

—Tócame.

Aparto las manos de la silla y las bajo por la camisa de Jack. Le desabrocho el cinturón y le acaricio la erección. Él cierra los ojos y lo siento excitarse aún más. Supongo que es lo único que estamos dispuestos a reconocer. Empieza a oírse ruido en el pasillo y me asusto. Si Valenti nos encuentra así, lo matará.

—Jack, tenemos que...

—Tenemos tiempo. No dejaré que te pase nada. ¿Confías en mí?

Es la peor pregunta que podría haberme hecho.

—No —le contesto.

Él se detiene y me mira.

—No dejaré que nadie nos vea así, Siena. Sé que te he dicho que no soy un buen hombre y que te haré daño y, créeme, no te he mentido.

—Entonces, ¿cómo puedes preguntarme si confío en ti? No debería, tú mismo me has advertido que no lo haga.

¿Qué estoy haciendo? Tengo que levantarme y salir corriendo de aquí.

—Voy a volverme loco, Siena. —Aparta la mano que tiene en mi espalda y me acaricia la mejilla—. Sé que es injusto, sé que no me lo merezco, y sé que debería soltarte. Pero te prometo que nunca permitiré que nadie te vea así conmigo. En este sentido, cuidaré de ti.

—Te refieres al sexo, ¿no?

—Sí.

Le acaricio, él aprieta los dientes y la cabeza le cae hacia atrás. No puede controlarlo, esto también es superior a sus fuerzas.

—Dime que me necesitas —le pido enfadada con lo que me hace sentir.

—Te necesito.

Nunca he hecho nada similar a esto, pero este hombre me convierte en una desconocida que es capaz de todo para intentar descifrar qué es esto que estamos sintiendo y que nos consume nada más vernos.

—Dime que me necesitas a mí. Solo a mí.

Jack no dice nada, me incorporo tanto como me permiten las piernas, que no dejan de temblarme, y guio su sexo hacia mi interior. Él abre los ojos y me mira.

—Joder, Siena. —Me sujeta por la cintura y me besa desesperado—. ¿Cómo puedes pensar que necesito a alguien más?

Es una frase preciosa, de esas que me destrozan el corazón y que sé que me torturarán durante años, pero no es lo que quiero que me diga.

—No. —Empiezo a moverme muy despacio—. Dime que me necesitas a mí. Solo a mí.

—¡Maldita sea, Siena! Te necesito a ti. Solo a ti.

Nos besamos furiosos, otras partes de nuestros cuerpos

se niegan a separarse. No estoy acostumbrada a sentirle dentro de mí y esta vez es incluso más intensa que esta mañana. Ahora soy yo la que necesita recordar, grabarse en la cabeza, que es solo sexo.

Jack me sujeta por la cintura para que no me mueva y levanta las caderas con fuerza de la silla. Estoy a punto de gritar, los dos estamos vestidos y tenemos que estar en silencio si no queremos aparecer mañana en la portada de todos los periódicos.

—No grites. Bésame —susurra pegado a mis labios.

—Bésame tú.

Sonríe y me besa, me besa, me besa, me besa... Nuestros orgasmos quedan ocultos en esos besos.

Estoy entre sus brazos. Él ha dicho antes que odia necesitar esto. Yo odio sentir que en sus brazos es donde debo estar. Me obligo a apartarme y a levantarme. Me aliso el vestido y vuelvo a sentarme en mi butaca, con manos temblorosas abro el bolso y busco la polvera para retocarme el maquillaje. La mujer que me devuelve la mirada en la polvera no soy yo, no puedo serlo.

¿En qué me está convirtiendo este hombre?

Cierro la polvera y la guardo en el bolso.

—Cuando ese contable se despierte te dirá que no ha sido Toni —le digo.

Jack, que también se ha recompuesto y está de pie, me mira furioso.

—Dirá que ha sido Toni —insiste— y después iré a por tu tío.

—Eres un desgraciado, Jack.

—Lo sé.

—Le diré a Valenti lo del tatuador.

Al menos sigo teniendo mi orgullo.

—También lo sé. Adiós, Siena.

Desaparece tras la cortina trasera del palco y me quedo tan sola que tengo miedo de haberme imaginado que Jack ha estado aquí. La orquesta empieza a afinar los instrumentos y me levanto para correr de nuevo la cortina y ver el anfiteatro. Suspiro aliviada al comprobar que nadie me presta atención y vuelvo a sentarme. La señorita Moretti me saluda discretamente desde su silla entre los otros músicos y le devuelvo el saludo con una sonrisa.

—Ya estoy aquí, lamento haber tardado tanto.

Valenti se desabrocha el botón del esmoquin y se sienta. No me atrevo a mirarle, no quiero que se dé cuenta de lo que ha pasado en su ausencia. Tampoco le pregunto dónde ha estado ni con quién, es mejor que los dos nos quedemos con nuestros secretos.

La música empieza y busco a Jack con la mirada, él no está por ninguna parte. No consigo entender qué me sucede con él, por qué no puedo negarme. En mis entrañas siento que debo estar con él, que me necesita. Mi cerebro, sin embargo, insiste en que no vuelva a verle y en que deje de imaginarme cosas.

Jack me ha dicho que quiere arrestar a mi tío y está convencido de que el asesinato del bueno de Emmett también está relacionado con él o con alguno de sus hombres. Me ha dicho que no me necesita, que no puede darme nada y que me hará daño.

Y de momento lo ha cumplido al pie de la letra.

¿Qué diablos necesito para echarle de mi vida y de mi cabeza?

La segunda parte del concierto es preciosa y poco a poco

me dejo llevar por la música. Haber hecho el amor con Jack también ayuda, mi mente puede estar hecha un lío, pero mi cuerpo es un traidor y está feliz y relajado después de haber estado con él.

Los aplausos del final consiguen que todos los asistentes nos pongamos de pie y ahora saludo abiertamente a Catalina. Se la ve feliz y me alegro mucho por ella.

—Deberíamos irnos, Siena —me avisa Valenti ofreciéndome de nuevo el brazo.

Lo acepto y en un gesto casi inconsciente me aparto el mechón de la frente. Me detengo en seco.

—¿Sucede algo? —Valenti me mira preocupado.

—Mi horquilla, se me ha caído.

Los dos bajamos la mirada.

—¿Cómo era?

—Era una mariposa dorada. No es nada del otro mundo, pero me la regalaron mis padres cuando era pequeña.

Valenti y yo inspeccionamos el suelo sin éxito.

—Quizá esté en el coche —sugiere él—. De todos modos, le diré al encargado del mantenimiento de la Ópera que mantenga los ojos bien abiertos.

—Gracias.

Llevamos diez minutos en el coche cuando una imagen aparece en mi mente; Jack metiéndose una mano en el bolsillo del pantalón antes de irse. Recuerdo también que cuando hemos terminado me he quedado en sus brazos y que él me ha acariciado el pelo. Recuerdo que me ha besado y que ha susurrado mi nombre en voz tan baja que he creído que era un sueño.

Jack tiene mi mariposa.

—¿Sucede algo?

Debo de haberme tensado y Valenti se ha dado cuenta.
—No, nada.
Valenti sigue conduciendo y yo vuelvo a estar tanto o más confusa que antes.
¿Por qué diablos Jack se ha llevado mi horquilla?

CAPÍTULO 16

Little Italy
1915

La policía declaró que el incendio del taller de los hermanos Parissi había sido un lamentable accidente y que la muerte de las personas que estaban allí en ese momento había sido una auténtica tragedia. Los bomberos no pudieron hacer nada para detener el fuego a tiempo, las llamas devoraron el edificio y escupieron solo cuatro piezas de metal. De las víctimas no dejó nada, solo su pérdida.

Los hermanos Parissi estaban en su despacho en el momento que se propagó el incendio. Lo más probable, según la policía, era que hubiesen muerto asfixiados. Roberto Abruzzo, su único trabajador, su joven esposa y su pequeño, un niño de tres años, también murieron. La gente de la calle decía que habían oído los gritos de él hasta el último momento.

Vanderbilt Avenue

Fabrizio Tabone consoló a su mujer Amalia, que tuvo un ataque de histeria al comprender que ni la policía ni los bomberos sabían que el hijo de los Abruzzo seguía vivo y a su lado y que el pequeño que había fallecido en ese horrible incendio era su preciosa hija Alicia. Amalia quería gritarlo a los cuatro vientos, quería que el mundo entero compartiese su dolor y después quería poder enterrar a su preciosa niña y despedirse de ella.

Fabrizio se lo prohibió. Ella al principio no lo entendió, el dolor era tan grande que en su mente no tenía cabida para nada más. Pasaron los días y Fabrizio fue explicándose; si le decían a la policía que Jack era hijo de los Abruzzo, se lo llevarían de allí. Jack probablemente acabaría en un orfanato, pues los Abruzzo no tenían más familia en América. La vida en los orfanatos era muy dura y el pequeño Jack solo tenía tres años, seguro que no tardaría en morir. Y si sobrevivía, ¿qué clase de futuro le esperaba? Amalia, que conocía al pequeño desde su nacimiento y siempre había sentido cariño por él, decidió que no podían permitir tal atrocidad. Se lo debía a los Abruzzo y era lo que una buena cristiana debía hacer. En este punto, Fabrizio le explicó que el único modo de evitar que Jack fuese a parar al hospicio era haciéndolo pasar por su hijo. Nadie tenía por qué saberlo. Seguirían llamando al niño Jack y Fabrizio falsificaría su partida de nacimiento a partir de la de Alicia. Era la mejor manera de honrar a Alicia, le dijo Fabrizio a Amalia, así sacarían algo bueno de su trágica muerte.

Amalia accedió y juró no contarle nunca a nadie, ni siquiera a Jack, que ellos no eran sus padres ni el destino que habían corrido los de verdad.

En cuanto al resto de los Tabone, Fabrizio decidió que lo

mejor sería llegar a un acuerdo con Luciano Cavalcanti pues si él aceptaba la situación el resto de familias del barrio no tardarían en seguir su ejemplo. Además, la novedad solo duraría unos días. Con el paso de los años todo el mundo se olvidaría de la pequeña Alicia y daría por hecho que Jack siempre había sido un Tabone. Tenía que salir bien, no podía correr el riesgo de que la policía husmease más de la cuenta el asunto del incendio.

Con el plan bien decidido y estudiado, Fabrizio fue a reunirse con Luciano Cavalcanti. Otra de las consecuencias del incendio había sido que el tema de Bruno Tabone había quedado pospuesto; nadie había vuelto a mencionar que tenía que entregarse a la policía para apaciguar la ira de los irlandeses. Y estos también habían quedado afectados por la «tragedia de la familia Abruzzo». Sin que nadie lo decretase oficialmente, el luto había llegado a sus barrios.

Fabrizio fingía estar triste cuando estaba en público, pero a solas no podía parar de sonreír. Lo único que enturbiaba su felicidad era la muerte de Alicia, aunque tenía que reconocer que quizá como mecanismo de defensa ya había empezado a olvidarla.

Luciano Cavalcanti vivía en un espacioso apartamento cerca del primer restaurante que había comprado a los pocos años de llegar a Nueva York. Su sueño era comprarse algún día una casa, aunque sin familia con la que compartirla de momento no le veía sentido. Estaba cómodo en ese apartamento, tenía una habitación lujosa y espaciosa a la que invitaba a bellas mujeres siempre que le apetecía. La cocina era funcional y apenas ponía un pie en ella. El despacho era el motivo por el que le dolería irse de allí algún día.

Vanderbilt Avenue

Estaba sentado detrás de su escritorio, ocupándose de repasar las última rutas que iban a hacer los barcos que transportaban sus mercancías cuando el reloj del comedor marcó las cinco de la tarde y recordó que había quedado con Fabrizio Tabone. Ese hombre nunca le había gustado, ni siquiera ese verano que compartieron en Nápoles cuando eran adolescentes. Era demasiado estúpido para ser tan ambicioso y carecía por completo de esa brújula que permite a los humanos distinguir la maldad más absoluta de la bondad. Tabone no tenía principios y sus sueños no eran personales, no salían del corazón, salían de las ansias de tener dinero, así que era fácil de comprar. Un hombre como Tabone solo es fiel hasta que deja de interesarle serlo. No era la clase de hombre con la que él quería tener negocios, ni mucho menos amistad.

Luciano suponía que esa reunión estaba relacionada con el tema de Bruno. Él no iba a cambiar de opinión. En cuanto los ánimos se calmasen un poco, iría a buscar a Bruno y lo llevaría a la comisaría más cercana para que se entregase. No iba a permitir que un estúpido matón echase al garete la tregua que tanto le había costado negociar con los irlandeses. De todos modos, no podía negarse a recibir a Fabrizio. Quizá los Tabone no tenían el mismo poder que los Cavalcanti, pero no podía despreciarle de esa manera.

Resignado, guardó los documentos y sirvió dos vasos de whisky para esperar a su invitado. Llamaron a la puerta y la señora Dontel, una señora encantadora que se ocupaba de su casa y de las cuestiones domésticas, fue a abrir.

—El señor Fabrizio Tabone está aquí, Luciano. —Ella era de las pocas personas que seguían tratándole como si fuese un chaval con pantalón corto y a él le gustaba, le recordaba que en realidad tampoco era mucho más.

—Gracias, señora Dontel.

La mujer les dejó a solas después de mirar con cara de desaprobación las dos bebidas.

—Pasa, Fabrizio, te estaba esperando. —Le ofreció el vaso y el otro hombre lo aceptó encantado—. Espero que te guste el whisky.

—Por supuesto.

Bebieron en silencio y, terminadas las copas, Luciano fue directo al grano. No serviría de nada retrasar las cosas y estaba impaciente por volver a sus asuntos.

—Me imagino que has venido a hablar de Bruno y la verdad es que, aunque entiendo tu preocupación, no puedo hacer nada.

—No he venido a hablar de Bruno. —Fue obvio que a Fabrizio le gustó coger por sorpresa a Luciano—. Supongo que hablaremos de él en algún momento, pero él no es el motivo de mi visita.

—Entonces, ¿cuál es?

Luciano señaló unas butacas y fueron a sentarse.

Fabrizio sacó entonces dos cartas del bolsillo de su chaqueta. Una era la que Adelpho Cavalcanti había escrito para él y la otra la que este dirigía a su hermano. Entregó la segunda a Luciano y esperó a que la aceptase.

—¿De dónde ha salido esta carta? —le preguntó intrigado al ver la caligrafía de su hermano.

—Estaba dentro de un sobre junto con esta otra carta. Una es para mí y la otra para usted.

—Ya lo veo, pero, ¿de dónde las has sacado?

—Las tenía Emmett Belcastro.

—¿Emmett tenía estas cartas? ¿Por qué? ¿Desde cuándo?

—Creo que será mejor que lea lo que le ha escrito Adelpho.

—¿La has leído? —preguntó entonces Luciano suspicaz.

—No, por supuesto que no, pero he leído la mía. —La había dejado encima de la mesilla y la señaló con el mentón—. Creo que su contenido le resultará muy esclarecedor.

Luciano rompió la parte posterior del sobre y empezó a leer. A medida que iba avanzando su rostro iba perdiendo color y si hubiese estado a solas habría lanzado la carta al fuego y habría maldecido a su hermano.

Maldito Adelpho y malditos su estúpido orgullo y su sed de venganza.

En la carta, Adelpho le explicaba que había entregado las dos misivas a un amigo que viajaba a América con la esperanza de que llegase allí con vida y las entregase. El amigo elegido para tal misión era Emmett Belcastro, conocido de sobra por los dos y hombre de confianza. Se suponía que Emmett habría tenido que entregarle la carta a Fabrizio Tabone nada más llegar, pero, a juzgar por cómo se habían desarrollado los acontecimientos, Luciano dedujo que no había sido así. Quizá Adelpho cometió la estupidez de fanfarronear frente a Emmett sobre el contenido de la carta y este decidió con acierto no entregarla. Sea como fuere, en la carta, Adelpho le decía a Luciano que, si el hombre que se la entregaba le demostraba que había matado a Roberto Abruzzo y a su esposa, le entregase una cuantiosa recompensa y se ocupase de él durante el resto de su vida.

Luciano mantuvo el rostro impasible mientras leía esas líneas, cuando en realidad le habría gritado a su hermano que no tenía la menor intención de cumplir con ese trato y que jamás contrataría o protegería a un hombre capaz de matar a sangre fría a un matrimonio inocente de cualquier mal excepto de haberse negado a sucumbir a sus egoístas peticiones.

—¿Y bien? —le preguntó Luciano a Fabrizio cuando terminó de leer.

—¿Y bien qué? Quiero mi recompensa y quiero que Bruno y toda mi familia esté bajo su protección.

—¿Por qué?

Luciano no iba a picar tan fácilmente. Tal vez el incendio del taller de los Parissi había sido de verdad una tragedia y ese desgraciado quería colgarse una medalla y sacar provecho de la desgracia ajena.

—¿Cómo que por qué? —Fabrizio tuvo que recordarse que necesitaba a ese hombre si quería conseguir el dinero y el respeto que tanto ansiaba—. He matado a los Abruzzo, yo provoqué ese incendio.

—Demuéstramelo.

Luciano sintió arcadas cuando Fabrizio le relató con total frialdad cómo había encontrado las cartas en el local de Emmett Belcastro y cómo había improvisado al llegar al taller de los Parissi. Le contó incluso que había planeado matar a la señora Abruzzo y fingir que se había suicidado, y lo feliz que se había sentido cuando descubrió que ella también estaba dentro, así se ahorraría trabajo. Fabrizio estaba completamente ido, desquiciado, solo hablaba de la recompensa que se merecía por haber logrado tal hazaña y que por fin los Tabone tendrían el respeto que se merecían.

—Mi hija también estaba dentro. Alicia ha muerto. Había ido al taller de los Parissi a ver una gata y sus crías y yo tengo en casa a Jack, al hijo de los Abruzzo. Ahora se llamará Jack Tabone, hemos decidido quedárnoslo.

—Espera un segundo. —Luciano se negó a creerse lo que estaba oyendo—. ¿Has matado a sus padres y ahora vas a criarlo como si fuera hijo tuyo? Estás loco, deberías estar destrozado de dolor por la muerte de tu hija y sin embargo estás aquí exigiendo respeto y dinero a cambio de haber matado a un montón de gente inocente.

—Me lo he ganado, es lo que me merezco —reclamó Fabrizio.

—Lo que te mereces es ir a la cárcel. Te doy hasta esta noche, Fabrizio. Habla con tu esposa y acude a la policía. De lo contrario, iré yo mañana mismo y les contaré lo que acabas de decirme. Little Italy ha quedado muy afectada por la muerte de los Abruzzo y los Parissi, el barrio necesita saber la verdad y, si no se la dices tú, lo haré yo.

—Un momento. Se olvida de que tengo esto. —Fabrizio levantó su carta—. Aquí su hermano habla con todo lujo de detalles de lo que quiere que le haga a Roberto Abruzzo y también me explica que tengo que acudir a usted y que usted, Luciano Cavalcanti, me dará una recompensa y me protegerá. Si acude a la policía, yo les daré esta carta y, no solo eso, les pediré que interroguen a Emmett, él también está al corriente, ¿por qué cree si no que ha guardado las cartas durante tanto tiempo? Podría haberlas destruido.

—No te atreverás.

—Por supuesto que me atreveré. Y no solo eso, antes de ir a la policía, mataré a Jack Abruzzo. Por ahora nadie se ha dado cuenta de que el hijo de los Abruzzo está vivo, así que qué mas da si muere, ¿no cree?

—Eres un animal. Es solo un niño y hasta hace cinco minutos estabas dispuesto a criarlo como si fuera hijo tuyo.

—Y aún estoy dispuesto a hacerlo si recibo mi recompensa y si me promete que me protegerá y que me ayudará a que nadie sospeche de mí ni de mi familia.

—¿Me estás chantajeando?

—Llámelo cómo quiera, yo solo he venido a decirle que he cumplido con un encargo de su hermano y que tiene que pagarme por ello.

—Eres despreciable.

—¿Tenemos un trato o llevo la correspondencia de su hermano a la policía?

Luciano se levantó y se acercó al escritorio. A él se le daba bien hacer planes, trazar rutas, leer leyes y buscar fallos. Nunca había matado a nadie por placer y nunca había encargado a nadie que lo hiciese por él. Los Abruzzo ya estaban muertos y los Parissi también, pero ese niño de tres años, Jack, estaba vivo y Luciano no tenía ninguna duda de que Fabrizio cumpliría con su amenaza y lo mataría.

Tenía que salvarlo.

—¿Estás seguro de que nadie sabe que el incendio lo provocaste tú?

—Estoy seguro. Solo lo sabemos usted y yo. La policía y los bomberos afirman que fue un accidente y yo no voy a llevarles la contraria, ¿lo hará usted?

—No. ¿Te harás cargo del niño y nunca le dirás que mataste a sus padres?

—Le querré con locura —se burló el muy desalmado—. ¿Cuál es mi recompensa?

—Ven mañana a buscarla —le dijo Luciano sin concretar—. Y ahora lárgate de aquí.

—Será un placer. Vendré mañana a las diez de la mañana.

—Lo tendré listo.

Fabrizio Tabone abandonó el apartamento de Luciano con una sonrisa de satisfacción en el rostro y pensando en qué se gastaría la fortuna que este le daría al día siguiente.

Cuando llegó a casa le contó a su esposa Amalia que el señor Cavalcanti les apoyaba completamente en su decisión de quedarse a Jack y que les ayudaría a solucionar cualquier problema legal que pudiese surgir al respecto.

Amalia lloró de emoción. Había perdido a su preciosa niña, pero este niño la necesitaba y ella no iba a fallarle.

A la mañana siguiente, Fabrizio llegó a casa de Luciano y este efectivamente le entregó una cantidad importante de dinero y le obligó a firmar una serie de papeles que no se molestó en leer. Luciano suspiró aliviado al ver que Fabrizio era tan egoísta y estúpido como parecía, pues esos documentos no eran más que una confesión del asesinato de los Abruzzo y de lo que le había sucedido al hijo de estos. Luciano no creía que esos papeles tuviesen validez ante un juez o ante la policía, solo quería algo que pudiese utilizar en el caso de que algún día Fabrizio negase lo sucedido.

Luciano habría preferido no darle trabajo a Fabrizio y en cierto modo no se lo dio, pero se encargó de que siempre lo tuviese. El problema fue que Fabrizio Tabone siempre se encargaba de que lo despidiesen y, a la larga, o no tan a la larga, acabó trabajando de matón para cualquiera que pudiera pagarle. El día que se enteró de que la policía lo había arrestado y lo habían metido en la cárcel, Luciano suspiró aliviado. El niño, Jack, estaba bien y mientras Amalia cuidase de él todo iría bien.

Con el tiempo, Luciano fue olvidándose de Jack Tabone (Jack Abruzzo ya había desaparecido por completo) y también de Fabrizio. Lo último que supo fue que, después de salir de la cárcel, Fabrizio aceptaba trabajos de todo tipo, también de gente de fuera de Little Italy, y que mentía a su mujer y a su hijo al respecto.

En Italia, Adelpho Cavalcanti llegó a saber que Roberto y Teresa Abruzzo habían muerto porque él lo había ordenado y no sintió la satisfacción que había creído que sentiría. Esa noche se bebió una botella de vino a su salud y se folló a la puta más cara que encontró. El odio hacia esa mujer, la única que le había rechazado, le había mantenido vivo durante tanto tiempo que cuando lo perdió solo sintió un enorme vacío.

CAPÍTULO 17

Jack
Vanderbilt Avenue
1940

Dos semanas sin verla.
Dos semanas sin besarla.
Dos semanas sin estar dentro de ella.
Dos semanas.
Dos jodidas semanas.

El tatuador volvió de la boda de Filadelfia y me contó todo lo que recordaba sobre el hombre al que le había tatuado una cola de sirena en la nuca, es decir, nada o muy poco.

Había sucedido siete u ocho años atrás y el tipo había estado en la cárcel. Eso era todo lo que sabía, además de una estúpida leyenda italiana que el hombre le había contado cuando él le preguntó por qué quería ese tatuaje. Según decía la leyenda, la ciudad de Nápoles se había construido cerca de Parténope, una antigua ciudad griega y, según la mitología griega, Parténope era la menor de las tres sirenas que desde las rocas de Capri intentaron seducir a Odiseo con sus cánticos. Odiseo se ató al palo mayor de su barco y consiguió resistir el embrujo de las sirenas y salvarse. Parténope, desesperada, se ahogó de pena y su cuerpo sin vida llegó a la costa donde se construyó la ciudad con su nombre.

Sabía que el hombre del tatuaje era italiano y que casi con toda seguridad había nacido en Nápoles y aunque estaba en América seguía sintiendo que pertenecía a la madre patria. Eso prácticamente solo eliminaba de mi lista de sospechosos a las mujeres y a los niños de Little Italy.

El tatuador me prometió que buscaría entre sus archivos y que si encontraba algo que pudiera ayudarme se pondría en contacto conmigo. Le creí, era un hombre honrado, lo bastante para reconocerme que no solía guardar demasiada información sobre los clientes como el hombre de la sirena porque no quería tener problemas.

No había vuelto a acercarme al Blue Moon y Nick Valenti tampoco había vuelto a cruzarse conmigo a pesar de que a lo largo de esas dos semanas había visitado con frecuencia Little Italy. La gente parecía haberse acostumbrado a mí, no puedo decir que me tratasen como a uno más, pero sí que muchos empezaban a hablarme con amabilidad y sin tratarme como a un policía.

Anderson estaba pletórico, todo estaba resultando ser más lento de lo que él había previsto o habría deseado, pero al menos funcionaba. La parte de la investigación que se había centrado en Chicago había llegado a un punto muerto. Nuestro hombre allí, cuya identidad yo desconocía, había desaparecido sin avisar y no podíamos mandar a otro y esperar que se introdujese en las familias italianas de la noche a la mañana.

Anderson nos ha citado a Restepo y a mí en la comisaría. Les estoy esperando en su despacho y aprovecho para repasar las fotografías del asesinato de Emmett Belcastro en busca de cualquier detalle que se me pudiese haber pasado por alto la primera vez.

—Buenos días, Jack.

El capitán Restepo es el primero en llegar y se apoya relajadamente en la mesa.

—¿No le parece que es una muerte muy violenta para alguien al que todo Little Italy adoraba abiertamente? —le pregunto. Eso es lo que más me inquieta de este caso, la brutalidad.

—Sí, el asesino estaba furioso con Belcastro o con alguien para quien Belcastro era importante.

—No consigo encontrar a nadie. Belcastro era un solitario, solo vivía para sus libros y para los clientes que entraban en Verona. No tiene sentido.

—Quizá la muerte de Belcastro no tenga sentido si la analizamos dentro de la vida que conocemos de él —sugiere Restepo—, pero tal vez lo tenga dentro de su pasado.

La vieja fotografía que tengo en el bolsillo de la americana puede ser la clave. No se por qué no se le ha enseñado antes a Restepo y a Anderson. Este último llega entonces como si lo hubiese conjurado con mis pensamientos.

—Lamento el retraso. Tengo noticias, Luciano Cavalcanti ya está de regreso. Unos agentes me han confirmado que ayer por la noche llegó a su casa de Little Italy. Tenemos que darnos prisa, ¿crees que si vas a hablar con él te recibirá?

—No, aún no.

Nick Valenti se encargará de que su jefe no me reciba y la verdad es que no tengo ningunas ganas de estar cara a cara con el tío de Siena.

—Pues ve a Little Italy e intenta averiguar por otros medios qué ha sucedido en Chicago.

—Está bien, ¿algo más?

Llaman a la puerta y un agente le pide a Restepo que salga a ocuparse de un problema. El capitán no lo duda y nos deja solos a Anderson y a mí

—Veo que ya estás mejor, Jack.

Cierro la carpeta con la información de Emmett Belcastro y me giro hacia el superintendente que está de pie frente a la ventana del despacho.

—¿He estado mal?

Sonríe y sigue con su teoría.

—Al principio me pregunté si me había precipitado mandándote de regreso a Little Italy.

—Han pasado diez años.

—El tiempo no es garantía de nada, Jack. Ayer estuve hablando con otro de mis hombres, lleva meses investigando un asesinato en la prisión del condado y me dijo que creía haber visto a un hombre con una cola de sirena tatuada en un brazo. Quizá podrías ir a hablar con él.

—Lo haré.

Saco mi cuaderno para tomar nota.

—No es nuestro sospechoso, evidentemente, pero tal vez sepa quién es el hombre con la cola de sirena en la nuca, es un tatuaje extraño y si coincidieron en la cárcel seguro que hablaron de eso.

Esa conversación sobre cárceles e internos me recuerda la que mantuvimos la noche que conocí a Anderson y mi mente está tan alterada por culpa de la falta de sueño y del deseo que aún siento por Siena que no me censura cuando le pregunto:

—La noche que me arrestó, ¿cómo sabía lo de mis padres? ¿Fue todo una coincidencia?

Anderson se aparta de la ventana y se acerca a mí, me mira a los ojos. No sé qué busca en ellos, pero debe de encontrarlo porque vuelve a dirigirse hacia la ventana y empieza a hablar.

—Supongo que en cierto modo lo fue. El incendio del taller de los Parissi nos impactó mucho a todos. En esa época yo era un mero agente que patrullaba con frecuencia por esa zona y recuerdo que se me puso la piel de gallina cuando pasé por delante de los restos del edificio. —Cierro los puños y espero a que siga con la historia—. Los detectives que llevaron el caso eran unos chapuzas, pero el jefe de los bomberos era uno de los mejores que he conocido nunca y un día, años más tarde, me aseguró que ese fuego no había sido un accidente. El jefe y yo estábamos tomando una copa y me explicó que el caso había quedado cerrado desde arriba. A nadie parecía importarle, pero supongo que me molestó que la muerte de toda esa gente pudiese archivarse sin más y los datos del caso se quedaron grabados en mi memoria.

—¿Hubo algún sospechoso?

—No que yo sepa. Pasaron los años, la ley seca hizo estragos en toda la ciudad, pero convirtió a Little Italy en un barrio sin ley donde la vida parecía carecer de valor. Empecé a reunir información sobre policías y jueces corruptos y sobre casos que misteriosamente quedaban archivados.

—Es un milagro que no le hayan matado, Anderson.

—Aún pueden hacerlo. —Se pasa las manos por el pelo, tiene muchas más canas que cuando le conocí—. Fabrizio

Tabone fue arrestado junto con tres otros hombres por el asesinato de un tendero en el barrio irlandés. Mientras le interrogábamos insinuó que era intocable, que estaba protegido por el mismísimo Luciano Cavalcanti, y le ofrecimos un trato: si nos entregaba a Cavalcanti, le dejaríamos marchar.
—Lo rechazó.
—Sí, fue a la cárcel convencido de que así Cavalcanti le compensaría por su sacrificio, algo que creo que no llegó a suceder. Vigilé a Tabone de cerca una vez quedó en libertad y vi cómo ascendía como criminal, pero lejos de Cavalcanti.
—¿Cómo llegó hasta mí?
—Siempre me fascinó que tanto Amalia como tú no tuvieseis nada que ver con las actividades delictivas de tu padre.
—Los dos sabemos que no es mi padre.
—Te vigilé de cerca, vi que eras distinto y que te resistías a acercarte a Cavalcanti y a su mundo. Uno de mis informantes en la cárcel me contó que Fabrizio bebía, al parecer así sobrevivió mientras estaba encerrado, metiendo alcohol en la cárcel y vendiéndolo a los otros presos. Un día, mientras estaba borracho, dijo que había cometido un error quedándose contigo, que tendría que haber dejado que te llevasen a un orfanato. La frase me llamó la curiosidad y busqué los documentos de Ellis Island. En algún lugar debía constar si habían llegado contigo. Descubrí que, a su llegada, Amalia Tabone había llegado embarazada y encontré también que dio a luz a una niña a la que llamaron Alicia. La fecha de nacimiento de Alicia coincide con tu aniversario, así que deduje que habían utilizado el certificado de nacimiento de ella para hacer el tuyo. Pregunté por el barrio, varias personas recordaban a la niña de los Tabone, pero nadie sabía explicarme cómo esa niña había desaparecido y habías apa-

recido tú. Empecé a obsesionarme con el tema, alguien tenía que saber la verdad y una noche, años más tarde, uno de mis mejores informantes vino y me dijo que sabía quién eras.

—¿Quién era? Creo que merezco saberlo. Ese hombre puede tener información sobre mis padres y a estas alturas ya le he demostrado que puede confiar en mí.

—Sí, es cierto, pero no te servirá de nada que te diga su identidad.

—Deje que eso lo decida yo, Anderson.

—Emmett Belcastro.

—Joder. —Me pongo en pie—. ¿Emmett Belcastro era un chivato? Mierda, esto cambia el caso por completo. Tendría que habérmelo dicho antes, Anderson, llevo semanas dando palos de ciego.

—Espera un segundo. No te lo había dicho porque Emmett Belcastro no era ningún chivato, sencillamente era un hombre que se preocupaba por su barrio y que acudía a mí cuando algo captaba su atención. No lo sabía nadie, te lo aseguro. No sé qué clase de hombre había sido Belcastro en Italia, pero te aseguro que, si él decía que nadie sabía que se reunía conmigo, nadie lo sabía.

—Mierda. ¿Qué le dijo Belcastro?

—Belcastro me dijo que se había enterado de que yo había estado preguntando por ti y me exigió que dejase de hacerlo. Cuando le pregunté por qué, me contestó que era un asunto del pasado y que quería protegerte. Me dijo que tus padres eran Roberto y Teresa Abruzzo y que el niño que había muerto en el incendio era en realidad la hija de los Tabone. Le acribillé a preguntas, él solo me explicó que habían decidido mentir y actuar con rapidez porque no querían que acabases en un orfanato. Me pareció que tenía sentido, yo ya había averiguado que Teresa Abruzzo y Amalia Tabone eran amigas y llegué a la conclusión de que en el fondo era lo mejor que podrían haber hecho.

—Si era lo mejor para mí, ¿por qué me contó la verdad esa noche en el calabozo? Se comportó como un manipulador hijo de puta.

—Tú ya odiabas a Fabrizio, no le respetabas y al mismo tiempo te sentías culpable de ello. Sabías que si Fabrizio volvía a la cárcel no saldría con vida y tus instintos te obligaban a protegerlo aunque le despreciases. Me pareciste toda una contradicción y vi que podías serme muy útil.

Que no mienta, que no me venda el gran sueño americano, hace que le respete.

—Podría haberse ahorrado la parte en la que me contó lo del incendio.

—Tal vez, pero pensé que te merecías saber la verdad.

—Lo utilizó para convencerme de que me convirtiese en policía. Me dijo que si entraba en la academia y me graduaba el primero de mi promoción no arrestaría a Fabrizio y que se encargaría de proteger a mis amigos cuando hiciese alguna redada en Little Italy.

—Y lo hice, cumplí con mi palabra. Fabrizio Tabone no volvió a pisar la cárcel y Nick y Sandy nunca se toparon con la policía.

—Yo también he cumplido con mi palabra.

—Sí, eres uno de los mejores policías que conozco. El día que dejes de odiarte por ello, serás formidable.

—Quiero el informe que redactó el jefe de los bomberos sobre el incendio, el informe de verdad.

—Te lo daré.

—Y cuando consigamos las pruebas necesarias para arrestar a Luciano Cavalcanti quiero hacerlo yo.

Ese hombre aparece demasiadas veces en mi pasado como para no tener nada que ver con él. Fabrizio era despreciable, fue mal padre y peor marido, pero si no hubiese estado en la cárcel tal vez habría conseguido salvarlo. Cavalcanti dejó que se pudriese allí y tendrá que explicarme por qué.

—De acuerdo. Ponte a trabajar.

Salgo del despacho de Restepo y, tras obtener los datos sobre el preso con el tatuaje de la cola de sirena en el brazo, voy a la prisión en la que sigue encerrado para hablar con él. Ahora estoy convencido de que de algún modo extraño y rocambolesco resolver la muerte de Belcastro me ayudará a entender mi pasado.

«En Little Italy hay buenas personas».

La voz de Siena suena en mis oídos y aprieto el volante hasta que me duelen los dedos. Quizá ella tenga razón, aunque lo cierto es que eso no cambia nada. Quizá haya buenas personas en ese barrio y en todos los barrios de todas las ciudades del mundo, pero no sirve de nada.

Aquella noche del pasado, cuando salí del calabozo, le dije a Anderson que tendría mi respuesta al día siguiente. Él me dejó marchar porque sabía, ahora lo entiendo, que mi respuesta iba a ser la que él quería oír.

Fui al descampado donde había estado el taller de los Parissi. Tuve la sensación de que aún podía oler el humo y oír los gritos y el crepitar de las llamas. Me fallaron las piernas y caí al suelo. Imágenes que hasta entonces no habían tenido ningún sentido para mí empezaron a recuperarlo; yo en brazos de una mujer preciosa con los ojos idénticos a los míos, yo en el suelo, encima de una alfombra, jugando con unas piezas de madera.

Vanderbilt Avenue

Anderson me arrebató mi vida, me demostró de un modo irrefutable que mi existencia era una farsa, y no le bastó con eso. Me dio un pasado horrible, un pasado cruel porque qué hay peor que saber que estuve a punto de ser feliz y que un incendio me lo arrebató todo. Ese pasado es también el culpable de que Fabrizio me odiase. En cuanto descubrí que no era su hijo, las palizas, los golpes, los insultos, adquirieron otra dimensión. Igual que el cariño de Amalia. Ella fue la única que alguna vez intentó protegerme, a su modo y sin demasiado éxito, pero lo intentó.

La noche de mi dieciocho cumpleaños cuando me arrestaron en el Blue Moon lo perdí todo; mi pasado, mi identidad, mi familia, y mis amigos. Me quedé sin nada y fue liberador. Caminé por el barrio antes de ingresar en la academia de policía, intenté recordar si había estado allí con mis padres, con los de verdad, y no lo logré. Entonces, en medio de una acera, me di cuenta de que toda esa gente sabía la verdad sobre mí y me la habían ocultado y les odié por ello. Grité de dolor y decidí que nunca más permitiría que nadie tuviese esa clase de poder sobre mí. No es fácil eliminar las emociones de tu cuerpo y de tu mente, pero día a día lo fui consiguiendo. Sin sentimientos, todo es más fácil, lo único que te queda dentro es un enorme vacío en el que nadie puede herirte.

Ese incendio no fue un accidente, fue provocado y de algún modo Fabrizio, Emmett Belcastro y Luciano Cavalcanti están involucrados.

Yo no recuperaré nunca la vida que me fue robada, pero si quiero estar en paz conmigo mismo necesito averiguar la verdad.

Entonces podré dejar este pasado atrás y no volver a sentir nada.

Tendré futuro.

No, eso nunca. Voy a destruir a esos hombres y después no quedará nada de mí.

Nada en absoluto.

Llego a la cárcel del condado y el agente de la entrada comprueba mis datos y me acompaña sin dilación a una de las salas de visitas. El preso no tarda en llegar y me encuentro ante un hombre de unos cuarenta años demacrado y con muy mal aspecto.

—Aquí lo tiene, detective, Lucas Ripoli. Les dejaré a solas.

Lucas Ripoli se sienta y me mira aburrido. Mi presencia no parece impresionarle demasiado.

—¿Qué quiere?

—Hablar de tu tatuaje.

—¿Esto? —Levanta el brazo en el que efectivamente hay una cola de sirena.

—Sí, ¿dónde te lo hiciste?

—En el barrio irlandés.

Esa parte de la historia coincide con la mía. Mantengo el rostro impasible y sigo preguntándole.

—¿Por qué este dibujo? ¿Por qué una cola de sirena?

—¿Por qué quiere saberlo?

—Aquí las preguntas las hago yo.

—Pues por mí puede largarse. Me gustan los peces, qué quiere que le diga.

Me muerdo la lengua e intento controlar mi mal humor, necesito que ese desgraciado me diga algo útil.

—Te quedan diez años de condena, Ripoli, puedo hacer

que sean mucho más duros o un poquito más fáciles, tú decides.

—Quiero salir al patio cada día.

—Dime algo útil y considéralo hecho.

—Tuve un compañero de celda hace años que no dejaba de hablar de una estúpida leyenda de sirenas y hombres que se tiran al mar. Decía que cuando saliera se tatuaría la cola de una sirena en la nuca para que todo el mundo supiera de dónde venía y le tratasen con respeto. Me reí de él, le dije que era una tontería hacerse ese tatuaje en la nuca. Él se rio de mí y me dijo que así cuando se alejase de alguien después de darle una paliza su imagen se quedaría grabada en sus córneas para siempre. Sentí escalofríos, era un cabrón muy sádico.

—Pero tú también te la tatuaste.

—Sí, salí de aquí y estuve con una chica. Le conté la historia y le pareció muy romántica. Mire, no soy el tipo más listo del mundo, eso es evidente. Me tatué la cola de sirena y ella me dejó, y ahora estoy aquí encerrado y cada dos días alguien se ríe de mí por el estúpido tatuaje.

—¿Quién era ese hombre, recuerda su nombre?

—Por supuesto que lo recuerdo, los hijos de puta de esa clase son difíciles de olvidar. Fabrizio Tabone.

Dos semanas sin verla.
Dos semanas sin besarla.
Dos semanas sin estar dentro de ella.
Dos semanas.
Dos jodidas semanas.

CAPÍTULO 18

Salir de la cárcel, hablar con el alcaide para asegurarle que el superintendente le escribirá para establecer los nuevos privilegios de Ripoli, me resulta fácil. Lo único que tengo que hacer es dejarme llevar por el vacío y actuar como siempre.

No siento nada.

Entro en el coche y conduzco de regreso a la ciudad. En mi mente ordeno los hechos que llevo años dando por ciertos sobre Fabrizio Tabone. Los analizo igual que haría con cualquier otro caso. Es una calma extraña, eso tengo que reconocerlo, y tengo miedo de lo que llegaría a sucederme si la pierdo.

La última vez que vi a Fabrizio fue la noche que le conté que iba a ingresar en la academia de policía. Esa noche, él decretó que había muerto para él y a partir de entonces se comportó en consecuencia. Lo que más recuerdo de esa brevísima discusión fue que en ningún momento intentó hacerme cambiar de opinión y que cuando me fui repitió una y otra vez que el apellido Tabone no se recuperaría jamás de esa desgracia.

Amalia tal vez me acogió para compensar la pérdida de su hija y quizá también sentía que así honraba la memoria de su amiga, mi madre biológica. Fabrizio lo hizo para tener un hijo, un descendiente y, cuando ese descendiente se hizo mayor y le demostró una y otra vez lo poco que se parecía a él, le odió por ello.

Ni Fabrizio ni Amalia vinieron nunca a visitarme. Amalia me escribió una única carta pocos meses antes de morir donde me pedía perdón por no haber sabido quererme mejor y me suplicaba que no le contestase ni fuese a verla.

Es uno de los pocos remordimientos que me he permitido tener en la vida. No sabía que Amalia estaba enferma, me escudé en que ella había tardado años en alargarme esa rama de olivo y pensé que tendría tiempo. Cuando me enteré de su muerte, dos meses después de que hubiese sucedido, lo lamenté profundamente y, si hubiese sido capaz de llorar, lo habría hecho.

Pero ya no quedan lágrimas dentro de mí. Ya no queda nada.

La muerte de Amalia me sacudió más de lo que estaba dispuesto a reconocer y busqué a Fabrizio para saber de él. No me costó averiguar que tras perder a su esposa había perdido los pocos amigos que le quedaban en el barrio y que había empezado a trabajar como vulgar matón y asesino para cualquiera que pagase su precio.

Veía su nombre pasar en distintos informes policiales de comisarías en las que yo, gracias a Dios, no trabajaba. No sé si en aquel entonces el destino decidió darme una tregua o si Fabrizio se aseguraba de no cometer nunca un delito en mi jurisdicción.

El nombre de Cavalcanti dejó de aparecer relacionado con el de Fabrizio y prácticamente desapareció hasta que hace cuatro años hubo una masacre en un bar irlandés. Los muertos se contaron por decenas y ni la policía de la ciudad ni sus ciudadanos lo lamentaron demasiado porque todos los fallecidos pertenecían a distintas bandas de chantajistas y delincuentes. El informe oficial, en el que yo no participé, establecía en sus conclusiones que se había tratado de un ajuste de cuentas entre bandas que se les había ido de las manos.

Entre los fallecidos estaba Fabrizio Tabone.

En la policía nadie excepto Anderson sabe que Fabrizio es mi padre. Tabone es un apellido muy común y, desde que entré en la academia y me mudé a Vanderbilt Avenue, si alguien pregunta por mi familia, digo que soy huérfano.

No fui a ver el cuerpo, no habría podido explicarlo y la verdad es que no sentí la necesidad de hacerlo. Me sentí incluso aliviado de que su muerte no me afectase, demostraba que había conseguido superarlo y que nada de mi pasado, ni siquiera la parte más dolorosa, podía hacerme daño.

No me planteé que pudiese haber un error. Fabrizio había sido arrestado las suficientes veces como para que los policías encargados del caso pudiesen identificarlo con seguridad. Además, a partir de la Masacre de los Irlandeses, así era como se conocía, Fabrizio Tabone desapareció.

Pero ha vuelto, mis entrañas me dicen que Ripoli, a pesar de su estado lamentable, recuerda la historia a la perfección. Fabrizio Tabone no está muerto y ha salido de su escondite, sea el que sea, para matar a Emmett Belcastro.

¿Por qué?

¿Por venganza?

Intento recordar si alguna vez vi a Fabrizio discutir con Belcastro y no lo consigo. Recuerdo a Belcastro prestándome libros y a Fabrizio riéndose de mí por leerlos y de él por haber montado una librería y no otro tipo de negocio, pero nada más. Ahora, si analizo más de cerca esos recuerdos, tal vez sí fuera claro que no eran amigos y que existía cierto distanciamiento extraño entre ellos, pero nada que justificase ese brutal asesinato.

Amalia nunca se opuso a que yo fuese a Verona a por libros y nunca vi tampoco que existiese nada especial entre Belcastro y ella. El tema de la infidelidad y de los celos no tiene sentido.

Lo único que parece tenerlo es esa fotografía que estaba oculta en el sofá de Belcastro. Tengo que hablar con Cavalcanti, es el único que queda y probablemente el único que pueda explicarme la verdad. Pero no puedo ir a hablar con Cavalcanti así como así. Si voy sin pruebas, sin nada concreto, y él está detrás del asesinato de Belcastro, lo sabrá y se encargará de eliminar cualquier rastro de ello antes de que pueda encontrarlo.

No puedo correr ese riesgo.

La operación en la que Anderson lleva años trabajando depende de esto. Una cosa es arrestar a Cavalcanti por asesinato, eso sin duda nos beneficiaría, y otra muy distinta es ir allí, revelarle la información que tengo y echar por la borda años de trabajo. Joder, si me metí en la policía para llegar a este momento.

¿Y si Cavalcanti no sabe que Fabrizio Tabone está vivo y es inocente de todo esto?

Mierda.

¡Maldita sea!

Siena.

Es culpa suya que esté sintiendo. Es culpa suya que haya perdido el rumbo y que vuelva a respirar y a tener miedo. Es mucho mejor no tener nada, lo único que necesitas y que puedes soportar es el dolor porque es controlable, lo demás, cualquier otra emoción, puede escaparse de tu control y obligarte a arriesgarte.

Tengo que ir a la comisaría e informar a Restepo y a Anderson de que he averiguado la identidad del hombre con el tatuaje. Con su ayuda quizá encontremos a Fabrizio antes de que lo hagan los hombres de Cavalcanti y consigamos averiguar la verdad, o al menos algo que nos permita arrestar a Cavalcanti antes de que se una a la mafia de Chicago y creen la mayor asociación de crimen organizado del país.

Siena.

No, no voy a pensar en ella ahora. Ni nunca. Ella ya no está.

Y sin embargo detengo el coche en la calle donde vive la señorita Moretti y cruzo hacia el edificio con la absurda esperanza de que Siena esté allí.

No puedo hacerme esto, no puedo seguir así. Lo peor de todo es que no puedo hacérselo a ella. Me comporté como un cerdo egoísta en la ópera, le hice daño en mi apartamento. Tengo que dejarla ir.

El portal está abierto como siempre. Al pasar por el rellano me invade el calor que sentí cuando la besé allí por primera vez. El impacto es tan fuerte que tengo que sujetarme de la barandilla.

—Tengo que irme de aquí.

Con cada paso que doy hacia ella mi pasado deja de importarme y aunque sigo sin atreverme a tener un futuro sé que mi presente está mucho menos vacío desde que Siena entró en él.

Se irá y no podré recomponerme. Se irá cuando arreste a su tío. Se irá cuando por fin comprenda que no puedo darle nada.

Siena se irá y si a mí me quedase un ápice de decencia no subiría esa escalera.

Llego al piso de la señorita Moretti y la música de un violín me presiona el pecho. No me atrevo a llamar, no quiero hacer ningún ruido que pueda entrometerse en ese sonido tan maravilloso. La noche de la ópera ni siquiera presté atención a la música. Aunque se supone que la orquesta de la ciudad es extraordinaria, no me causó ninguna reacción.

La canción que estoy escuchando ahora se ha metido dentro de mí y me está astillando los huesos. Es doloroso oírla, hay tanto fuego y tanta pasión en esas notas que no entiendo cómo el edificio no se ha derrumbado. No llamo a la puerta, la abro y entro sin esperar a que nadie me invite.

Siena aparece.

Siena está tocando el violín y la señorita Moretti la mira tan desconcertada y emocionada como yo, aunque ella es capaz de exteriorizarlo.

—Tendrías que tocar en una orquesta, deberías dejar que el mundo entero pudiese oírte.

Reconozco mi voz y sé que esa frase la he dicho yo, pero no soy consciente de haberla pensado. Siena deja de tocar y me maldigo por mi torpeza.

—Jack —lo dice en voz muy baja. ¿Por qué puede atormentarme solo pronunciando mi nombre?—. ¿Qué estás haciendo aquí?

—Buenas tardes, detective —me saluda la señorita Moretti, aunque soy incapaz de girarme a mirarla—. ¿Qué está haciendo aquí? —insiste y yo sigo ignorándola.

¿Cómo he soportado estar dos semanas sin respirar cerca de Siena?

El aire entra de un modo distinto en mis pulmones, es incluso doloroso. La piel me quema porque necesita la de ella encima. Apenas puedo tragar de lo espeso que es el deseo y lo único que sé ahora es que, si no estoy con ella, lo poco que queda de mí que quizá vale la pena salvar desaparecerá.

—Ven conmigo, Siena.

Alargo la mano hacia ella, me tiembla y no me esfuerzo en ocultarlo. No podría aunque quisiera.

—No creo que sea buena idea, Jack.

Deja el violín en la funda y se levanta. Durante un segundo pienso que se acercará a mí, pero hace justo lo contrario y se coloca en el extremo más opuesto, justo delante de la ventana.

—No es buena idea, lo sé. —Ella baja la cabeza como si mirase hacia la calle—. La verdad es que no sé cómo he llegado aquí. He descubierto algo sobre la muerte de Belcastro y me dirigía a la comisaría para hablar con Anderson y Restepo, pero en vez de eso he conducido hasta aquí.

—¿Por qué?

A la mierda con lo de mantener las distancias. Me acerco a ella y levanto una mano para acariciarle el pelo, los ojos de Siena capturan los míos a través del cristal y me aparto, aunque solo un poco.

—Iré a preparar un poco de té.

La señorita Moretti nos concede unos minutos de intimidad y yo dejo la mirada fija en el pelo de Siena. Las cosquillas corren por las palmas de mis manos de las ganas que tengo de tocarlo y las oculto en los bolsillos para contenerme. Allí encuentro la moneda de mi infancia y la horquilla en forma de mariposa de Siena.

No sé por qué me la llevé conmigo.

—Deberías irte, Jack —susurra Siena—. Han pasado dos semanas desde... desde la ópera y he tenido tiempo para pensar. Creía que podría hacer esto, de verdad que sí, pero he descubierto que no. Necesito saber que el hombre con el que me acuesto comparte conmigo algo más que su cuerpo y tú no puedes hacerlo. O no quieres. La verdad es que no importa porque el resultado es el mismo. El sexo ha sido increíble, pero al final siempre consigues que me sienta mal y no quiero volver a sentirme así. Lamento si crees que te he engañado, ya sé que te dije que estaba de acuerdo en que solo era sexo, pero ya ves que no es así.

El rechazo de Siena no tendría que afectarme. Sabía que este momento iba a llegar y que cuando lo hiciera estaría más que justificado. Y lo está. Podré arrestar a su tío sin preocuparme por ella y en cuanto el caso esté cerrado seguiré adelante con mi vida como si estas semanas no hubiesen existido.

Siena aparece.

Siena desaparece.

Lo único que tengo que hacer ahora es darme media vuelta y salir de este apartamento sin decir nada más. Ella se recuperará, se olvidará de mí y del estúpido error que cometió estando conmigo. Yo tendré exactamente lo que siempre he querido; nada.

No puedo hacerlo, no puedo moverme. Descubrir que mi cuerpo se niega a alejarse de Siena me aterra. No puedo quedarme, ella me ha pedido que me vaya y después de lo que le he hecho se merece que la obedezca.

—He averiguado la identidad del hombre con el tatuaje —me cuesta respirar—, es mi padre, el hombre que me crio, Fabrizio Tabone.

Siena se da media vuelta muy despacio y veo que le brillan los ojos. Está tan sorprendida como yo por mi reacción.

—Creía que había muerto hace años, era un delincuente, un matón a sueldo. —Aparto la mirada hacia el suelo—. El día que le dije que iba a ser policía me dijo que para él había muerto, que no quería saber nada más de mí, que era una desgracia para el apellido Tabone y —sonrío con tristeza— cumplió con su palabra.

—Jack...

Da un paso hacia mí. No me toca.

Levanto la cabeza y la miro. No sé qué diablos estoy haciendo, estoy tan asustado que tengo que contener el impulso de salir corriendo de allí, pero sé que si no hago esto Siena no volverá a tocarme nunca más y eso sencillamente es insoportable.

—Eso no es lo peor de todo, Fabrizio Tabone ni siquiera es mi padre de verdad —se me atragantan las palabras y vuelvo a apartar la vista.

Siena me acaricia el pelo y el dolor se vuelve soportable.

—No tienes por qué contármelo todo ahora, Jack. Lo único que necesito es saber que me necesitas para algo más que para tener sexo.

Está tan cerca de mí que mi piel se tensa de las ansias que siente por fundirse con la de ella. Estoy perdido y esta vez voy a entregarme a esta locura con los ojos bien abiertos.

—Ven conmigo, Siena —le pido mirándola de nuevo a los ojos—. Por favor.

Esta vez no le ofrezco mi mano, sino que busco la de ella y entrelazo nuestros dedos.

—De acuerdo, Jack —susurra.

Y yo sonrío y ella me devuelve la sonrisa como si le hubiese entregado una perla cultivada por la luna y me siento como un cretino.

—¿Estás segura, Siena? —La señorita Moretti nos sorprende y Siena deja de mirarme a mí para prestar toda su atención a la profesora de violín.

—Sí.

La respuesta no cuenta con la aprobación de la señorita Moretti y lo cierto es que no puedo culparla.

—Está bien —acepta resignada—. Toni llegará aquí dentro de dos horas. Si no estás aquí cuando llegue, no mentiré por ti. Le diré dónde estás y con quién, ¿entendido, detective?

—Entendido.

—Pero, si estás aquí —vuelve a dirigirse a Siena—, ni Toni ni nadie tiene por qué enterarse de que has salido un rato a... hablar con el detective.

—Gracias, Catalina.

—Siena estará de vuelta, no se preocupe, señorita Moretti. Gracias por su ayuda.

—No le estoy ayudando a usted, detective —me contesta poniéndome en mi sitio—, estoy ayudando a Siena, o eso espero. Cuide bien de ella.

—Lo haré.

—No solo esta tarde.

No puedo contestarle, pero por primera vez en mi vida quiero creer que puedo hacer una promesa a otra persona.

Tiro de Siena, estoy impaciente por estar a solas con ella. Bajamos la escalera en silencio, cada vez que me aprieta los dedos siento un breve ataque de pánico, pero entonces pienso que está detrás de mí porque quiere estar conmigo y el deseo lo hace desaparecer.

En el coche, ella se sonroja y mira a través de la ventanilla.

—¿Tienes hermanos?

Mierda, esto de la sinceridad es mucho más difícil de lo que creía.

—No. Bueno, supongo que podría decirse que de pequeño Nick era como mi hermano, y también estaba Sandy.

—¿Nick? ¿Nick Valenti?

—El mismo.

Presiento que tiene mil preguntas que formularme, casi puedo oír desde donde estoy cómo se muerde la lengua. Sonreiría si no fuera porque tengo un nudo en el estómago y me sudan las palmas de las manos.

—¿Y tú, tienes hermanos?

Siena se gira y me mira, y siento una extraña presión en el pecho. Me está adiestrando, tiene que ser eso, pienso de repente, porque ahora mismo haría cualquier cosa para que volviese a mirarme de esta manera.

—No, no tengo. Creía que ya lo sabías, detective.

Carraspeo en busca de mi voz.

—Sí, lo siento, me había olvidado.

«Llevo diez años encerrado dentro de mí y no recuerdo cómo se hace esto»:

—No importa. Me gusta que te intereses por mí.

No puedo evitar mirarla y creo que está más sonrojada ahora que cuando hicimos el amor en la ópera.

—Créeme, Siena, tal vez no tenga ni idea de cómo lidiar con lo que sucede entre tú y yo y lo más probable es que tarde o temprano cometa un error imperdonable y no quieras volver a verme nunca más, pero te aseguro que me intereso mucho por ti.

Siena me sonríe, es una sonrisa que no se parece en nada a las anteriores, es la sonrisa de una mujer que ha conseguido lo que quería.

O tal vez se está riendo de mí porque es la frase más larga que he dicho sobre nosotros desde que estamos juntos.

Tengo que dejar de asfixiarme cada vez que comprendo que he sido incapaz de alejarme de Siena. Habría podido hacerlo y no lo he hecho. No me he ido porque no podía soportar la idea de no estar con ella. Siena me ha pedido que me fuera y yo he dejado de pensar en Fabrizio Tabone, en el asesinato de Emmett Belcastro, en la operación de Anderson... porque el único pensamiento que ha acaparado mi mente ha sido: «Quédate con ella. La necesitas. La necesitas».

La necesito y ahora, aunque sea solo durante unas horas, voy a tenerla.

Y dejaré que ella me tenga a mí.

CAPÍTULO 19

Siena
Vanderbilt Avenue
1940

Hace días decidí que si algún día volvía a cruzarme con él le cruzaría la cara y le diría exactamente lo que pensaba de su numerito en la Ópera y de su fría indiferencia. Si lo único que quería era desahogarse, bien podía buscarse a cualquiera. La actitud de hombre inaccesible y dispuesto a todo para cumplir su misión era muy sensual y atractiva, eso lo reconozco, pero a la hora de la verdad me hacía sentirme triste y miserable.

El problema, sin embargo, eran las sonrisas de Jack, las miradas cariñosas que me lanzaba cuando creía que no lo veía o los detalles que tenía conmigo o con los demás casi sin darse cuenta. Ese Jack sí que podía hacerme daño de verdad, el otro parecía sacado de una mala opereta.

Vanderbilt Avenue

Pero al parecer el Jack de las sonrisas no existía, era solo fruto de mi imaginación. El mismo Jack me lo había advertido; él no era ningún héroe y no necesitaba que nadie lo salvase. Me había repetido esa frase cientos de veces y al final había llegado a la conclusión de que Jack me había dicho la verdad y yo era una idiota.

Las dos semanas habían llegado a su término, por fin me sentía capaz de volver a mi vida normal. Mi tío había regresado y aunque no me había contado ni la mitad de la mitad de lo que había sucedido en Chicago él estaba más tranquilo y pasaba más horas en casa, así que yo había deducido (cuidado Siena con las deducciones) que de verdad había empezado a retirarse.

Apenas media hora atrás salía de casa decidida a dejar a Jack guardado bajo llave en un cajón de mi memoria, uno que solo abriría cuando fuese una viejecita en Italia rodeada de nietos. Había decidido que en el fondo Jack me había servido para demostrarme que la vida sigue y que no podía seguir encerrada en casa teniendo por únicos amigos a los empleados o socios de mi tío. Tenía previsto pedirle a Catalina que me presentase a sus amigos y mañana iba a hacer lo mismo en la iglesia, intentaría conocer gente y tener más vida social que una monja de clausura. Tarde o temprano conocería a alguien del que me enamoraría y contaría con la aprobación de Luciano y si ese día no llegaba nunca al menos me reiría.

Encerrar los recuerdos de Jack bajo llave ha sido liberador. He tocado como hacía meses, tal vez años, que no tocaba. Mis dedos han volado por el arco y la música me ha transportado a ese lugar mágico en el que me permito pensar en mis padres con alegría.

Entonces ha llegado Jack y con una frase y una mirada lo ha echado todo a perder. Si se hubiese portado como las últimas veces, si hubiese mantenido la distancia o dicho alguna de esas frases tan estúpidas, habría podido resistirme. Pero durante un segundo ha bajado las barreras. Me ha enseñado cómo es de verdad y se me ha acelerado el corazón y he empezado a temblar; el estómago se me ha puesto del revés, y aunque acabará haciéndome daño aquí estoy.

Estar con él en el coche es extraño, a pesar de la intimidad física que hemos compartido apenas sé nada de él. Ahora sé que arruga las cejas cuando está concentrado y aparta una mano del volante después de girar. Quiero hacerle tantas preguntas, quiero saberlo todo de él, pero me muerdo la lengua porque Jack necesita este silencio y recuperar cierta calma. Sonrío, creo que empiezo a conocerlo.

—Ya hemos llegado.

Jack detiene el coche y al prestar atención a mi entorno veo que estamos en Vanderbilt Avenue. Aún me sonrojo al recordar la noche que me escapé de casa para venir a verle. No es propio de mí y si hubiese podido razonar habría caído en la cuenta de que era una locura, sencillamente necesitaba hacerlo. Me sentí viva y después de haber creído durante tiempo que no lo estaba fue una sensación embriagadora.

—Sé que te he pedido que vinieras conmigo —sigue Jack, me giro hacia él y le descubro con la mirada fija en la calle—, y jamás podré explicar la reacción de mi cuerpo cuando has aceptado. —Suelta el aliento y por fin se mueve para mirarme—. Podemos quedarnos aquí o podemos ir a la cafetería que...

Mantiene las manos encima del volante y tiene los nudillos blancos.

—Para ser un hombre que proclamas a los cuatro vientos que no me convienes y que me harás daño, te estás preocupando mucho por mí.

Intento relajar el ambiente. No sé si es porque estamos encerrados en este espacio tan pequeño o porque llevamos dos semanas separados, pero tiemblo de la cabeza a los pies. Jack levanta durante un segundo la comisura del labio, no acaba de ser una sonrisa aunque se le acerca bastante.

—Estoy preocupado por ti porque sé que no te convengo.

No añade que va a hacerme daño y tal vez soy una ingenua porque se me encoge el corazón y levanto una mano para acariciarle el pelo. En su rostro ya casi no queda rastro del moratón que tenía hace dos semanas.

—Quiero ir a tu casa, Jack. Aún tenemos muchas cosas que resolver entre tú y yo y prefiero estar a solas.

—De acuerdo —afirma más para sí mismo que para mí.

Dejamos el Pontiac negro en la calle, el vehículo es como Jack, carece de adornos y ha recibido unos cuantos golpes, y al mismo tiempo basta con tocarlo para sentir la fuerza que oculta dentro.

Entrelaza los dedos con los míos al pasar junto a mí y subimos la escalera. La tensión domina el brazo de Jack, que camina delante, llega a los hombros y logra que su espalda parezca más ancha de lo que es. Me cuesta tragar saliva, quizá no estoy preparada para estar con él. Igual que ese animal salvaje con el que tantas veces le he comparado en mi mente, quizá está demasiado herido y si doy un paso más terminaré sufriendo. No porque él me haga daño sino porque jamás podrá darme lo que necesito.

—¿Desde cuándo vives aquí?

Necesito recuperar la calma y lo único que se me ocurre es intentar mantener una conversación mundana igual que haría con cualquier persona que quisiera conocer.

—Desde hace unos años.

Bueno, no ha sido demasiado concreto, pero me ha contestado.

—Es un barrio bonito.

En vez de tranquilizarme con cada escalón que subimos estoy más nerviosa. Jack asiente en silencio y sin soltarme la mano abre la puerta de su apartamento. He sido yo la que ha insistido en subir y en que teníamos que hablar, debería decir algo.

Una gota de sudor me resbala por la espalda y un ligero temblor se instala en mis rodillas.

Jack se gira y me mira.

—Lo siento, no puedo más.

Me besa.

Jack tiembla más que yo y el beso se convierte en cuestión de segundos en una fuerza que no podemos detener. Mis labios buscan los de él para resarcirse de los besos que les han sido negados durante semanas, los suyos me recuerdan con cada caricia, con cada gemido que consiguen arrancarme, que no le había olvidado.

—Lo siento —vuelve a susurrar y su sentimiento de culpa hace que me atragante.

No sé cómo decirle que no sufra, me duele verle atrapado en las garras de una bestia contra la que no puedo luchar porque ni siquiera sé dónde está o de qué se alimenta. Lo único que puedo hacer por Jack es besarle y decirle con mis besos que, aunque yo tampoco entiendo qué sucede, también le necesito para respirar.

Intento apartarme un segundo en busca de palabras para tranquilizarlo. Está ardiendo y respira muy deprisa, pero no me lo permite. Jack encadena un beso con otro y lo único que parece necesitar es esto, nuestros besos. Me rindo y dejo que mis labios encuentren el modo de tranquilizarle mientras guardo en mi interior toda la preocupación que siento por él y me prometo que, cuando esté más tranquilo, no descansaré hasta averiguar cómo ayudarle.

Me da igual si me lleva toda la vida.

Le rodeo el cuello con los brazos y Jack me levanta del suelo con un sonido que me eriza la piel.

—En mi cama.

Es la única explicación que recibo después de sonreír pegada a su boca. Él camina decidido, no creo que nadie pudiera detenerlo ahora, y abre la puerta sin soltarme. Me fascina que sea capaz de moverse con tanta delicadeza conmigo y que con el resto del mundo no disimule su fuerza.

Recuerdo su dormitorio de la noche que le encontré borracho, pero ese día no presté atención a los detalles o a la ausencia de los mismos. La cama es grande y está cubierta por unas sábanas blancas tan tirantes que dejan claro que el hombre que duerme en ellas ha recibido entrenamiento militar. En la mesilla de noche no hay nada excepto un libro junto a la lámpara. El otro día el libro no estaba y siento la imperiosa necesidad de saber el título.

Jack me sorprende al dejarme de pie frente a la ventana.

—Quiero verte —me dice con la voz tan ronca y con los ojos tan brillantes que me es imposible negárselo. No creo que pudiera porque las cuerdas vocales están atrapadas en este deseo que él despierta en mí solo acercándose.

—No digas nada —me pide y sonrío de nuevo porque tengo la sensación de que puede leerme la mente.

Da un paso hacia atrás y sus ojos recorren mi cuerpo con suma lentitud, se detienen en cada rincón y las pupilas se van dilatando y oscureciendo ante mí. Camina despacio y vuelve a colocarse a escasos centímetros de mí. Levanta las manos y desabrocha uno a uno los botones de la blusa blanca. Tiene la cabeza agachada y respira despacio, le tiembla la sien.

Al terminar con la blusa baja la prenda por mis brazos. Sus dedos me erizan la piel a medida que la recorren. Queman.

La blusa cae al suelo, el sonido es delicado, pero me quedo sin aliento al oírlo. Jack no parece inmutarse y sigue con la mirada fija en mi cintura, está estudiando la cremallera de la falda como si fuera un asunto de suma importancia. Segundos más tarde, durante los que el temblor de mi cuerpo no hace sino que aumentar, noto sus manos en mi cintura y la cremallera baja despacio.

Jack da otro paso hacia mí, la tela de su pantalón roza la camisola que cubre ahora mis muslos. Inclina la cabeza hacia delante y la detiene antes de que su nariz o sus labios puedan rozarme la piel mientras que con los dedos arruga la camisola y busca los cierres del liguero. Su respiración me eriza la piel y tengo que cerrar los puños para no tocarlo. Él no me lo ha pedido, sin embargo tengo el presentimiento de que la petición iba incluida en la de no decirle nada.

El liguero se afloja, pero Jack no se mueve. Cuando lo hace aparta las manos de mi cuerpo y las coloca por encima de la camisola sobre mi cintura.

—Me gustaría... —la voz le rasca la garganta y hace estragos en mi capacidad para mantenerme en pie— me gustaría poder hacerte el amor. —Flexiona los dedos y cierro los ojos—. Pero no puedo. —Estoy a punto de decirle que sí que puede. Entonces aprieta las manos y tira de mi cuerpo hacia el suyo, y soy incapaz de hablar—. No puedo porque ahora mismo necesito follarte.

El calor estalla en mi vientre y un sonrojo que es fruto del deseo, la vergüenza, la modestia y el instinto más básico y urgente que he sentido nunca escala por mi cuerpo.

—Jack. —Solo soy capaz de susurrar su nombre.

—Tendrías que darme una bofetada y pedirme que te soltara. Me gusta creer que sería capaz de hacerlo, pero no estoy seguro. —Me lo imagino sonriendo pegado al hueco de mi cuello—. Me gustaría ser otro hombre, por ti me gustaría ser cualquier otro. —Noto los labios en mi piel, la lengua recorre lentamente la curva de la clavícula. No puedo decirle que no tiene que ser nadie excepto él—. Después te haré el amor, lo prometo.

Se pone de rodillas frente a mí y me baja las medias y la ropa interior. Abro los ojos un segundo, el pelo negro y espeso está desordenado como si se hubiese pasado las manos demasiadas veces. Tiene la frente empapada de sudor y los hombros tensan la camisa blanca tanto como les permiten las costuras.

No soy consciente de tomar la decisión de tocarle, los dedos de mi mano derecha aparecen en la mejilla en la que aún encuentro el rastro de la herida del otro día.

Al sentir mi tacto, Jack se levanta de inmediato y vuelve a sujetarme por la cintura.

—Mírame, Siena. —Abro los ojos—. Necesito follarte. —

Bajo la mirada, esa palabra me incomoda—. ¿Sabes por qué? —Niego con la cabeza y Jack aparta una mano de mi cintura para capturar mi mentón entre dos dedos y acariciarme el pómulo con el pulgar—. Eres preciosa. —Suelta el aliento despacio y se agacha para darme un suave beso en los labios. Gimo cuando se aparta—. Necesito follarte porque te deseo tanto que no puedo ir despacio. —Tira de mí con la mano que sigue en mi cintura y pega las mitades inferiores de nuestros cuerpos—. ¿Puedes sentirlo? —Tiemblo y él asume que esa es mi respuesta—. ¿Puedes?

—Sí —suspiro.

Desliza una mano por debajo de la camisola, donde me encuentra desnuda.

—Tú también lo sientes, ¿no es así?

Me acaricia y mi cabeza cae hacia delante, en el torso de él, que sigue cubierto por la camisa. Mueve los dedos despacio, para ser un hombre que afirma estar al límite está demostrando tener mucho autocontrol.

—Joder, cariño, eres perfecta —farfulla besándome lo alto de la cabeza. Es una contradicción sentir ese beso tan inocente mientras su mano está entre mis piernas—. Dime que puedo follarte.

—Puedes —susurro.

Jack me aparta la cabeza de la camisa en busca de mis ojos.

—Necesito oírtelo decir. Comprendo que esta palabra, esta sensación, no ha formado nunca parte de ti, pero forma parte de mí y no puedo eliminarla. —Cierra los ojos, aprieta los párpados y el sufrimiento que veo pasar tras ellos me ahoga el alma—. Necesito que aceptes todo lo que soy, también las partes más dañadas. Sé que lo necesito.

Creo que es la única manera de que consiga salvarme, pero...

Coloco unos dedos encima de sus labios.

—Chis, Jack. —Los dos tenemos los ojos bien abiertos—. Déjame hablar. —Esbozo una sonrisa trémula y aunque me sonrojo creo que puedo controlarlo—. No voy a decirte lo que quieres oír. —Durante un segundo no consigue disimular el dolor, así que me apresuro a continuar. Además, el corazón me late tan rápido que tengo miedo de desmayarme—. Voy a decirte que quiero que me folles.

La palabra se me atraganta y sí, sigue sin gustarme, pero con Jack no hay espacio para vergüenzas ni para miedos infantiles. Con Jack da igual cómo lo llamemos porque sabemos que no existe nada más verdadero que lo que sucede cuando nos tocamos.

Me aparta la mano de sus labios y durante un segundo está completamente inmóvil, hasta que de repente se pone en movimiento igual que una pantera negra a la que le ha sido concedida la libertad. Sus labios devoran los míos, me levanta en brazos y yo le rodeo la cintura con las piernas.

La pared del dormitorio aparece a mi espalda, la única fotografía que hay colgada en la pared, una imagen de la Estatua de la Libertad, cae al suelo. A ninguno de los dos nos importa.

Jack está dentro de mí.

Jack me besa.

Jack está dentro de mí.

Jack está dentro de mí y el mundo desaparece.

Besa mis labios, me sujeta por la cintura y apenas se mueve. Dos semanas de separación y de decisiones equivocadas desaparecen cuando nuestros cuerpos se unen y se niegan a separarse. Él aprieta los dedos en mi cintura, mi boca bebe sus gemidos y los míos se pierden en la suya. Él está completamente vestido, a mí solo me queda la camisola de seda color champán.

Cada uno de los temblores que recorren la espalda de Jack desfila después por la mía. Me muerde, me pide perdón besándome de nuevo más despacio. No sirve de nada, ningún beso por tierno que sea puede disimular el fuego que quema entre nosotros.

El orgasmo de él es silencioso. Se pega a mí como si quisiera meterse dentro de mí, no solo su sexo, sino el cuerpo entero; su torso dentro el mío, sus muslos y los míos, nuestros labios. Enredo los dedos en la nuca y le acaricio el pelo y, cuando un suspiro que parece nacer de lo más profundo de su alma, de ese rincón que ninguno podemos controlar, me roza los labios y baja por mi garganta, alcanzo el clímax más profundo, animal y salvaje que he sentido nunca.

Jack me besa.

Jack está dentro de mí.

Jack me lleva en brazos a la cama y el mundo desaparece.

Abro los ojos al notar la sábana bajo la piel y veo a Jack mirándome con el rostro demudado por tanta emoción que incluso duele mirarle. Él suelta el aire por entre los dientes y tras un delicado beso se aparta con cuidado y sale de mi interior. Se sienta en la cama, me da la espalda y está en silencio, y tengo miedo de que cuando vuelva a girarse esté de nuevo frío y distante. No creo que pudiera soportarlo.

Apoyo un codo en la cama y descanso la mejilla en la palma de la mano para observarle. Él no ha ocultado su deseo de verme desnuda. Yo quizá no sea tan atrevida como él y (aún) no pueda verbalizarlo, pero eso no significa que no me muera de ganas de verle desnudo.

Jack se pone en pie y sin girarse se desabrocha la camisa y se la quita con la que ya he descubierto es su habitual eficiencia militar. No deja la prenda en el suelo, la apoya en el respaldo de la única silla que hay en la habitación y el gesto me hace sonreír. Jack es ordenado, guardo esa información dentro de mí como si fuera un tesoro. Los zapatos aparecen junto a las patas de la silla. Me sonrojo cuando la imagen de Jack completamente vestido moviéndose dentro de mí hace unos segundos aparece en mi mente. «Ojalá no me haya sonrojado tanto como creo». Oigo el sonido de la hebilla del cinturón y vuelvo a fijarme en Jack, no quiero perderme ni un detalle. El pantalón queda encima de la camisa y a Jack solo le quedan unos calzoncillos blancos que destacan aún más su piel morena. Él se detiene y yo me olvido de respirar cuando veo que se los quita y queda completamente desnudo.

Tensa la espalda, no puedo verle la cara y me imagino sus ojos oscureciéndose, su frente arrugándose mientras las cejas intentan contener la fuerza que domina siempre su rostro.

Se da media vuelta y me quedo sin aliento. El corazón me sube por la garganta y se detiene en algún lugar que me impide decirle lo hermoso que me parece. No creo que a él le gustase escucharlo.

Clava los ojos en los míos y camina hacia mí. Se tumba en la cama y no tengo tiempo de reunir las fuerzas necesarias para hablarle porque empieza a besarme.

Jack me besa y el mundo desaparece.

CAPÍTULO 20

Jack me besa.
Me besa despacio y siento su cuerpo desnudo encima de mí. Su piel está tan caliente que tengo la sensación de que si se queda aquí acabaríamos fundiéndonos el uno con el otro. La idea me asusta un poco, necesitar a Jack puede ser muy peligroso para mi corazón y este se me acelera al pensar que tal vez ya sea demasiado tarde para ser cauta.
Jack me besa.
Me besa un poco más rápido y apoya las manos a ambos lados de mi cabeza. «No, no te apartes». Un mechón de pelo negro le cae de la frente y me hace cosquillas en la nariz, él no separa los labios de los míos. Mueve las caderas y las piernas, nuestros muslos se rozan y el vello de su vientre me acaricia el estómago. Recuerdo el vendaje del primer día y me doy cuenta de que no le estoy tocando. Los besos de Jack, destinados a hacerme enloquecer, me roban la ca-

pacidad de moverme. Consigo reaccionar y con las manos busco su espalda para tocarla.

Él separa más los labios y el beso se convierte en una posesión, aunque no sé quién posee a quién. Respiro a través de Jack, siento a través de su piel, que ahora quema las palmas de mis manos.

Aparta una mano de la almohada y tras unos segundos nuestros cuerpos vuelven a unirse. Jack se queda quieto, tensa los antebrazos y su torso permanece inmóvil, ni siquiera respira.

—Jack —susurro su nombre mientras le acaricio la nuca.

Él abre los ojos y me mira, son negros y esta vez brillan de un modo distinto. Él lo sabe y no le gusta, pero me aguanta la mirada y siento en mi corazón que jamás ha permitido que nadie lo viera así.

Tiro de Jack hacia mí y le beso.

Jack me besa.

Suspira entre mis labios, los recorre con la lengua, bebe de mi aliento y empieza a moverse. Su cuerpo desprende la misma intensidad que antes, cuando él me ha demostrado lo sensual que puede ser necesitar a otra persona del modo más instintivo y animal posible, pero ahora es distinto y tiemblo de la cabeza a los pies. Ahora Jack está concentrado en mí, solo en mí, y no sé si voy a poder soportarlo.

Jack me besa.

Jack se mueve despacio, espera a sentir algo, no sé si es un temblor, un suspiro o un movimiento de mis caderas y entonces responde, calibra su reacción y la ajusta a lo que cree que necesito. Apoya el peso en los antebrazos, entra más profundamente y con las manos me acaricia el rostro y me aparta el pelo que se me ha pegado en la frente. Nuestros torsos están pegados, nuestras piernas enredadas, yo no puedo soltarle y estoy a punto de perder la cordura.

Jack me besa y se mueve despacio.

Siento que no solo me está haciendo el amor y esto tampoco es la pasión desinhibida de antes. Esto tiene que ser lo que se siente cuando otra persona se entrega a ti, cuando tu cuerpo busca desesperado la manera de meterse dentro de otro para no salir nunca.

No estoy preparada para esto, es peligroso y maravilloso. Si lo pierdo, me dolerá mucho recomponerme y no volveré a ser la misma.

Tiemblo, gimo, una lágrima me resbala por la mejilla y Jack la captura con el pulgar.

Se aparta, me mira. Sé que le asusta lo que ve y que entiende esa lágrima.

Jack me besa.

El beso, la emoción que tensa los hombros de Jack y que le lleva a hundir las manos en mi pelo. La fuerza de sus piernas al buscar el secreto para no abandonar jamás mi cuerpo. El staccato con el que el corazón golpea su torso. El orgasmo que no sé si empieza en él y termina en mí o es al revés.

Su nombre en mis labios.

El mío en los suyos.

Nosotros.

Unos minutos más tarde abro los ojos y me encuentro en sus brazos. Espero que a él le duela tanto como a mí tener que soltarme. Mi rostro está en su torso, los latidos de su corazón me acarician el oído y una de sus manos, la espalda. Echo la cabeza hacia atrás para mirarlo.

¿Qué puedo decirle? Nunca me había sentido así y ninguna palabra encaja con lo que me está pasando.

Vanderbilt Avenue

—¿Por qué no tocas en una orquesta?

La pregunta de Jack es inesperada y perfecta. Sonrío y para disimular agacho el rostro y le doy un beso en el pecho, él me responde estrechándome en sus brazos.

Creo que son mi lugar preferido del mundo.

—En Italia tocaba —le explico cuando mi voz decide reaparecer—, pero aquí Luciano cree que es peligroso.

Los músculos del pecho sobre el que descanso se tensan unos segundos.

—Tendrías que tocar en una orquesta —sigue Jack—. Es injusto que nadie pueda oírte.

Vuelvo a sonreír y le acaricio por encima del corazón, este corazón que él se empeña en ocultar.

—A veces toco en la iglesia y también en casa y con la señorita Moretti. Además, si lo de mi tío sale bien, tal vez dentro de poco mi suerte cambie y pueda hacer las pruebas para la orquesta de Nueva York.

—¿A qué te refieres?

Durante un segundo me planteo si puedo contarle a Jack los planes de Luciano, y en cuanto la duda aparece en mi mente me pongo furiosa conmigo misma. He compartido lo más íntimo de mí con él, bien puedo compartir el resto.

—Luciano está arreglando las cosas para jubilarse. Por eso fue a Chicago.

Ese movimiento de antes, el de los músculos del pecho, reaparece y esta vez se queda.

—Me gustaría oírte tocar en la Ópera —dice pasados unos segundos, su voz suena igual que antes, incluso incorpora levemente la cabeza para darme un beso en el pelo—. Deberíamos irnos.

Se me encoge el corazón y aguanto la respiración. Tengo que confiar en él, no puedo permitir que las dudas que me asaltan tras estas dos últimas frases echen a perder la intimidad que hemos compartido.

Me apoyo en su torso y le miro.

—Lo que ha sucedido esta tarde entre nosotros no tiene nada que ver con mi tío, ni con la policía, ni con el asesinato de Emmett, ni con la mafia, ni con nada excepto tú y yo —Suelto el aliento despacio y él me acaricia la espalda porque estoy temblando.

— Lo que ha sucedido esta tarde entre nosotros no tiene nada que ver con tu tío, ni con la policía, ni con el asesinato de Emmett, ni con la mafia, ni con nada excepto tú y yo —repite Jack solemne y tira de mí para besarme.

Jack me besa y no oculta nada en sus besos.

—Tenemos que irnos —me recuerda cuando me aparta y antes de darme un último beso.

—Lo sé.

Sale de la cama y tras recoger mi ropa del suelo la acerca a la cama.

—Un día no te dejaré marchar —afirma al dejar la ropa a mi lado y antes de que yo pueda reaccionar camina decidido al baño y se encierra allí.

Yo me quedo mirando la ropa como una idiota, ¿de verdad ha dicho eso? Las confesiones de Jack siempre me cogen desprevenida y él siempre aprovecha mi confusión para esconderse en alguna parte y recomponerse. Suspiro y empiezo a vestirme. Hoy Jack me ha dado tantas piezas del rompecabezas que es su alma que creo que tardaré un tiempo en encontrarle el sentido a todas.

Aprieto el cierre del liguero y sonrío al recordar cómo

me ha desnudado; bueno, creo que a él yo también le resulto fascinante.

—¿Estás lista?

La voz me acaricia la espalda y me pone la piel de gallina cuando desde allí me sube la cremallera de la falda.

—Sí, estoy lista.

Jack vuelve a estar poco hablador, pero empiezo a distinguir sus silencios y este es de los buenos porque no me suelta la mano hasta que llegamos adonde está el Pontiac aparcado y me abre la puerta del coche. El trayecto hasta el apartamento de la señorita Moretti es corto, no tengo tiempo de decidir qué quiero decirle a Jack antes de separarnos.

No soy idiota y sé que no podemos seguir viéndonos así a escondidas. La señorita Moretti no lo permitiría y yo jamás le pediría que mintiese así por mí. Además, no me parecería justo ni para mí ni para Jack.

Detiene el coche a una esquina de nuestro destino y tengo que arriesgarme a mirarle, hasta ahora he mantenido la mirada fija en la ventanilla en un intento de esclarecer las emociones que se precipitan en mi corazón.

—No puedo acompañarte. Lo siento. ¡Maldita sea! —Parece confuso y furioso y no me mira. Ninguna de las tres cosas me gusta. Suelta el aliento frustrado y se gira hacia mí—. Tendría que haberte pedido antes que nos fuéramos del apartamento. Por culpa mía llegamos tarde y no puedo correr el riesgo de acompañarte y de que Toni me descubra contigo.

—Jack, espera...

—No, si me ve ahora, no podré ocultarle lo que siento por ti. Tienes que irte sola.

Lo que siente por mí. ¿Qué sientes por mí, Jack?
—Jack.
—Esta calle es segura, no te pasará nada y me quedaré aquí hasta que entres en el portal de la señorita Moretti.
—Sé que esta calle es segura, no te preocupes, Jack.
Me muerdo la lengua y no le pregunto qué ha querido decir con «lo que siento por ti». Aunque me muero de ganas no quiero tener esta conversación en un coche y con prisas.
—Prométeme que tendrás cuidado.
Son solo diez metros, pero se lo prometo de todos modos.
—Tendré cuidado. —Sujeto la manecilla de la puerta preparada para irme, pero antes de hacerlo por fin elijo lo que quiero decirle antes de despedirme—. Tú prométeme que no volverás a desaparecer y que lo de esta tarde ha sido verdad.
Jack me besa.
Cuando se decide a hacerlo es tan contundente y tan real que no puedo verlo venir ni detenerlo.
Jack me besa y cuando se detiene me acaricia el pelo y me mira.
—Ha sido verdad, es la única verdad de mi vida. Vete, no quiero que la señorita Moretti se arrepienta de habernos ayudado.
Abro la puerta y bajo del coche.
—No desaparezcas, Jack —le repito antes de cerrar y echar a correr calle abajo porque él tiene razón y se nos acaba el tiempo.
Me gusta creer que él me ha prometido que no desaparecerá.

Llego al portal y me encuentro a la señorita Moretti esperándome. Ella suspira aliviada al verme y prácticamente tira de mí hasta su apartamento.

—Me tenías preocupada —me riñe con cariño mientras subimos—. Toni está a punto de llegar.

No le contesto porque me falta el aliento por culpa de la carrera. Al llegar arriba me siento en la butaca donde suelo tocar el violín para recuperarme y apenas unos minutos más tarde alguien golpea la puerta.

Ha estado tan cerca que el corazón amenaza con salirme por la garganta. Catalina piensa lo mismo porque se sobresalta al oírlo y respira profundamente antes de ir a abrir.

No es Toni y cuando oigo la voz de mi tío hablando con la señorita Moretti estoy al borde de un segundo infarto. Tengo que tranquilizarme o acabaré metiendo la pata.

—¿Tío? —Me pongo en pie con el violín en la mano—. ¿Qué haces aquí? ¿Ha sucedido algo?

Puedo contar con los dedos de una mano las veces que Luciano ha pasado a recogerme en alguna parte y tengo que confesar que su presencia aquí me inquieta.

—No, todo está bien. ¿Por qué lo preguntas?

—Tú nunca vienes a buscarme.

—Le he pedido a Toni que se ocupase de unos asuntos y se ha retrasado un poco, así que decidí venir yo a recogerte, ¿te parece bien?

Odio que se me hiele la sangre al oír la frase «unos asuntos». Antes de Jack no habría desconfiado de Luciano y ahora lo primero que me ha venido a la mente ha sido la imagen de un imaginario contable al borde de la muerte en la cama de un hospital.

—¿Te sucede algo, Siena?

—No, nada, lo siento tío. —Me tiemblan las manos e intento disimularlo guardando el violín—. Por supuesto que me parece bien que vengas a buscarme.

—¿Le apetece tomar un té, señor Cavalcanti? —le ofrece la señorita Moretti.

—Sí, gracias, eres muy amable, Catalina, pero creía que ya habíamos decidido que ibas a llamarme Luciano.

Catalina, mi estricta y reservada profesora de violín, una mujer dulce y con una alma empedernidamente romántica (si no, dudo que nos hubiera ayudado a Jack y a mí) se sulfura hasta tal punto que parece una gata a punto de sacarle los ojos a alguien. A mi tío para ser precisos.

—No, señor Cavalcanti, se equivoca. Habíamos decidido que usted iba a llamarme «señorita Moretti».

—No es así como yo lo recuerdo, Catalina.

—Pues lamento decirle que tiene usted muy mala memoria, señor Cavalcanti. Iré a preparar el té.

Estoy tan fascinada observándoles que al final mi tío tiene que llamarme de nuevo la atención.

—¿Sucede algo, Siena?

Él está sentado en el sofá, se ha desabrochado la americana y parece sentirse como en casa. En realidad, si Catalina parecía una gata enfadada, Luciano tiene todo el aspecto del gato que se ha comido al canario.

—¿Catalina? —Le miro atónita—. ¿Desde cuándo te tuteas con mi profesora de violín?

—Siempre he sabido cómo se llama.

—Y yo siempre he sabido cuando das largas para no responder a una de mis preguntas.

—Pues, si sabes que no voy a responderlas —me dice con una sonrisa de lo más inusual en él—, no las hagas.

Es una manera muy poco gratificante de perder el tiempo.

Me río y siento una punzada en el corazón al recordar a mi padre.

—Tienes el mismo sentido del humor que papá —le digo, y aguanto la respiración porque no quiero que me hable del día que los asesinaron, no quiero hablar de muertes ni de venganzas. Quiero seguir riéndome con él mientras aún siento el calor de los brazos de Jack a mi alrededor.

—Supongo que sí. —Luciano se encoge de hombros y en su mirada veo que también se está acordando de papá—, pero Cosimo era mucho más listo.

—Está bien, no me cuentes por qué te gusta Catalina, pero ten cuidado con ella. Es mi mejor amiga.

—Gracias por preocuparte por mí, Siena —nos interrumpe la señorita Moretti y mi tío entrecierra los ojos como cuando algo le preocupa o le pone furioso—, pero no hace falta. Al señor Cavalcanti no le gusto. Me imagino que lo único que sucede es que hoy estaba aburrido y ha pensado que se distraería un rato a mi costa.

—Eso no es verdad, yo... —empieza Luciano y si Toni estuviera aquí y se estuviese dirigiendo a él en ese tono de voz ya habría agachado la cabeza, pero la señorita Moretti la mantiene bien alta y lo detiene alzando la mano como cuando da clases a un niño pequeño y le pide que deje de tocar porque está destrozando la partitura.

—Usted nada, señor Cavalcanti. Ocúpese de servir el té mientras yo voy a la cocina a por el azucarero. —Mi tío rebufa, pero se dispone a obedecer y Catalina, antes de darse media vuelta, añade solo para mí—: Tú también eres mi mejor amiga, Siena.

Le sonrío porque Catalina sin duda es una amiga magnífica y sigo sonriendo cuando me siento en el sofá y espero a que mi tío me entregue una taza de té.

Me gustaría contarle que he conocido a alguien muy especial, que creo que por fin mi vida aquí en Nueva York empieza a tener sentido. Me gustaría explicarle a mi tío que desde que Jack me besó siento la música de otra manera y que necesito como nunca antes lo había necesitado tocar en alguna parte además de en la iglesia y en casa.

Me gustaría mirarle a los ojos y confesarle que Jack es el hombre que ha entrado en mi corazón y que quiero que se quede aquí para siempre. Y cuando tengo las palabras amontonadas en los labios recuerdo que no puedo decirle nada.

Jack es policía.

Jack quiere arrestar a mi única familia.

Jack me necesita.

Catalina está burlándose de Luciano por algo que ha dicho sobre Mozart. Les observo y no me cuesta adivinar que mi tío ha cometido ese error a propósito y que lo ha hecho para provocarla. Veo a Luciano sonreír y recuerdo a papá burlándose de mamá. Desvío la mirada hacia Catalina y cuando la miro a los ojos se me para el corazón. A pesar de que antes se ha esforzado por mantener las distancias y por manifestar su aversión a la presencia de mi tío, él le gusta. Es más, le gusta estar con él.

No sé si lo que estoy viendo es amor o si lo fue en algún momento. No me atrevo a suponer este sentimiento tan grande en la mirada de nadie. Pero sí que veo a dos personas que les gustaría acercarse la una a la otra y averiguar qué podrían llegar a ser, o quizá recordar lo que han sido e intentar recuperarlo.

Vanderbilt Avenue

Me pone furiosa ver que los dos se nieguen esa felicidad que todos sabemos que es tan efímera y difícil de atrapar. ¿Acaso no hemos presenciado suficientes muertes a nuestro alrededor como para saber que tenemos la obligación de atrapar estos instantes?

Voy a decirles algo, quizá los dos decidirán fingir que no existe nada entre ellos o me tacharán de infantil o soñadora. Sé cómo empezar, voy a recordarles que se supone que son muy valientes y que deben arriesgarse, pero cuando la primera palabra está a punto de salir de mis labios veo la mirada de Catalina.

Ella lo sabe y también sabe lo doloroso que es el resultado.

Se me llenan los ojos de lágrimas y levanto la mirada en un intento desesperado de contenerlas. Luciano sigue hablando con Catalina, está riñéndola por algo absurdo y ella finge escucharlo. Catalina sí se arriesgó y no salió bien.

Quizá el hombre que le rompió el corazón no fue ese amor de juventud que murió cuando no debía. Quizá fue el hombre que está ahora aquí sentado entre las dos.

Catalina ha sobrevivido y también Luciano, pero sea cual sea su historia no parece haber terminado. Y no va a terminar nunca porque no va a continuar. Ella no va a permitirlo porque aún tiene las cicatrices de la última vez que lo intentó.

Jack me besa.

Jack siente algo por mí y desaparece.

¿Algún día tendré las cicatrices de Jack en mi mirada?

CAPÍTULO 21

Comisaría del distrito número 5
Little Italy
1930

El capitán William Anderson era el más joven que ha dirigido nunca esa comisaría y le había sido otorgada porque eran tiempos difíciles, según el superintendente, y porque nadie excepto él estaba lo bastante loco y lo bastante cabreado para hacerse cargo.

Anderson, a pesar de que nadie lo diría por su nombre ni por su aspecto, se había criado muy cerca de allí, en casa de su abuela materna, una italiana que se hacía la señal de la cruz siempre que recordaba que su única hija se había casado con un inglés.

Malditos ingleses.

Anderson había presenciado cómo el crimen en ese barrio pasaba de ser una mera anécdota a convertirse en un negocio organizado que sangraba y destrozaba a esa comunidad tan generosa y llena de vida hasta dejarla moribunda. Él se había hecho policía para luchar contra los criminales, fueran del tipo que fuesen, y el idealismo con el que entró en el cuerpo se hizo pedazos la noche que comprendió que uno de los motivos por los que el crimen prosperaba tanto en la ciudad era porque en su bando jugaban también varios policías.

Él siempre recordaría el día en que decidió que si quería conseguir algo iba a tener que hacerlo él con sus propias manos y llevaba años trabajando día y noche, aceptando todos los cambios de turnos imaginables, soportando a los peores compañeros del mundo, aprendiendo de los mejores y guardando pruebas siempre que las encontraba. No solo era el comisario más joven que había tenido nunca la comisaría del distrito número cinco, también iba a ser el superintendente más joven de la ciudad.

El mayor proyecto de Anderson no era, sin embargo, su carrera profesional, esta solo era un medio necesario para conseguirlo. Su mayor proyecto era hacer desaparecer a la mafia de Little Italy y para conseguirlo tenía que entenderla y por encima de todo debía respetarla. Ese siempre había sido el error que habían cometido sus antecesores.

Y para entender y respetar a la mafia hay que entender y respetar Little Italy.

Esa noche era una noche cualquiera, llevaba pocas semanas en el cargo y un soplón les había dicho que en el Blue Moon, un local donde solían reunirse varios de los sospechosos habituales, se esperaba la visita de los hermanos Cavalcanti, era una de las pocas ocasiones en las que los tres hermanos, Adelpho, Luciano y Cosimo iban a estar juntos. A Anderson,

Cosimo Cavalcanti no le interesaba lo más mínimo, por más que había investigado nunca había encontrado nada que lo vinculase a los negocios de sus hermanos, pero quizá aquello fuera a cambiar con esa visita a los Estados Unidos.

El soplo parecía demasiado fantástico para ser real. Aun así decidió no arriesgarse y reunió a unos cuantos agentes de confianza para organizar la redada. Se prepararon con cautela y acudieron al Blue Moon, y no sirvió de nada. Allí no había ni rastro de ninguno de los Cavalcanti, quizás toda la historia había sido una gran mentira, o quizá alguien les había advertido y habían decidido anular el encuentro. Anderson tomó nota mentalmente de los hombres a los que había hecho partícipe de esa operación y se prometió que averiguaría si alguno había traicionado su confianza. Pero eso iba a tener que hacerlo más tarde. Allí, en el Blue Moon, y para salvar el poco prestigio que tenía la policía en el barrio, realizó unos cuantos arrestos y fingió que la intervención había sido un éxito.

Dudó que alguien lo creyese.

Al final, sin embargo, resultaría ser cierto.

Anderson se pasó el resto de la noche yendo de celda en celda, interrogando a los arrestados en busca de algo que le fuese útil. Él tenía un sexto sentido para esa clase de detalles y pocas veces permitía que otro agente se encargase de los interrogatorios. Había llegado al último calabozo sin éxito y cuando vio al joven que estaba sentado detrás de esa mesa estuvo a punto de dejarle ir sin ni siquiera preguntarle el nombre. Era un chico de profundos ojos negros y mirada inteligente que no encajaba para nada en el perfil que solía trabajar para Cavalcanti o para Silvio, su hombre de confianza en ese momento.

Pero Anderson le preguntó el nombre al chico y este le respondió:

—Jack Tabone.

¿De qué le sonaba ese nombre? Él nunca olvidaba un nombre y menos uno que estuviese relacionado con su caso, con salvar Little Italy.

Tabone.

—Tu padre es Fabrizio Tabone —dijo Anderson y el chico se tensó.

—Sí, pero yo no tengo nada que ver con él.

Esa respuesta despertó mucho más que la curiosidad en Anderson, despertó un montón de recuerdos acerca de un viejo caso, un incendio sin resolver o calificado precipitadamente de accidente.

—¿En qué sentido? —le preguntó Anderson sentándose frente a él.

—Yo nunca iré a la cárcel —afirmó Jack rotundo.

Anderson se fijó entonces en que el joven tenía un ojo morado, probablemente de cuando había intentado resistirse al arresto, y que mantenía la cabeza bien erguida.

—¿Cómo estás tan seguro? La vida da muchas vueltas, Tabone, y seguro que dentro de nada Cavalcanti o uno de sus hombres te ofrecerá trabajo. ¿Cuántos años tienes?

—Dieciocho. Hoy es mi cumpleaños —le contestó burlón—, y me lo estoy pasando jodidamente mal antes de que me lo pregunte.

—Ya lo veo. Felicidades, por cierto. ¿Qué diablos hacías en el Blue Moon?

—¿A qué viene tanta cháchara? —Jack se tensó de golpe—. Dígame qué está buscando y, si puedo ayudarle, se lo diré. Dios sabe que estoy harto de estar aquí y que quiero irme a casa. Además, no me importaría que se llevara de mi barrio a todas esas alimañas.

—¿A tu padre incluido? —La elección de palabras de Jack y la vehemencia de su discurso fascinó a Anderson.

—A mi padre déjele en paz.

—¿Por qué?

—¿Va a arrestarme o puedo irme ya?

—Cuéntame por qué tengo que dejar en paz a tu padre y te contestaré.

—¿Y si no?

—Si no, me iré a cenar a mi casa y tú te pasarás la noche en el calabozo.

El chaval soltó el aliento y lo miró furioso.

—Está bien, tampoco es que sea un jodido secreto. Mi padre volvió distinto de la cárcel. Si vuelve allí otra vez, cuando salga ya no quedará nada de él.

—¿Y eso te importa?

Jack se encogió de hombros.

—¿Y qué más te importa?

—¿Y a usted qué más le da?

—¿Qué me dirías si te dijera que estoy buscando a alguien como tú para evitar que Little Italy caiga en manos de esas alimañas para siempre?

—Le diría que se ha vuelto loco y que me deje ir de una vez. Arrésteme o suélteme, estoy harto de estar aquí.

Anderson se puso en pie y caminó hasta la puerta del pequeño calabozo. La golpeó y el agente que había fuera la abrió. Tenía que pensar. Si seguía adelante, la vida de ese chico no volvería a ser la misma.

—Volveré dentro de un rato —le dijo a Jack.

—Claro —se burló él—, aquí estaré.

Vanderbilt Avenue

Anderson fue a su despacho y rescató el informe que años atrás había confeccionado el jefe de los bomberos sobre el incendio del taller de los hermanos Parissi en Little Italy. Buscó también la ficha policial de Fabrizio Tabone y la carpeta donde guardaba algunas de esas pruebas que nunca compartía con nadie y que utilizaba cuando necesitaba.

Si le enseñaba a Jack Tabone dos de esas pruebas, su vida desaparecería, él desaparecería. Por un lado, Anderson no podía creerse que ese chaval estuviese ahora mismo en su comisaría. Había pensado en él muchas veces a lo largo de los años, su historia le había fascinado y en su mente elucubraba sobre la posibilidad de ir a buscarlo y contarle la verdad sobre sus orígenes. Siempre lo había descartado, por supuesto. Él era policía, no Dios, ni siquiera era juez, y por lo que él sabía el chico había sido muy feliz con su familia adoptiva. Pero ahora Jack estaba allí, en su comisaría, y le estaba diciendo, o insinuando, que Fabrizio Tabone distaba mucho de ser un padre ejemplar.

Jack era perfecto para él, parecía poseer decencia, esa esquiva cualidad innata que guía a los grandes hombres por los azares del destino y al mismo tiempo tenía la fuerza y el instinto necesario para enfrentarse a cualquiera que violase esos principios que él consideraba sagrados. Pero ¿seguiría siendo así cuando supiese la verdad?

Arrebatarle la identidad a alguien conllevaba un riesgo importante y Anderson no sabía si le correspondía a él decidirlo.

Pero Jack era perfecto para él.

Jack sería un excelente policía, podía presentirlo, insobornable. Odiaba lo que estaba sucediendo en su hogar y, llegado el momento, cuando dispusiera de las armas necesarias, lucharía para recuperarlo.

Anderson necesitaba a Jack para seguir adelante y por eso valía la pena correr cualquier riesgo. Lo único que tenía que hacer era convencer a Jack para que se uniese a su causa. No iba a resultarle fácil, Jack ya había demostrado que no le importaba pasarse la noche allí encerrado y que tenía principios.

Un hombre con principios siempre protege a alguien, incluso un chaval con apenas dieciocho años. Anderson solo tenía que averiguar a quién protegía Jack.

—Stan —llamó a uno de sus agentes de confianza—, ¿has visto al chaval de la última celda?

—Sí, señor —contestó el hombre acercándose a la mesa del capitán, que había dejado la puerta del despacho abierta.

—Se llama Jack Tabone, tienes dos horas para averiguar todo lo que puedas sobre él. Date prisa.

—Enseguida, señor.

Dos horas más tarde, Anderson disponía de la información necesaria para volver a reunirse con Jack. Entró en la celda y como esperaba no le encontró nervioso ni alterado de ninguna forma. Estaba sentado en el suelo, en una esquina, y tenía los ojos cerrados. Probablemente había elegido esa postura para ver si con la espalda apoyada en la pared conseguía dormir.

—Siéntate, Jack. Me gustaría hablar contigo.

Jack no se hizo el dormido ni el inocente, enarcó una ceja y se levantó con calma. Apartó la silla y miró al comisario a los ojos. El desafío no le pasó por alto a Anderson y tuvo que contenerse para no sonreír. Ese chico era sin duda el candidato perfecto.

—Usted dirá, comisario.

Anderson le habló primero de Fabrizio y le dijo a Jack que si accedía a entrar en la academia de policía no arrestaría a su padre en las próximas redadas que la policía efectuase en Little Italy.

Jack se negó y le insultó.

Anderson le habló de Nick y de sus escarceos con Silvio y su banda de delincuentes y después pasó a Sandy. Le dijo que la madre de Sandy había sido arrestada por prostitución tantas veces que la conocían en todas las comisarías de la ciudad y que su hija, si no recibía ayuda, iba por el mismo camino. Jack le fulminó con la mirada y entonces Anderson le prometió que si accedía a entrar en la academia de policía protegería a Nick y a Sandy y se encargaría personalmente de que no visitaran nunca la cárcel.

Jack se negó, le insultó y le dio un puñetazo.

Anderson, después de devolverle el puñetazo, le ordenó que se sentase y dejó encima de la mesa dos expedientes. Se dijo a sí mismo que no le quedaba otro remedio, él habría preferido no utilizarlos.

—¿Qué es esto?

—Esto es un informe sobre un incendio que sucedió hace varios años en Little Italy y esto —señaló de una carpeta a la otra— son las fichas que se hacían hace años en Ellis Island cuando llegaban los barcos llenos de inmigrantes. También encontrarás las fichas de nacimiento de dos niños, de un niño y de una niña, para ser más exactos.

—¿Y qué diablos tiene esto que ver conmigo? ¿Ya no le queda nada con lo que amenazarme y va a empezar a enseñarme lo jodida que es la vida? No se moleste, ya lo sé, y le aseguro que, si no abre esa puerta y deja que me largue, le daré motivos para que me arreste de verdad.

—Abre las carpetas, lee lo que hay dentro. —Anderson se puso en pie—. Cuando termines, puedes irte.

—¿En serio?

—En serio. —Anderson llegó a la puerta y golpeó para que esta se abriese.

—¿Qué le hace pensar que lo leeré? Quizás me quede aquí unos minutos y después me largue sin más.

—Mira los nombres de los niños y decide.

Jack abrió la carpeta en ese mismo instante. Tenía la mirada sardónica hasta que se tropezó con los nombres. Anderson supo que había triunfado y a pesar del éxito sintió náuseas. Acababa de destruir a Jack Tabone.

—¿Qué es esto? —Jack levantó una ficha, la suya—. ¡Qué es esto!

—Léelo —repitió Anderson mirándole a los ojos sin pedir disculpas por lo que estaba haciendo. Le debía todo el respeto del mundo a ese chico—. Si cuando termines quieres irte, el agente te dejará marchar. Pero si eres la clase de hombre que creo que eres querrás saber la verdad, toda la verdad, y buscar justicia. Y para eso tienes que ser policía y trabajar para mí.

—Es usted un jodido hijo de puta.

—Lo sé. Estaré en mi despacho. Ven a verme.

Jack tardó tres horas en leer los documentos que contenían esas dos carpetas. Su vida se desmoronó hoja tras hoja y nadie pudo presenciarlo.

En ese calabozo, Jack se juró que, si algún día lograba dejar de sentir ese dolor, nunca más volvería a sentir nada.

CAPÍTULO 22

Jack
Little Italy
1940

Siena aparece.
Siena me hace sentir.
Siena se queda para siempre.
No me atrevo a creerlo, no me atrevo a pensarlo, tal vez solo me atrevo a susurrarlo. Pero Siena jamás desaparecerá de mi piel, su sabor se quedará para siempre en mi memoria y mis manos recordarán hasta el día que me muera las curvas de su cuerpo.

Antes de ir en busca de Siena había decidido ir a la comisaría y contarles a Restepo y a Anderson que el hombre con la cola de sirena tatuada en la nuca es Fabrizio Tabone. Pero después de Siena soy otro y este hombre que soy ahora actúa de forma distinta.

Este hombre ha decidido arriesgarse y dejar que el vacío desaparezca y volver a sentir.

Hubo una época en la que confiaba en Nick, habría puesto mi vida en sus manos y lo habría hecho sin pestañear.

Hoy vuelvo a hacerlo.

Nick Valenti tiene una casa en Little Italy, otra de sus inversiones, según he podido averiguar. Debo confesar que me reconforta saber que no vive en casa de Luciano Cavalcanti con Siena. Me reconforta y me avergüenza comprobar que no soy inmune a los celos.

¿Inmune? Quiero arrancar la cabeza al hombre que tocó a Siena antes que yo, aunque sé que no tengo ningún derecho. Quiero que ella me cuente esa historia y al mismo tiempo sé que querré arrancarme los oídos cuando empiece a hacerlo. ¿Inmune? Con Siena no soy inmune.

Siena me hace sentir.

Llego a la casa de Nick, acaricio la moneda entre los dedos. Tendría que habérsela mandado hace días y sigue estando en mi bolsillo. Lo he hecho adrede, he roto esta cadena que hemos mantenido los tres durante años porque necesito respuestas y en vez de atreverme a hacer las preguntas adecuadas he preferido provocarle.

Esto acaba hoy, o empieza.

Llamo al timbre. El sonido es alegre y me parece absurdo que pertenezca a la residencia de Nick. Oigo pasos y cuando estos se detienen me lo imagino inspeccionándome a través de la mirilla.

—Abre, Nick —le digo en voz lo bastante alta.

El cerrojo gira.

—Te estaba abriendo, detective. —Sujeta la puerta—. ¿Qué estás haciendo aquí?

Me encojo de hombros y saco la moneda del bolsillo. La sujeto entre nosotros a la altura de los ojos.

—Te toca a ti. ¿Puedo pasar?

Nick levanta una ceja y coge la moneda de entre mis dedos con suspicacia.

—¿Qué pretendes con esto?

Ahora es él el que sujeta la moneda, desconfía del gesto.

—Déjame pasar. Tenemos que hablar. —Sigue sin moverse y sé que tengo que darle algo si quiero que confíe en mí—. Sé quién mató a Emmett.

Nick se aparta de inmediato.

—Pasa.

La casa de Nick es tan distinta a la mía como lo somos físicamente. Está llena de fotografías y de libros, hay sofás con cojines y un mueble con elegantes botellas de cristal.

—Siéntate —me dice él—, nos serviré una copa. Intuyo que nos va a hacer falta.

—Gracias.

Observo a Nick y me sorprende comprender que se siente cómodo en su piel. Le envidio. Yo fui así una vez, hasta que una noche mi destino me cruzó con el de Anderson y averigüé que mi vida era una farsa y se desmoronó.

«Ahora por fin la estás reconstruyendo».

Veo a Siena en mi cama, en mis brazos. Siena basta para que siga adelante.

—El hombre que mató a Emmett tiene un tatuaje muy peculiar en la nuca; una cola de sirena —empiezo.

—Lo sé, Siena me lo contó y también me dijo que se lo había dicho a la policía.

Odio la familiaridad con la que pronuncia su nombre, aunque sé que no hay nada entre ellos. Odio no poder decirle que ella me asusta y me transforma.

—Encontré al tatuador, pero no sirvió de nada —continúo.

—También lo sé, yo también fui a hablar con él.

Los dos bebemos un poco, buscamos cómo definir de nuevo una amistad que tal vez no ha desaparecido del todo.

—Un preso de la prisión del condado tiene el mismo tatuaje. —Levanta las cejas un segundo y empieza a escucharme de verdad—. Se llama Ripoli y ayer fui a hablar con él, ¿eso también lo sabías?

—No, no lo sabía.

—Le pregunté por qué había elegido ese tatuaje en concreto y me habló de un antiguo compañero de celda.

—¿Te dio su nombre?

—Sí.

Necesito beber un poco más.

—¿Cuál es?

—Fabrizio Tabone.

Nick, que hasta entonces ha estado sentado, se pone en pie.

—Es imposible —afirma decidido—. Tu padre murió hace años.

Me termino la copa antes de levantarme.

—¿Cómo lo sabes?

—Joder, Jack, lo sé igual que tú. Murió en ese bar irlandés.

—Los cadáveres eran imposibles de identificar, la gran mayoría de identificaciones se basaron en hechos circunstanciales como la altura o el reloj que llevaban en la muñeca. Es más que posible que Fabrizio no estuviese allí o que estuviese y sobreviviese.

—Y también es más que posible que ese jodido preso te mintiese, detective, o que haya más de un hombre con una cola de sirena tatuada en la nuca.

—Es él, Nick, estoy seguro.

—¿Cómo lo sabes?

Respiro profundamente y busco la fotografía en el bolsillo de mi americana.

—Mira.

Si Nick me traiciona y Anderson llega a enterarse de esto, mi carrera como policía está acabada.

Nick sujeta la fotografía y el rostro le va cambiando a medida que reconoce a los hombres que aparecen en ella.

—Son Emmett Belcastro, los hermanos Cavalcanti y Fabrizio. Mierda, Jack, ¿dónde la has encontrado?

—Estaba escondida en la butaca que Emmett tenía en su despacho.

—Mierda —repite Nick y me devuelve la fotografía.

El gesto es tan natural que sé de inmediato que no me he equivocado confiando en él.

—El asesinato de Emmett fue personal, el hombre que lo mató no le disparó desde diez metros de distancia ni voló por los aires su casa. Se acercó a él, habló con él y le degolló. Esperó a sentir cómo la vida de Emmett le empapaba la mano de sangre antes de irse.

—Sí, yo también lo creo.

—Esta fotografía es la clave, Nick. Lo sé.

Nick camina hasta el mueble bar y vuelve con la botella de whisky. Nos llena los vasos.

—¿Por qué has venido a contarme esto?

—Porque quiero hablar con Luciano Cavalcanti.

Me mira mientras me pasa de nuevo una copa de whisky. Tarda unos segundos, detecto el instante exacto en que deduce acertadamente el motivo de mi visita.

—No se lo has contado a la policía.

—No —se lo confirmo aunque no le hace falta.

—¿Por qué?

Supongo que podría decirle, a él y a mí mismo, que lo hago para ganarme su confianza, para demostrarle que soy uno de los suyos y no un policía más. Podría decirle que lo hago para que Cavalcanti me deba un favor y así entrar por fin en su juego. En el juego que quiere Anderson y por el que lleva diez años preparándome.

—Porque Fabrizio Tabone era mi padre y quiero saber la verdad. —No puedo hablarle de Siena, así que me conformo con eso—. De los hombres que aparecen en esa fotografía, Luciano Cavalcanti es el único al que tengo acceso. Quiero hablar con él, preguntarle qué sabe de Fabrizio. Nada más.

—¿No quieres preguntarle por sus negocios o por su viaje a Chicago?

—No, solo quiero saber si existe la posibilidad de que Fabrizio esté vivo y, si es así, qué motivos podía tener para matar a Emmett Belcastro.

—No creo que el señor Cavalcanti acceda a verte.

—Dile que tiene dos opciones. Puede hablar conmigo en su casa o puede hablar con el superintendente en la comisaría después de que le fotografíe toda la prensa.

—Veo que sigues siendo un cabrón, Jack —acompaña el insulto con una sonrisa—. Veré qué puedo hacer.

—Gracias. —Me termino la bebida y dejo el vaso en la mesa—. Y gracias por el whisky.

—De nada.

—Será mejor que me vaya.

—Sí, será lo mejor —conviene Nick—. Si alguien se entera de que has estado aquí, mi reputación quedará por los suelos.

—Creo que tu reputación podrá soportarlo. Dile a Cavalcanti que tiene de tiempo hasta mañana. No puedo ocultarle esta información a mi gente durante más tiempo.

—Se lo diré.

Nick me acompaña hasta la entrada y se detiene ante la puerta. Sigue mirándome intrigado, yo aún lo estoy, pero lo cierto es que siento como si me hubiesen quitado un peso de encima.

—Nos vemos, Nick.

Abro la puerta y salgo a la calle. El sol parece brillar y pongo las manos en los bolsillos. Echo de menos la moneda, aunque la horquilla de Siena, que me negué a devolverle, me reconforta del mismo modo o quizá más.

—Eso, nos vemos, Jack.

Cierra la puerta y tengo el presentimiento de que tiene razón. A partir de ahora, suceda lo que suceda con Cavalcanti, tarde o temprano volveremos a vernos.

Es peligroso eliminar el vacío porque su lugar puede ocuparlo la esperanza.

Siena aparece y me hace sentir.

Me gustaría verla, me muero por tocarla y besarla y, que Dios me ayude, por contarle lo que he hecho. Quiero explicarle que he seguido mi instinto y le he contado a Nick algo que debería haber contado antes a mis superiores. Quiero verla sonreír y sentir sus brazos a mi alrededor cuando me felicite por mi decisión.

No puedo y el sol brilla menos.

Hoy Siena no tiene clase de violín con la señorita Moretti. No puedo ir a visitarla a su casa, aún no. El «quizá nunca» me araña las entrañas y me presiona el pecho. Meto las manos en los bolsillos, al tocar la horquilla en forma de mariposa consigo respirar un poco. En cuanto a la moneda que ahora ya no está conmigo, supongo que dentro de unos meses, cuando vuelva a tocarme el turno, sabré si Nick ha aceptado mi ofrenda de paz. Hoy tampoco le he preguntado por Sandy, pero, a diferencia de las otras veces, esta sí que había investigado un poco sobre ella. Por desgracia, lo único que he averiguado es que Sandy se ha esfumado de la faz de la tierra. No he encontrado ni rastro de ella después de que se fuera de Nueva York. De momento tengo que conformarme con saber que está viva y que Nick sabe dónde encontrarla, y tengo el presentimiento de que si él no la ha traído aquí de vuelta es porque considera que, esté donde esté, está bien.

Juego con las alas de la mariposa y me pregunto qué habría pasado si no hubiese aceptado la proposición de Anderson y no me hubiese hecho policía. Mi sueño de adolescente era tener un taller mecánico con Nick. La coincidencia entre este sueño y la profesión de mi verdadero padre nunca ha cesado de inquietarme. Si lo hubiésemos conseguido no habría conocido a Siena, quizá la habría visto pasar de lejos y quizá algún día le habría dirigido la palabra, pero no la habría besado ni la habría tenido desnuda en mis brazos.

Intento imaginarme con otra mujer, la idea me repele y me resulta imposible.

Si Nick y yo no hubiésemos conseguido nuestro taller,

Nick sería exactamente lo mismo que es ahora, yo... —vuelvo a tocar la mariposa— yo estaría muerto.

Me detengo en plena calle, mantengo la mirada fija en el suelo.

¿Por qué estoy tan seguro de mi muerte? Porque Fabrizio habría acabado matándome, o yo a él, y entonces yo habría acabado en la cárcel y habría muerto allí.

Y entonces tampoco habría conocido a Siena.

Levanto la cabeza y veo los escalones de la iglesia del Santo Cristo. Yo renegué hace tiempo del falso consuelo que ofrecen estas paredes, mis pies, sin embargo, empiezan a subir. Al entrar veo dos señoras barriendo por entre los bancos y tres chicos, probablemente de la coral infantil, preparando el altar para la misa o alguna ceremonia.

Y Siena.

Durante un segundo creo estar imaginándomela, hasta que Siena se levanta del primer banco donde está sentada y se acerca a encender dos velas frente a la imagen de la virgen.

—Siena —pronuncio su nombre, no puedo evitarlo.

Ella se da media vuelta y me mira sorprendida, y me sonríe.

—Jack —susurra.

Esta es mi vida y Siena está en ella. Las otras vidas, las que nunca llegaré a tener no valen nada sin ella. La miro a los ojos, su capacidad para confiar en la gente, en mí, me abruma y me da miedo. No he hecho nada para merecerme ese regalo y ella se ha arriesgado a entregármelo. ¿Qué pasará si alguien me lo arrebata? ¿Y si es ella la que un día pierde esa mirada y descubre que se ha equivocado?

No podré reprochárselo, el vacío volverá —no le costará

demasiado— y yo volveré a desaparecer y a sentir solo dolor.

—¿Qué haces aquí? —me pregunta con una sonrisa cuando me detengo frente a ella.

No le contesto. No puedo hablar.

Cuando Siena está a mi lado, tardo unos minutos en acostumbrarme y en dominar la reacción de mi cuerpo. Hoy aún no lo he conseguido.

La cojo de la mano y mi estado empeora cuando ella entrelaza al instante sus dedos con los míos.

«Mierda».

Miro a mi alrededor, estar en una jodida iglesia debería servirme para calmarme.

No sirve de nada.

Tiro de Siena hasta el confesionario, queda un pequeño hueco entre la pared lateral del mismo y una de las columnas del interior de la iglesia. Apoyo a Siena con cuidado en la madera del confesionario y la columna queda a mi espalda. No estamos ocultos, pero al menos resulta difícil vernos a simple vista.

—Me alegro de...

La beso antes de que termine la frase. Hace unos segundos he visto en sus ojos que se alegraba de verme, si se lo oigo decir perderé la poca (o inexistente) cordura que me queda. Siena me besa y mi corazón late sin miedo.

Siena me besa y el mundo desaparece.

Siena me besa y el miedo desaparece.

Maldita sea, no me basta con un beso. La sujeto por la cintura y la acerco a mí, la blusa de seda es áspera comparada con el tacto de su piel.

«No puedes tocarla, estás en una jodida iglesia, Jack».

Levanto las manos, suben despacio por la espalda que ayer acaricié desnuda y en las yemas me imagino cada peca. Los hombros, su pelo castaño baila encima y me hace cosquillas en los nudillos. Llego a su rostro y cuando le acaricio los pómulos ella suspira.

No voy a poder soltarla.

Me apoyo en la columna y separo las piernas para colocar a Siena en el hueco, la parte interior de mis muslos la siente tan cerca que tengo que clavar los pies en el suelo para que no tiemblen.

Siena me besa y sus manos aparecen en mi torso.

Dejo de respirar. No me importa, mientras pueda besarla y perderme dentro de ella nada me importa.

—¿Siena, estás aquí?

Una voz desconocida, decidida, profundamente autoritaria, nos separa.

Entrecierro los ojos y mi mano derecha va en busca de mi revólver.

Siena coloca la suya encima y sin mirarme a la cara susurra:

—Es mi tío.

Tengo al famoso Luciano Cavalcanti a unos metros de distancia.

Podría arrestarle, Restepo y Anderson me apoyarían aunque el arresto ahora mismo careciera de argumentos.

Podría interrogarle.

Podría dispararle.

Siena me mira y aparta la mano. No dice nada, se pone de puntillas y vuelve a besarme. Me besa despacio, como si no le importase lo más mínimo que su tío pueda verla. Me besa como si lo único que le importase en el mundo fuera besarme.

Siena me besa y se aparta.

—Ve —le digo descompuesto de un modo que ella no se imagina—, yo esperaré aquí.

Un beso en medio de una sonrisa. Una caricia en la mejilla y Siena desaparece.

—¡Estoy aquí, tío! —le avisa después de asegurarse de que yo me he ocultado entre las sombras.

Oigo unos pasos y la voz de Cavalcanti.

—¿No te has preguntado nunca qué fue del padre Andrea?

Un escalofrío me recorre la espalda.

—¿El padre Andrea? —Siena se está abrochando el abrigo y poniéndose el sombrero que había dejado en el banco y yo ni siquiera había visto—. Ah, sí, ahora lo recuerdo. Era muy joven, pensé que había vuelto a Roma.

—No, qué va. —Desde mi escondite veo que Luciano le ofrece el brazo a su sobrina—. Vive en Connecticut con su mujer y dos hijos.

—¿El padre Andrea?

Siena no se da cuenta, pero mis instintos de policía saben que un hombre como Cavalcanti no ha elegido esa anécdota al azar.

—Sí, se enamoraron aquí, en esta misma iglesia. En el confesionario.

CAPÍTULO 23

Jack
Vanderbilt Avenue
1940

Siena ha abandonado la iglesia riéndose de la última ocurrencia de su tío y me ha dejado a mí con un nudo en el estómago y la horrible sensación de que voy a perderla. Ella no corre ningún peligro con Cavalcanti, jamás he leído ningún informe policial que lo insinuase y me ha bastado con verlos juntos en esa iglesia para saber que ese hombre la quiere como a una hija.

Odio no saber si Siena está preocupada.

Quedarme allí escondido, detrás de esa fría columna de piedra en la que minutos antes me sentía preso de las llamas, me ha retorcido las entrañas. Lo único que me ha retenido allí detrás ha sido el instinto de hacer lo mejor para Siena. Ella habría sufrido si mi primer encuentro con su tío se hubiese producido en esas circunstancias rodeadas de engaño y de amenazas.

Siena sufrirá.

Llevo horas devanándome los sesos en busca de una solución que no comporte ningún dolor para Siena. Me basta con imaginarme a Siena sufriendo para que sienta el frío susurro del vacío en mi interior «no sientas nada, Jack, es mucho más fácil». He tenido la tentación de acudir a mi viejo refugio, visitar a Shen y pelearme con el iluso que hubiese tenido la poca fortuna de estar allí esta noche. Y de nuevo ha sido Siena la que me ha detenido.

Siena me pidió que le prometiera que no iba a desaparecer, y esas peleas, el alcohol, me sirven justamente para eso.

Para conseguir el vacío y no sentir nada por nadie.

Así nada te hiere y nadie te decepciona.

Llaman a la puerta del apartamento, el único vaso de whisky que me he servido está intacto encima de la mesa de la cocina. Me alegro de no haber bebido, así cuando me levante del suelo después del puñetazo que me dará Nick de parte de su jefe me dolerá menos la cabeza.

Respiro profundamente y abro la puerta.

—Te estaba esperando —le saludo.

Pero el hombre que encuentro de pie en el felpudo de la entrada, que estaba ya en el piso cuando lo alquilé, no es mi antiguo amigo de la infancia.

—Tendré que pedirle prestado ese don para ver el futuro, detective.

Luciano Cavalcanti en todo su esplendor está frente a mí y no parece tener la menor intención de irse. Es un hombre fuerte y compacto, no tengo ninguna duda de que a su edad está en excelente forma física, pero yo sigo siendo más alto que él y miro si hay alguien más allí en el rellano.

—Estoy solo. Toni está abajo. Le aseguro que he tomado todas las precauciones posibles antes de venir aquí esta noche.

—De eso no me cabe ninguna duda, señor Cavalcanti —le digo entre dientes.

—¿Va a invitarme a entrar o espera que le amenace y le invite a acompañarme a mi coche?

Dudo que llegado el caso fuese ninguna invitación.

—Adelante, pase, por favor.

Doy un paso hacia atrás y mientras le observo entrar me pregunto si me he vuelto loco del todo permitiendo que el capo de la mafia de Nueva York entre armado (sé reconocer el bulto que hace un revólver bajo la americana) en mi casa sin que lo sepan mis superiores. Mi plan era preparar este encuentro, se suponía que Nick hablaría con él y pactaríamos el día, el lugar y la hora donde reunirnos. Cavalcanti iría preparado, por supuesto, pero yo también.

Joder, ahora, aunque estoy en mi casa estoy en inferioridad de condiciones y mi mayor desventaja es Siena. Cavalcanti no tendrá ningún problema en dispararme, sin embargo yo, ¿podré hacerlo cuando sé el dolor que eso le causaría a ella?

Y no solo el dolor, no soy tan noble, maldita sea. Si le hago daño a este hombre, Siena no querrá volver a saber de mí.

—Jamás pensé que llegaría a conocerlo en persona, detective —empieza Cavalcanti inspeccionándome con la mirada—. Jamás. —Se frota la sien—. Supongo que en algún lado el destino está riéndose de mí.

—¿A qué se refiere? —Este principio de conversación no es el que esperaba—. ¿Había oído hablar de mí?

—Digamos que su nombre ha aparecido unas cuantas veces en mi vida. —Señala el sofá, el único mueble más o menos decente de mi apartamento, con el sombrero que ahora sujeta en la mano—. ¿Puedo sentarme?

—Por favor.

Camino hacia él, deduzco que si hubiera querido matarme a estas horas ya estaría muerto y antes de sentarme yo también le pregunto si quiere beber algo.

—No, creo que usted y yo tenemos mucho de que hablar, ¿no le parece?

Años y años de hacer interrogatorios en la policía acuden a mi rescate.

—No lo sé. —Apoyo los antebrazos en mis muslos y entrelazo los dedos de las manos, que quedan colgando en medio—. Usted ha venido a verme.

Sonríe, el canalla sonríe y deja el sombrero a su lado.

—Técnicamente usted vino primero, ¿acaso no era esto lo que quería cuando esta mañana ha visitado a Valenti?

—No exactamente, pero supongo que tiene parte de razón.

—Valenti me ha dicho que cree que el hombre que asesinó a Emmett Belcastro es Fabrizio Tabone, su padre y delincuente prolífico.

La descripción de Cavalcanti me enerva y sé que ha elegido esas palabras adrede.

—Trabajó para usted muchos años, así que me imagino que debió de resultarle una inversión segura.

—Fabrizio Tabone dejó de trabajar para mí hace muchísimo tiempo, pero vayamos por partes. Hábleme de la muerte de Emmett, ¿por qué está tan seguro de que fue Fabrizio?

Suelto las manos y le miro a los ojos.

—Antes dígame por qué no le sorprende que Fabrizio esté vivo. Todos le dábamos por muerto, incluso yo.

—Después de la masacre del bar irlandés no solo desapareció Fabrizio, sino que Bruno, su primo, también se esfumó de la faz de la tierra. Siempre he sospechado que existía la posibilidad de que el fallecido fuese Bruno. Ya conoce el dicho, «mala hierba nunca muere» y no me imagino peor especie que la de Fabrizio, aunque seguro que usted lo sabe mejor que yo.

Sabe demasiado de mí. Con cada una de sus palabras, Luciano Cavalcanti me demuestra que conoce algunos de mis más vergonzosos secretos. Se me retuercen las entrañas y cierro los puños hasta que los nudillos quedan blancos.

—¿Por qué no se lo dijo a la policía?

—¿Por qué iba a hacerlo?

—Para cumplir con su deber como ciudadano.

—Los ciudadanos de Little Italy no le importamos demasiado a esta ciudad, detective, y yo soy una de esas personas que, si no se interesan por mí, respondo con indiferencia.

Me pongo en pie, tengo ganas de golpearle.

—¿Indiferencia? ¿Llama indiferencia a los asesinatos, *vendettas*, chantajes, prostitución y tráfico de drogas que usted y sus socios han extendido por la ciudad?

—No le diré que mis negocios hayan sido siempre limpios, detective, eso sería insultar a su inteligencia, pero siempre he respetado unos límites.

—¿Ah, sí? No me diga, ¿cuáles?

—Nada de víctimas inocentes, nada de venganzas personales. Solo negocios al estilo del gran sueño americano.

—El sueño americano puede ser una pesadilla.

—Lo sé, por eso tengo límites. Entiendo que eso es lo que le pasó a usted y por eso entró en la policía...

—Usted no sabe nada de mí, no se atreva a insinuar lo contrario.

Cavalcanti se levanta y me planta cara.

—Sé que esta tarde estaba besando a mi sobrina, el único familiar que me queda, en una iglesia, así que no me provoque, detective. Le juro que me sobran motivos para mandar al infierno esos límites de los que le hablo y pegarle un tiro.

—Siena no tiene nada que ver con esto —siseo de lo fuerte que aprieto los dientes.

—Oh, sí, sí que tiene que ver. ¿Qué cree que sucederá, detective? ¿Cree que hay un final feliz para todo esto? No sea ingenuo.

«Tiene que haberlo».

«Tiene que haberlo».

Doy un paso hacia atrás, después otro, y otro más. Pongo cierta distancia entre los dos y me paso las manos por el pelo. Tengo que reconducir esta conversación, necesito averiguar si Cavalcanti conoce el paradero de Fabrizio o alguna pista que pueda dirigirme a él.

Tengo que dejar de pensar en Siena.

Encierro a Siena en mi corazón y una última pieza encaja dentro de mí. Aquí es donde debe estar.

—Encontré una vieja fotografía en casa de Emmett Belcastro. —La saco del bolsillo del pantalón y se la acerco. Cavalcanti la acepta y la observa con atención—. Estaba escondida en una de las patas de la butaca que Belcastro tenía en el despacho.

—Nos la hicimos un verano en Italia, el último antes de que yo viniera aquí y mi hermano Cosimo se fuese a Francia. En realidad ninguno de los dos encajábamos allí.

—¿Y Belcastro?

—Hubo una época en la que sí, en Italia frecuentaba las mismas compañías que Fabrizio y Adelpho, mi hermano mayor. Pero al llegar a América estaba distinto. Recondujo su vida, abrió la librería Verona y se mantuvo lejos de todo lo que pudiera ser mínimamente cuestionable. —Sonríe con tristeza—. Le presté el dinero para empezar el negocio, en realidad insistí en que era un regalo, pero él insistió en tratarlo como un préstamo y me devolvió hasta el último dólar con el interés que él consideró correcto.

—¿Aceptó el dinero?

—Usted conoció a Belcastro, ¿alguna vez pudo negarle algo?

Sacudo la cabeza, esa historia encaja con los recuerdos que tengo de Belcastro y con las historias que me han contado en el barrio todos estos días. Emmett Belcastro no tendría que haber muerto degollado en la alfombra de su querida librería, pero así había sido y yo tenía que averiguar por qué.

—¿Qué motivos podía tener Fabrizio para salir de su escondite y matar a Belcastro?

Cavalcanti vacila por primera vez desde que ha entrado y una expresión de dolor y arrepentimiento cruza su rostro durante unos segundos.

—Deje el caso, detective. Por lo que he podido averiguar desde mi regreso, tiene una carrera prometedora. Deje este caso y váyase de Little Italy.

Tardo unos segundos en reaccionar.

—¿Qué? ¿Por qué? —Me hierve la sangre—. No pienso hacer tal cosa.

—Váyase, olvídese de que ha vuelto. Emmett ya está muerto y Fabrizio en cierto modo también. Váyase y no vuelva, es mejor así. Créame.

—Si todo esto es una estratagema para que me aleje de Siena, no va a funcionarle. Estoy jodidamente enamorado de su sobrina y no voy a irme.

Me ahogo.

Estoy enamorado de Siena.

Jodidamente enamorado por primera y única vez en la vida.

—No es ninguna estratagema, detective. Pero, ya que usted ha sacado el tema, sí, quiero que se aleje de mi sobrina.

—¿Quiere casarla con Valenti o con el hijo de algún político, con alguien que pueda hacerle algún favor?

—No sea estúpido.

Tengo que apartarme de nuevo, me tiemblan las manos y cada bocanada de aire que baja por mis pulmones me carcome el pecho. La idea de que ese malnacido quiera apartarme de Siena me ciega. Me ciega tanto que dejo de pensar en el caso.

Un momento, esto es exactamente lo que pretende.

—Es usted un hijo de puta, está intentando manipularme. No se lo permitiré. Responda a mi pregunta. ¿Qué motivos podía tener Fabrizio para salir de su escondite y matar a Belcastro?

Cavalcanti suspira y la cabeza le cae hacia el pecho.

—Recé para que este momento no llegase nunca.

—¿De qué diablos está hablando?

Respira profundamente, mueve los labios en una oración silenciosa y levanta la cabeza para mirarme sin ninguna duda a los ojos.

—Del incendio del taller de los hermanos Parissi.

«No. No. No. NO».

El corazón se detiene.

El vacío extiende sus frías garras por mi interior.

Tengo que detenerlo.

Siena.

Siena en mis brazos.

Siena sonriéndome.

Siena besándome.

El vacío deja de avanzar.

—¿Qué tiene que ver ese incendio con la muerte de Belcastro?

—Todo, me temo.

—Explíquese.

Cavalcanti no deja de mirarme, pero su mirada cambia y adquiere una calidez que solo he visto en los ojos de Siena. Me produce escalofríos, tengo que morderme la lengua hasta notar el sabor de la sangre para contener las lágrimas. ¿Me está mirando con lástima?

—A juzgar por su reacción, detective, deduzco que sabe que en ese incendio fallecieron sus verdaderos padres.

«No. No. No. NO».

—Es imposible que usted sepa eso. Esa información no...

—No la sabe nadie excepto el hombre que provocó el incendio.

No logro controlarlo, llego a tiempo de vomitar en el fregadero de la cocina. Un horrible sudor frío me empapa la nuca. Oigo el agua correr y un paño mojado aparece junto a mi mano.

—Tenga.

Utilizo el paño para frotarme la nuca y después la boca, y cuando recupero cierto control me giro hacia Cavalcanti, que ha permanecido en silencio detrás de mí.

—Usted mató a mis padres —farfullo.

—No, yo jamás haría algo así. No quiero ser cruel, pero ¿por qué iba a matar a un mecánico y a su joven esposa?

—¿Quién fue? ¡Quién!

—Tabone.

—Está mintiendo.

No puedo haberme criado con el asesino de mis padres. No puedo. No puedo.

—Aquí tiene los documentos que lo demuestran. —Saca un sobre grueso del bolsillo interior de la americana y lo deja encima de la cocina—. Aquí encontrará una confesión firmada por Tabone y unas cartas que mi hermano Adelpho escribió para encargar el asesinato de Roberto y Teresa Abruzzo.

—¿Por qué?

Mi mente está embotada, lucha por encontrar un porqué, solo uno, que logre dar sentido a todo esto. Mi mundo desaparece bajo mis pies, se desmorona. No queda nada.

Siena desaparece.

Siena no puede estar cerca de tanto horror, no voy a permitirlo.

—Dígamelo —le exijo a Cavalcanti al ver que se ha quedado en silencio.

—Al parecer su madre, Teresa, rechazó a mi hermano. Yo no estaba en Italia, lo que sé lo leí en la carta y me lo contó Emmett. Teresa rechazó a Adelpho y Adelpho encargó que unos hombres hicieran desaparecer a Roberto.

Le dieron una paliza y le dieron por muerto, pero su padre —me mira a los ojos y siento esa palabra de un modo distinto— sobrevivió y su madre y él vinieron aquí. Por desgracia, compartieron travesía con parte de la familia Tabone. Al principio no sucedió nada, deduzco que Roberto y Teresa no le contaron a nadie lo sucedido y que Adelpho tampoco lo hizo. Hasta que unos pocos años más tarde Emmett Belcastro también se fue de Italia y mi hermano le hizo un encargo. Emmett no lo cumplió, como le he dicho antes cuando llegó aquí era otro hombre, pero una noche Fabrizio encontró la carta de Adelpho y creyó que si cumplía con el encargo yo le debería un favor y sabría recompensárselo. Fabrizio fue a por Roberto esa misma noche, tenía un primo, Bruno, a punto de entrar en prisión y creyó que así conseguiría que yo garantizase su protección. Provocó el incendio sin comprobar quién había dentro del garaje. —Suspira apesadumbrado aunque yo apenas me doy cuenta. Esa historia me está destrozando—. La verdad es que no sé si, de haberlo sabido, se habría detenido. Vino a verme a la mañana siguiente y me exigió que le pagase la recompensa prometida por mi hermano Adelpho en su carta. Yo me negué, por mí tanto Fabrizio como Bruno podían irse al infierno. Pero entonces él me amenazó con entregar las cartas a la policía y con asesinarlo a usted, un niño de apenas tres años. Ya había habido demasiadas muertes, acepté pagarle una cantidad más que generosa y me aseguré de que tuviese trabajo. Años más tarde reapareció y me pidió más dinero, me negué a dárselo y él enloqueció. El día que le pagué conseguí que me firmase esta confesión, así que sabía que ya no podía acudir a la policía. —Se encoge de hombros, el gesto insinúa que se arrepiente del papel que ha jugado en esa historia—. Fabrizio se fue de allí amenazándome y luego fue a por Emmett, él mismo me lo contó. Había ido a verlo porque, según él, Emmett le había arruinado la vida al no entregarle la maldita carta en su momento. Si hubiese podido cumplir con la misión antes, Alicia seguiría viva, él no habría ido a la cárcel... todas sus malas decisiones eran culpa nuestra, mía o de Belcastro. Durante un tiempo los dos tomamos precauciones, pero, tras la matanza de los Irlandeses dimos a Fabrizio por muerto y nos olvidamos de él.

Me ha criado el asesino de mis padres, un hombre que fue capaz de quemar viva a su propia hija. Vuelvo a sentir arcadas y unas espeluznantes ganas de gritar y de arrancarme la piel.

No me soporto.

No puedo respirar.

El hombre que tengo delante, Emmett Belcastro, el miserable de Fabrizio, todos han sabido la verdad sobre mí todo este tiempo. Han dejado que me reconstruyese dos veces, con tres años y con dieciocho y ahora, con veintiocho, me destruyen para siempre.

—Váyase.

Cavalcanti me mira a los ojos. Estoy pálido y sudado, debo de tener los ojos tan negros como el vacío al que por fin he vuelto a rendirme.

—¡Váyase!

La puerta se cierra.

Mi vida desaparece.

Yo desaparezco.

Siena desaparece.

Grito de dolor, el dolor es lo único que siento y que sentiré durante el resto de mi vida. Quizá tenga suerte y sea corta. Quizá algún criminal de tres al cuarto acabe con ella antes de tiempo.

Como le sucedió a mi padre.

Las arcadas me sacuden y vomito hasta que la bilis me quema el esófago. Los peores recuerdos de mi infancia son ahora incluso más horribles. Dejé que me pegase el hombre que mató a mis padres. Sentí lástima por el hombre que quemó viva a toda mi familia.

Quise al monstruo que me robó la vida.

¿Qué clase de hombre soy?

Uno completamente vacío por dentro. Ni siquiera el dolor más profundo puede hacerme daño ahora porque en mí ya no existe la capacidad de sentir.

Descubrir esa verdad la ha eliminado para siempre.

Sonrío asqueado por entre las lágrimas que me surcan las mejillas. Cavalcanti ha conseguido lo que quería, no voy a volver a acercarme a Siena nunca más.

Siena desaparece.

Jack Tabone desaparece.

CAPÍTULO 24

Siena
Vanderbilt Avenue
1940

Aún me tiemblan las piernas de la horrible discusión que he tenido con Luciano. Nos hemos dicho cosas horribles y me arrepiento de muchas de ellas. Mi tío siempre ha sido bueno conmigo y a su manera ha intentado construirme el hogar que perdí en Italia.

—Ve a verlo por ti misma —me ha ordenado entre dientes después de que yo le acusara de haberle hecho daño a Jack—. Si de verdad crees que soy capaz de matar o vete a saber qué a un policía, ve a verlo por ti misma.

—Me has mentido —me he defendido yo— y prometiste que nunca me mentirías.

—A veces hay promesas que no se pueden cumplir —ha reconocido agotado—. He hecho lo imposible por ti, Siena.

He intentado mantenerte completamente apartada del mundo que mató a tus padres y no voy a permitir que ahora caigas en él de cuatro patas.

Cuando le he preguntado a qué se refería se ha negado a contestarme. Me ha dicho que esa historia no podía contármela él y que si Jack decidía compartirla conmigo estaba en su derecho. El modo en que ha pronunciado el nombre de él me ha asustado, el corazón me ha subido a la garganta y aquí sigue.

El ruido del motor del coche se detiene y al enfocar la vista veo que hemos llegado. Luciano le ha pedido a Valenti que me acompañe, supongo que sabía que si me impedía venir a ver a Jack me escaparía y quizá no volviera.

Saber que mi tío no solo sabe que estoy aquí, sino que ha insistido en que lo hiciera, me encoge el alma. No me lo ha dicho, pero Luciano cree que esta es la última vez que voy a ver a Jack y a su manera me está permitiendo que me despida de él.

No pienso hacerlo, no voy a decirle adiós a Jack hasta el día que me muera. Pero Luciano me ha besado en la frente, me ha consolado igual que el día que llegué a Estados Unidos de Italia. Me escuecen los ojos y parpadeo. No puedo entrar en casa de Jack llorando.

—Ya hemos llegado —anuncia Valenti con voz solemne—. Te acompañaré arriba.

—No —le pido con vehemencia—. Quiero ir sola.

Giro el rostro hacia Valenti y él hace lo mismo.

—Tu tío me matará si dejo que subas sola a ver a Jack.

No me importa mostrarle a Nick lo que siento, tarde o temprano tendrá que acostumbrarse porque no me imagino a este amor desapareciendo de dentro de mí.

—Necesito ir sola. —Me humedezco los labios—. Por favor.

Valenti empieza a dudar.

—No sé qué ha pasado entre tu tío y Jack, Siena, pero, si Jack está la mitad de alterado de lo que estaba el señor Cavalcanti, puede ser peligroso.

—Tú eres su amigo. Tú sabes que él jamás me hará daño a mí. —Le cojo la mano y la estrecho entre las mías. Valenti comprueba que estoy helada y temblando—. Deja que suba sola y, si dentro de una hora no he vuelto, subes a buscarme, ¿de acuerdo?

Valenti entrecierra los ojos y tras unos segundos demasiado largos cubre mis manos con la que a él le queda libre.

—De acuerdo, Siena. —Me suelta y coloca las suyas en el volante—. Una hora, ni un minuto más.

En un impulso, me acerco a él y le doy un beso en la mejilla.

—Gracias, Nick.

Él asiente y salgo del coche antes de que pueda cambiar de opinión. Mientras subo la escalera tengo miedo de llegar al apartamento de Jack y encontrarlo vacío. Es muy tarde, dentro de pocos minutos sonarán las dos de la madrugada, el cielo tiene una luz extraña, como de cuento de terror o de pesadilla, y deseo con todas mis fuerzas que no sea un mal presagio.

Jack estará en casa, no se habrá ido en busca de pelea a ninguna parte ni tampoco a beber o a... —se me desgarra el corazón— buscar a una mujer. Jack no es así y me prometió que no volvería a desaparecer.

Apenas puedo respirar cuando llego al rellano. Cierro los ojos al golpear la puerta y al ceder bajo mi mano los abro asustada. Está abierta.

—¿Jack?

Entro en su busca, pronunciando su nombre como una súplica. «Tienes que estar aquí. Tienes que estar aquí».

—Jack —suspiro aliviada al encontrarle de pie en la cocina.

Tiene las manos apoyadas en el mueble y entre ellas veo un vaso y una botella de whisky intacta. Los hombros están tensos, pero mantiene la cabeza baja como si no pudiera soportar su peso. La camisa blanca se le ha pegado a la espalda por el sudor y por el agua que deduzco se ha echado en la nuca. No tiembla, pero está tan inmóvil, tan frío, que tengo miedo de que se rompa si me atrevo a tocarlo.

Me acerco a él y vuelvo a llamarlo.

—Jack.

—No tendrías que estar aquí —contesta entre dientes—. Tienes que irte, Siena.

Me detengo antes de llegar a su lado.

—¿Qué ha pasado? ¿Mi tío te ha amenazado con algo?

—Ojalá la vida fuese tan sencilla como es a través de tus ojos.

No me gusta esa frase, odio cuando la gente insinúa que soy inocente o una boba porque aún creo en las personas. Yo sé mejor que nadie lo malvado que es el mundo, pero hace años decidí que no iba a permitir que esa maldad dominase lo que me quedaba de vida. Decidí vivir con los ojos bien abiertos y odio que cualquiera se burle de mí por ello. Fue la decisión más valiente que he tomado nunca.

—No seas condescendiente conmigo, Jack. Estoy preocupada por ti. Dime qué ha pasado, juntos podemos arreglarlo.

Una risa horrible se escapa de su garganta. Sigue dándome la espalda, negándome sus preciosos ojos negros que ahora, desde que ha decidido dejar de ocultármelos, me ayudan a entender qué está sintiendo.

—No hay nada que arreglar, Siena. Esto ha terminado.

—¿Esto? Date la vuelta y habla conmigo. —Se me rompe la voz—. Por favor.

—Fabrizio Tabone mató a sangre fría a Emmett Belcastro. Mi padre es un asesino. Joder, Siena, ¿qué más necesitas para largarte?

Clavo los pies en el suelo, me tiemblan las rodillas y el corazón está a punto de estrangularme.

—Tú no eres tu padre, Jack. —Me arriesgo a tocarle y él, aunque durante unos segundos no respira, no se aparta y deja que mueva la mano por su espalda.

—Tienes que irte, Siena. Vete y olvídate de mí.

—No lo dices en serio.

Jack respira profundamente y tras soltar el aire aparta las manos del mueble de la cocina y se bebe la copa de whisky que tenía allí esperando.

Un escalofrío invade mi cuerpo. Él se ha apartado, mis manos ya no le están tocando y con cada nuevo aliento siento que aumenta la distancia entre los dos.

Por fin se da media vuelta y durante un segundo desearía que no lo hubiese hecho. Las barreras vuelven a estar erguidas, los ojos negros de Jack que tanto he aprendido a querer y a necesitar desde ayer han desaparecido, su lugar lo ocupan ahora dos pozos con un vacío infinito. Un vacío que desprende tanto frío que lo siento incluso físicamente y tengo que rodearme con los brazos para no temblar.

—El caso ya está resuelto —retoma la palabra y en su voz solo oigo a Jack el detective. No queda ni rastro del hombre—. Tengo una pista fiable sobre el paradero de Fabrizio y cuando lo encuentre tendré las pruebas necesarias para encerrar también a tu tío.

Se me nubla la visión por culpa de las lágrimas.

—¿Qué estás haciendo Jack?

—Iba a ir tras él ahora mismo, por eso estaba abierta la puerta.

—No puedes ir tras Fabrizio tú solo, es peligroso. —La sonrisa de él me hiela la sangre—. Y sabes perfectamente que mi tío no ha tenido nada que ver con la muerte del señor Belcastro. ¿Qué está pasando, Jack? Me estás asustando.

—Ya era hora.

Da un paso hacia mí y yo clavo los pies en el suelo.

No voy a apartarme.

—¿Qué más tengo que hacer para que me veas como soy y te largues de una vez?

—Sé perfectamente cómo eres, Jack, y no pienso irme. Todo esto sobre Emmett, las acusaciones contra mi tío, es mentira. Dime la verdad.

—Tienes razón, te he mentido. ¿Quieres saber por qué estaba abierta la puerta? —Da otro paso hacia mí y sus muslos rozan los míos—. Iba al gimnasio de Shen, a pelearme con alguien. O tal vez a un bar a buscar compañía. Aún no lo había decidido.

Me ha hecho daño, él lo sabe porque le ha temblado la mandíbula un segundo.

—No es verdad, no ibas a hacer nada de eso.

Otra risa horrible.

—Por supuesto que es verdad. Aunque a ti no tendría que importarte porque qué soy yo para ti. Nada. No puedo ser nada.

Levanto una mano y le acaricio el rostro. Necesito tocarle y hacerle reaccionar. Tras esa fachada de dolor y de ira está mi Jack y tengo que acceder a él.

—¿Qué estás diciendo? No sé de qué me hablas. Tú, Jack, lo eres todo para mí.

Me sujeta la muñeca y me aparta furioso la mano. El movimiento es brusco, pero los dedos que están alrededor de mi piel son delicados.

—Y una mierda. ¿Esto es lo mismo que les dices a todos los hombres con los que te has acostado antes que yo?

Abro los ojos y me repito que está herido, que esas palabras no salen de su corazón, sino que nacen del dolor.

—¿Y tú, Jack, qué les dices a las mujeres con las que te has acostado? —Aunque esté herido no voy a permitir que esos celos envenenados, y sin motivos, se entrometan—. Y en mi caso solo ha habido uno antes que tú.

—Uno.

Eso parece enfurecerle mucho más que si hubiesen sido decenas.

—Uno.

—¿Quién era?

Me sujeta por la cintura y camina hacia delante. La parte trasera de mis piernas no tarda en chocar con la mesa de la cocina y Jack me aprisiona allí con sus muslos. Mi cuerpo, ajeno al tumulto de emociones que saturan mi mente, recuerda lo que sintió la primera vez que Jack y yo estuvimos juntos. Él también lo está recordando, le tiemblan las manos y me levanta para sentarme en la mesa. Me separa las piernas y se coloca entre ellas.

Me mira a los ojos. Tiene la frente empapada de una fina capa de sudor y la piel, normalmente morena, muy pálida. Las murallas siguen aquí, pero ha cometido el error de mostrarme su punto débil.

Enredo los dedos en el pelo de su nuca y tiro de él para besarlo.

Jack se detiene un segundo, quizá menos, y tensa los hombros de lo fuerte que está flexionando los dedos sobre la mesa.

—¡Maldita seas! —farfulla.

Me besa.

Jack me besa y es un beso cargado de dolor y de rabia, un beso que busca el consuelo y el abandono más animal que existe. Un beso que busca el olvido que solo se consigue cuando te rindes a la pasión.

Le beso del mismo modo, le devoro con la lengua y le acaricio la espalda.

«Tienes que volver a mí, Jack. Tienes que encontrar el camino de vuelta».

Levanto las piernas y le rodeo la cintura.

Jack enloquece, se desabrocha el pantalón y me penetra.

Aprieto los dedos en sus hombros, no esperaba que fuese tan rápido y necesito unos segundos.

—Lo siento —farfulla él.

Y entonces Jack, mi Jack, vuelve y me besa de verdad. Mantiene el resto del cuerpo inmóvil, solo me besa, y yo empiezo a desabrocharle los botones de la camisa para acariciarle el torso. Mi cuerpo se relaja, recuerda lo maravilloso que es tener a Jack aquí dentro y él empieza a moverse. Aflojo los dedos de sus hombros y le abrazo.

Jack se mueve dentro de mí, tiembla, aprieta los dientes y esconde el rostro en mi hombro. La tensión no abandona su cuerpo a pesar del deseo que quema entre nosotros.

—¿Es esto lo que quieres? —me pregunta sujetándome la cintura.

—Te quiero a ti, Jack —contesto besándole las mejillas,

la sien, las partes de su rostro que él no me está ocultando.

—Maldita seas —vuelve a farfullar y me muerde el hombro al mismo tiempo que coloca una mano encima de mi entrepierna y empieza a acariciarme al mismo tiempo que entra y sale de mí.

—Jack...

Vuelve a morderme, mueve los dedos, domina mi cuerpo igual que yo el violín. Sabe dónde y cómo tocarme para que me entregue a él.

Nuestros cuerpos están unidos y es dolorosamente evidente que los dos están sintiendo mucho placer, sin embargo Jack sigue sin reaparecer. De hecho, tras esos besos de antes no ha vuelto a acercarse a mis labios e insiste en ocultarme su mirada. Las frías garras del miedo se arrastran por mi estómago.

«Tienes que volver Jack».

Muevo las manos despacio por su torso, quiero acariciarle, obligarle a recordar que él y yo somos mucho más que deseo.

Jack captura mis dos muñecas con la mano que no tiene entre mis piernas y las sujeta detrás de mi espalda.

No puedo moverme. Él lo sabe, lo ha hecho adrede y, cuando voy a exigirle que me suelte, me besa.

Le odio por saber tan bien cómo manipularme. Le odio por convertir este beso en algo solo físico. Es demoledor, todos los besos de Jack lo son, pero en este se encarga de repetir con la lengua los mismos movimientos con los que otra parte de su cuerpo me está poseyendo.

Es carnal.

Es excitante.

Le odio por no permitir que sea nada más.

Me odio porque a mi cuerpo no parece importarle y está dispuesto a aceptar el dolor de Jack si así consigue recuperarle. Cuando deja de besarme y el muy cobarde vuelve a ocultarse, esta vez besándome el cuello y en busca de mis pechos, que siguen ocultos tras la blusa, decido que no voy a callarme. Él tiene sus armas, su cuerpo que enloquece al mío de deseo, yo tengo las mías.

—Me estoy enamorando de ti, Jack.

Jack se tensa de repente, el orgasmo le sacude con tanta fuerza que la mesa de la cocina se mueve por el suelo y golpea la pared. El mío viene después.

Jack se mueve frenético, flexiona los dedos en la madera y tensa la espalda. Se muerde el labio para no gritar mi nombre. Lo sé porque al abrir los ojos veo una gota de sangre resbalándole por la comisura.

¿Por qué nos está haciendo esto?

La fuerza del orgasmo le deja exhausto, parece un títere al que le han cortado los hilos. Se tambalea cuando sale de mí y sigue sin mirarme. Se abrocha el pantalón dándome la espalda y yo tengo que clavarme las uñas en las palmas de las manos para no gritar.

—Ya tienes lo que querías, princesa. Ahora largo de aquí.

El dolor que me provocan esas palabras me ayudan a mantener la dignidad. Puede estar herido, pero eso no le da derecho a pisotearme.

Bajo de la mesa y aunque me tiemblan las piernas consigo disimularlo. No permitiré que crea que se ha salido con la suya. Quiero que algún día, cuando se dé cuenta del enorme error que está cometiendo ahora, se arrepienta de ello. Quiero que grite de dolor cuando comprenda que me dejó ir y que fue un cobarde al hacerlo.

Camino hasta donde está y me coloco frente a él. Va a tener que mirarme a los ojos y, si encuentro un único punto débil en sus estúpidas murallas, voy a golpearlo.

—Solo he estado con otro hombre, Jack, aunque no importaría si hubieran sido más porque el día que me besaste por primera vez cualquier recuerdo que hubiese podido dejar desapareció. Se llamaba Gianni, bueno, aún se llama así. —Aprieta los puños y los dientes. Bien, me alegro de que le moleste detectar el cariño que sin duda hay en mi voz—. Éramos amigos. Vino a verme después de que murieran mis padres. Yo estaba muy triste y me sentía muy sola, y Gianni estaba allí. Los dos coincidimos en que no era eso lo que queríamos el uno del otro. No fue horrible, pero tampoco fue maravilloso. Él sigue en Italia.

—Pues vete a buscarle.

Me pongo de puntillas y le doy un beso en la mejilla.

—Adiós, Jack.

Me doy media vuelta y empiezo a caminar. No dejará que me vaya, no dejará que llegue a la puerta y desaparezca de su vida para siempre. No permitirá que nuestro último recuerdo sea el de esta noche.

Llego a la puerta, que sigue abierta, sin que él aparezca. Tampoco baja corriendo detrás de mí ni grita como un poseso cuando Valenti pone el coche en marcha y nos alejamos de allí.

Jack no aparece.

Jack deja que me vaya.

Valenti conduce en silencio durante unos minutos, pero al final se decide a hablarme.

—¿Estás bien, Siena?

—No.

Me seco una lágrima.

—¿Quieres contármelo?

—Ha dejado que me fuera, Valenti —sollozo y trago saliva para recuperar cierta calma—. Jack ha dejado que me fuera.

—Quizá sea lo único que puede hacer ahora. —Me giro hacia él y veo que también está preocupado—. Quizá sea lo mejor para todos, lo mejor para ti.

Estoy harta de que la gente, el mundo entero, crea tener derecho a decidir qué es lo mejor para mí.

—Mis padres murieron porque mi tío Adelpho se quedó con un cargamento de droga de la familia Asienti y los Asiente creyeron, erróneamente, que matando a su hermano y a su cuñada le harían daño. A Adelpho ninguno de nosotros le importábamos lo más mínimo. Ese día yo también estaba en el coche, yo también habría muerto, pero me había dejado el violín y volví corriendo a casa para buscarlo. El coche estalló cuando yo estaba en la escalera.

—Dios mío, Siena, lo siento mucho.

—Estoy viva, Valenti, y les prometí a mis padres, de pie frente a sus tumbas, que viviría. No voy a permitir que mi tío vuelva a encerrarme en casa y te aseguro que no voy a permitir que Jack niegue lo que ha sucedido entre los dos o que lo convierta en algo sórdido. Quiero entenderlo, quiero ayudarle. Pero no voy a obligarle a que confíe en mí cuando es más que evidente que de momento no está dispuesto a hacerlo.

—Tal vez no lo esté nunca, Siena.

Vuelvo a girarme hacia la ventanilla.

Jack ha dejado que me fuera.

Jack desaparece.

Una parte de mí, mi corazón, desaparece con él.

CAPÍTULO 25

Little Italy
... unas semanas más tarde

Ha sido muy difícil, aunque menos de lo que creía. Me imagino que mi tío ha accedido con más facilidad porque aún se siente culpable por lo de Jack.

Jack.

Aún siento sus besos en mis labios y mi corazón sigue ausente de mi pecho.

Luciano no me ha contado qué sucedió entre Jack y él en Vanderbilt Avenue, pero conozco a mi tío y confío en él. Vuelvo a confiar en él. Fuera lo que fuese lo que ellos dos se dijeron, no tiene nada que ver conmigo y Luciano no intentó comprar o amenazar a Jack para que me abandonase.

Eso lo decidió él solo, el muy miserable.

No he vuelto a verle desde esa madrugada. Hay noches

(y días) en los que intento imaginarme qué está haciendo. Dejo de hacerlo cuando me duele demasiado y entonces me engaño y me aseguro que está bien, que ha dado el caso por cerrado y que sigue con su vida igual que antes de que nuestros destinos se cruzaran.

Mi único consuelo es que nadie ha entrado en casa para arrestar a Luciano o a Valenti. Incluso Toni me contó un día que volvía del hospital para visitar a un viejo amigo, un contable de Chicago que se estaba recuperando de la paliza que le habían dado una banda de delincuentes, que Patrick, su amigo, había cometido una estupidez y que había pagado por ello. Ahora que había aprendido la lección, Patrick le había pedido a Toni que le ayudase a restablecerse.

El día que Toni me contó esa historia acabé abrazándolo entre lágrimas. Él me miró como si estuviera loca y yo no le conté el verdadero motivo de mi alivio.

Supongo que por eso tampoco ha aparecido nadie de la policía para llevarse a Toni.

Me gusta creer que Jack ha tenido algo que ver en eso, que a su modo me está protegiendo y cuidando. Siempre que esa idea se cruza en mi mente me pongo furiosa conmigo y me digo que no debo buscar señales o mensajes ocultos donde no los hay.

Si Jack quisiera decirme algo, estaría aquí ahora. Él no se anda con subterfugios. El día que quiso echarme de su vida, se aseguró de hacerlo.

Llaman a mi puerta.

—Adelante.

Sonrío al ver el rostro de Catalina. Me ha costado mucho convencerla de que viniera a casa y he recurrido a todas mis artimañas hasta convencerla. Estoy muy nerviosa y sabía que su presencia aquí me reconfortaría. Además, por absurdo que parezca, cuando estoy con Catalina siento a Jack un poco más cerca de mí, pues ella es la única con la que puedo hablar libremente.

—¿Estás preparada?

—No lo sé —contesto tras soltar el aliento—. Quizás todo esto ha sido un error. No estoy preparada para dar un concierto, Catalina.

—Pues claro que lo estás. —Se sienta a mi lado en la cama—. Además, es una sala preciosa y que estará llena de gente que te quiere. No lo olvides.

Le sonrío y dejo que me distraiga contándome cómo fue su primer concierto en Italia. No puede compararse al mío, yo solo voy a tocar dos partituras en una de las salas de la biblioteca de la ciudad. No sé cómo lo ha conseguido Catalina, y me temo que mi tío ha jugado un papel más importante del que él me ha dejado entrever, pero la biblioteca de Nueva York presenta una colección de láminas llegadas de Italia con un pequeño concierto y me han encargado que sea yo quien toque.

Habrá muy poca gente, el acto es privado y solo se accede a él con invitación. Las láminas son obra de distintos artistas italianos del renacimiento, así que las partituras que Catalina y yo hemos elegido también son de esa época.

Luciano me ha prometido que, si lo de hoy me hace feliz (según mi tío nunca me ha visto sufrir tanto como estos últimos días), podré seguir dando conciertos. Lo único que me pide es que tenga cuidado y que si alguna vez desconfío de alguien le permita ayudarme.

Echo mucho de menos a Jack.

No tiene sentido, él nunca me acompañó a ningún concierto y apenas me oyó tocar. Pero le echo mucho de menos. Sé que el día de hoy sería completamente distinto con él a mi lado, sería mucho más profundo. Tendría más significado.

La puerta del dormitorio se abre y aparece mi tío. Está muy atractivo con ese traje negro y desde que volvió de Chicago una extraña calma se ha instalado definitivamente en su rostro.

—Deberíamos irnos, Siena. —Se detiene al ver a la señorita Moretti—. Oh, Catalina, no sabía que estabas aquí. Estás preciosa. —Mi tío se sonroja y yo, que hace unos segundos estaba a punto de llorar por culpa de Jack, tengo ganas de sonreír—. Las dos lo estáis, quiero decir.

—Gracias, tío, tú también estás muy guapo. ¿A ti no te lo parece, Catalina?

Mi amiga, últimamente me cuesta pensar en Catalina como mi profesora de violín, aunque sigue siéndolo, me fulmina con la mirada. Hace unos días, cuando me atreví a preguntarle por mi tío, me pidió que no intentase hacer de casamentera entre ellos.

—Sí, está muy atractivo, señor Cavalcanti, aunque estoy segura de que no le hace falta oírlo.

—Siempre es un placer oírlo.

—Seguro que por eso se asegura de estar rodeado permanentemente de un grupo de coristas.

—¿Grupo de coristas? —Mi tío se hace el ofendido—. ¿Y cómo deberíamos llamar a esos viejos verdes que te mandan flores al camerino siempre que tocas en la Ópera? ¿Monos de circo?

Catalina se levanta de la cama y se dirige furiosa a mi tío. Cuando se da cuenta de dónde está y qué está haciendo se detiene, y mi tío se tensa.

Quizá debería irme y dejarles a solas, pero mi incurable alma romántica me exige que me quede allí. No puedo permitir que ellos dos también lo estropeen.

—El coche está listo, señor Cavalcanti.

En ese momento podría haber matado al bueno de Toni. Su interrupción consigue que Catalina dé un paso hacia atrás y finja estar muy interesada en la funda de mi violín. Mi tío sigue mirándola, él no tiene ninguna necesidad de disimular y se niega a hacerlo.

—Enseguida vamos, Toni. Gracias.

¿Qué está pasando por su cabeza? Le observo y él abre y cierra los dedos de ambas manos unas cuantas veces.

«Ve a por ella, tío. No seas tonto».

Al final, Luciano sacude la cabeza resignado y da un paso hacia atrás. Estas últimas semanas he estado tan preocupada pensando en mí que apenas me he fijado en lo que sucedía a mi alrededor. A partir de mañana las cosas van a cambiar. Hablaré con Luciano y no descansaré hasta que me cuente qué pasó exactamente con Catalina y por qué están así ahora.

—¿Estás lista, Siena? —Luciano me ofrece el brazo y no dudo en aceptarlo.

—Claro, tío. Vamos.

Abandonamos el dormitorio con Catalina detrás, ella lleva mi violín y tiene la mirada perdida hasta que Valenti también se ofrece a actuar como su acompañante.

Catalina sonríe y mi tío entrecierra los ojos, y a juzgar por cómo mira a Valenti se está planteando la posibilidad de estrangularlo. Sí, definitivamente mañana tengo que hablar con él.

Toni efectivamente está fuera esperándonos, Luciano y

yo entramos en el coche y este no tarda en ponerse en marcha. Valenti y Catalina nos siguen en otro.

La biblioteca de Nueva York es un edificio precioso e imponente. La primera vez que lo vi pensé que carecía de la magia de los museos y bibliotecas de Italia y en cierto modo es así, pero esa falta de magia, causada por el paso de los siglos, la compensa con la fuerza de los sueños que vibran en su interior.

Toni nos deja en la entrada, él se ocupará del coche mientras mi tío y yo subimos la escalinata y Luciano saluda a los políticos de rigor. Desde que volvió de Chicago, todos están a la expectativa y lo tratan con más respeto que antes. Supongo que a lo largo de los años han aprendido que si algo tiene Luciano Cavalcanti es un olfato infalible para los buenos negocios y para hacer ganar dinero, mucho dinero, a sus socios y todos esperan ser el siguiente. Si mi tío consigue quitarse de encima la etiqueta de gánster, será el hombre de negocios más solicitado de Nueva York.

En cierto modo eso me aterroriza más que sus reuniones con armas encima de la mesa. Al menos con la mafia sabes a qué atenerte, con los políticos y esos esnobs de los bancos, no tanto.

Luciano saluda a dos caballeros que van acompañados de mujeres que dan lástima. Son bellísimas y están tan vacías que incluso las esculturas de las plazas de Italia tienen más vida que ellas. Intento imaginarme por qué se han casado con unos hombres que las han convertido en trofeos y que ni siquiera les son fieles. Mis padres no eran así, Luciano negará hasta quedarse sin aliento que está interesado en Catalina, pero la mira con más fuego y pasión que la que esos hombres han sentido jamás.

Igual que Jack me mira a mí.

«Basta, Siena».

Jack no está.

Jack podría haber vuelto. Luciano no me ha contado qué sucedió entre ellos, pero me ha asegurado que, si Jack hubiese venido a verme, él se lo habría permitido. «Me habría asegurado de que tú no tuvieses ganas de darle una segunda oportunidad a ese bastardo, pero le habría permitido acercarse a ti. Cuando un hombre quiere a una mujer, cuanto más difícil tiene acercarse a ella, más la desea». Eso fue lo que me dijo.

Esa noche lloré porque Jack no me deseaba lo suficiente.

Cruzamos la entrada de la biblioteca y nos dirigimos hacia la sala en la que va a celebrarse la presentación de las láminas. Son preciosas, Catalina y yo hemos tenido el privilegio de verlas antes con la excusa de que así podíamos elegir mejor la música para acompañarlas. Al llegar a la puerta leo en voz alta el elegante cartel que hay delante:

—«Presentación de la colección privada Cosimo y Juliette Cavalcanti».

Se me llenan los ojos de lágrimas.

—Era una sorpresa —se defiende mi tío señalándome el nombre de mi padre y mi madre—. Y te prometo que el que esta noche toques aquí no tiene nada que ver con ellos. Te lo mereces, Siena, he sido un egoísta al impedírtelo.

Me abraza, mi tío, el hombre más inaccesible del mundo, me abraza.

—Tío.

Le devuelvo el abrazo y veo a Catalina secándose una lágrima.

—Vamos, no llores —me pide Luciano—. Vas a dejarles

a todos tan boquiabiertos que tendré que comprar la Sinfónica de Nueva York para asegurarme de que no te aparten de mi lado.

—Gracias —susurro emocionada antes de soltarlo.

Luciano me da un beso en lo alto de la cabeza y cuando me suelta se dirige a Catalina y la coge de la mano.

—Ni una palabra, Catalina —le dice mirándola a los ojos—. Hoy no.

—Está bien, Luciano.

Les veo alejarse de mí y dirigirse hacia las sillas de madera que hay colocadas en semicírculo alrededor del atril que voy a utilizar yo para colocar la partitura. Las sillas están frente a unas preciosas estanterías detrás de las cuales se encuentra uno de los ventanales de la biblioteca. Entra una luz preciosa y me iluminará desde la espalda.

Los invitados ocupan los asientos. El alcalde de la ciudad de Nueva York pronuncia unas palabras, elige muy bien los elogios para mi tío. Me imagino que quiere cubrirse las espaldas por si la jubilación de Luciano no es tan permanente como dice él. Lo es.

Luciano y Catalina están en primera fila, Nick Valenti está al lado de mi tío, es como si se hubiese materializado de repente y Toni está en el fondo, junto a la puerta. Veo a varios miembros de la parroquia y también a Alba. Al lado de Catalina se sienta el alcalde con su esposa y en las filas posteriores hay políticos y miembros de la fundación de la biblioteca. Hay un hombre, un caballero de unos cincuenta años, que no deja de mirarme. No me mira intrigado, sabe perfectamente quién soy, me mira como si pretendiese diseccionarme con los ojos. Cuando todo esto termine, le preguntaré a Luciano quién es, me da escalofríos.

Después del alcalde habla el director de la biblioteca y después el restaurador italiano encargado de custodiar las láminas. Oír mi lengua materna es un regalo y consigue lo impensable; tranquilizarme antes de la actuación.

Oigo mi nombre y salgo del rincón en el que he estado esperando. Saludo a los asistentes y busco la mirada de Catalina y de Luciano por última vez. Los dos me sonríen y yo sonrío al ver que siguen dándose la mano. Al menos su historia parece ir por buen camino.

«Jack».

Una punzada me atraviesa el corazón al pensar su nombre y sacudo la cabeza para echarlo de mi mente. Me concentro afinando el violín. Hoy he elegido tocar el de mamá y al sentir la madera bajo mis yemas noto como si ella estuviera a mi lado y papá nos estuviese espiando a las dos. Era lo que solía hacer cuando practicábamos. Tocábamos durante horas y él aparecía de vez en cuando para darnos un beso o reírse de nosotras.

Hoy tocaré por ellos y por mi nueva familia, Luciano, Catalina e incluso Valenti y Toni.

Mañana olvidaré a Jack para siempre y empezaré a vivir de nuevo.

Puedo hacerlo.

Oigo unos gritos y al enfocar la vista veo a Catalina aterrorizada. ¿Qué está pasando? ¿Qué es esto que tengo en el cuello?

No puedo respirar.

No puedo respirar.

El violín de mamá cae al suelo y miro horrorizada cómo mis manos lo han soltado. ¿Por qué lo he soltado?

Para intentar protegerme.

La punta de un puñal o de una navaja se me clava en el cuello, noto la sangre resbalándome y manchándome el vestido.

Tengo que detenerle, no puedo morir ahora.

No quiero morir.

«Jack».

Levanto los brazos y los coloco encima de los de mi agresor. Tengo que detenerle, no quiero morir ahogada o degollada. Me sudan las manos, me resbalan por encima de su piel y la mano derecha me está quedando empapada de mi propia sangre. La herida del cuello no es profunda, ese animal sabe lo que hace, pero si no le detengo perderé la consciencia.

—¡Suéltala, Fabrizio!

Es Jack, es su voz, pero a él no puedo verlo. ¿Me lo estoy imaginando? ¿Me he desmayado y estoy soñando que él aparecía cual caballero andante para rescatarme? Busco a mi tío con la mirada y veo que él está observando a alguien que se encuentra detrás de mí.

Jack está allí. ¿Por qué? ¿Cómo?

La punta de acero se mueve por mi garganta, me duele tragar y la sangre brota más rápido.

—Deja a mi sobrina, Tabone.

Luciano saca un revólver con total naturalidad y apunta a mi agresor.

«Fabrizio Tabone».

—Suelte el arma, Cavalcanti —le ordena Jack a mi tío—. No se meta en esto. Deje que se ocupe la policía.

—Es mi sobrina, la quiero como si fuera hija mía. No pienso soltar el arma.

El puñal vuelve a moverse. Aprieto los dedos en el antebrazo de Fabrizio Tabone, pero él no parece inmutarse.

—Por favor... —sollozo.

—No hables, Siena —me ordena Jack—. Te desangrarás más rápido. ¡Suéltala de una vez, hijo de puta! Suéltala y mírame.

Fabrizio Tabone se ríe.

—Siempre has sido una vergüenza para el apellido Tabone, Jack.

—¡Suéltala! —repite Jack sin caer en la provocación.

—Deja ir a mi sobrina si no quieres que te mate como tendría que haber hecho hace mucho tiempo —le amenaza Luciano.

—Ya, bueno, todos nos arrepentimos de algunas de las cosas que hicimos o no hicimos esa noche.

Tabone habla como si estuviese tomándose una cerveza y no como si estuviese a punto de matarme.

«No quiero morir».

—Aún estoy a tiempo de arreglarlo —señala Luciano moviendo el arma.

—Si me disparas, matarás a tu preciosa sobrina. Casi he llegado a la yugular, solo tengo que presionar un poco más. —Aprieta y una nueva gota de sangre espesa me resbala por el cuello—. Me matarás, pero cuando caiga desplomado ella morirá.

—No, morirás antes.

—¿Estás dispuesto a correr ese riesgo? ¿O crees que ha llegado el momento de que saldes la deuda que tienes conmigo?

—No tengo ninguna deuda contigo.

—Ese incendio me cambió la vida, perdí a mi hija. Maté a los Abruzzo por los Cavalcanti y vosotros, tú, me traicionasteis.

—Tu avaricia y tu maldad te traicionó. Estás loco, Tabone.

—Tenlo en cuenta antes de apretar el gatillo, Cavalcanti.

—¿Qué diablos quieres? —le pide mi tío.

—Quiero el respeto que se me debe. Y quiero dinero. Mucho dinero.

—Suelta a mi sobrina.

El puñal se mueve un poco más.

—No sé. —Me pasa la lengua por el cuello y se lleva parte de mi sangre—. Tal vez me quede un rato con ella.

Luciano levanta de nuevo el arma.

—No va a soltarla, Cavalcanti —dice Jack a mi espalda—. Es un enfermo. Le gusta matar y hacer daño a la gente.

—Y tú lo sabes muy bien, ¿no es así, hijo?

Fabrizio Tabone vuelve a lamerme y siento arcadas. ¿Qué clase de infierno tuvo que soportar Jack?

—Por última vez, suelta a Siena y entrégate a la policía, Fabrizio. No me obligues a dispararte —dice Jack, puedo oír la tensión en su voz. Hay más emociones allí ocultas, no se está protegiendo, pero sin verle soy incapaz de discernirlas.

—Suelta a mi sobrina, Tabone —insiste Luciano.

—Baje el arma, señor Cavalcanti —le ordena Jack a mi tío.

—Ya le he dicho antes que no pienso hacerlo, detective. Siena es mi sobrina.

—¡Maldita sea! —exclama Jack y oigo a Fabrizio Tabone riéndose junto a mi oído, lo lame y hunde un poco más el puñal—. ¡Maldito sea, Cavalcanti! Si dispara a Tabone y lo mata, la policía lo utilizará como argumento para detenerlo.

El desconocido que me ha estado observando antes mueve la cabeza y mira detrás de mí. ¿Quién diablos es?

—Me importa una mierda, detective, solo quiero salvar a Siena.

—Y yo también, joder. Suelte el arma y déjeme hacer mi trabajo —insiste Jack y Luciano sigue apuntando a Tabone—. Si mata a Tabone y va a la cárcel, no podrá ver a Siena. No podrá cuidar de ella. Piénselo. Eso es lo que quiere Tabone, quiere robarle la vida, igual que cree que hizo usted con él. Por eso mató a Belcastro, ¿no es así, Fabrizio? Porque en su mente enferma creía que Emmett era en parte culpable de su desgracia.

—Ese cerdo tendría que haberme dado esa maldita carta antes. Es culpa suya que estemos así ahora. Tenía que pagar. Además, tenía que conseguir que tú —señala a Luciano con la daga, cae una gota de sangre en la alfombra, pero siento un poco de alivio hasta que vuelve a colocarla en mi cuello— me prestases atención.

—Tienes toda mi atención —afirma Luciano pasados unos segundos—. Y usted también, detective Abruzzo.

¿Abruzzo?

¿Quién diablos es? ¿Por qué ha llamado así a Jack?

Me mareo, estoy a punto de perder el sentido. No siento los dedos de las manos y tengo los antebrazos empapados de sangre.

Luciano baja el arma.

Oigo un disparo y después nada.

Nada.

CAPÍTULO 26

Siena
Hospital de Nueva York
1940

Abro los ojos y me llevo las manos al cuello instintivamente. Lo tengo cubierto por un vendaje y me duele mucho cuando intento tragar. Parpadeo, me cuesta enfocar la visión, pero cuando lo consigo veo a Luciano y a Catalina a mi lado. Toni está de pie en los pies de la cama y tiene el pelo completamente desordenado.

Jack no está por ninguna parte.

—Tío... —creo que es la palabra que intento pronunciar.

Luciano me mira, tiene el rostro desencajado y cuando se acerca a mí me aparta el pelo de la cara y deposita un beso en mi frente.

—Me has dado un susto de muerte, Siena.

Catalina me está sujetando una mano y me sonríe, y con la otra mano acaricia la espalda de mi tío.

—Vas a ponerte bien, no te ha hecho ningún daño irreparable —me explica Catalina—. Te has dado un golpe en la cabeza al caer al suelo, por eso estabas inconsciente, pero mañana podrás irte a casa y te pondrás a practicar de inmediato. Han pospuesto el concierto para la semana que viene —bromea por entre las lágrimas que le surcan las mejillas.

Yo también he empezado a llorar y lo único que puedo hacer es apretarle la mano. A ella parece bastarle y me sonríe.

—¿Jack?

Sí, pregunto por él.

Necesito verle y asegurarme de que está bien. Ha disparado a su padre.

Luciano suspira exhausto antes de contestarme.

—Ha estado aquí hasta que los médicos le han asegurado que ibas a ponerte bien. Se ha quedado aquí, junto a tu cama, sin decir nada y amenazando con los ojos a cualquiera que se atrevía a acercarse.

Cierro los ojos y una nueva lágrima se escapa por la comisura. Nadie comenta que esa pertenece a Jack y no al dolor que siento en la garganta.

Se abre la puerta y a mí se me acelera el corazón. Pero cuando consigo levantar los párpados solo veo a Valenti. Él me sonríe comprensivo al adivinar mi decepción.

—Hola, Siena, me alegro de verte. —Da una palmada a Toni en el hombro y se acerca a mi tío—. El caso está cerrado, señor Cavalcanti. Fabrizio Tabone mató a Emmett Belcastro y usted, y nosotros, estamos libres de toda sospecha. Dudo que la policía vuelva a molestarnos en mucho tiempo.

—Gracias, Nick —le contesta Luciano.

Vuelvo a cerrar los ojos y me dejo llevar por el dolor. Lo último que pienso antes de quedarme dormida es que Jack ya no tiene ningún motivo por el que acercarse a mí.

Ni yo a él.

Unas horas más tarde vuelvo a abrir los ojos. La habitación está ahora a oscuras y creo estar sola. Sin embargo, tengo la sensación de que no lo estoy. Giro la cabeza hacia el lado izquierdo y no encuentro a nadie, cuando intento girarla hacia el derecho un aguijonazo de dolor me atraviesa la cabeza y tengo que cerrar los ojos de nuevo.

—No te muevas.

Jack.

Abro los ojos, doy gracias a Dios por esa oscuridad que me oculta las lágrimas y la angustia. Jack camina, le oigo moverse por la habitación, y se coloca frente a mí.

No queda ninguna muralla, han sido derribadas y Jack está completamente desprotegido y destrozado ante mí. La mirada le brilla por las lágrimas y por todas las emociones que lleva años conteniendo y que por fin le han desbordado.

—Dios mío, Siena —farfulla mientras me acaricia el rostro—. He pasado tanto miedo...

—Estoy bien —le aseguro aunque mi voz parece indicar todo lo contrario.

Él no me escucha, o quizá desecha mis palabras. Coloca dos dedos en mis labios para pedirme silencio. Esos dedos tiemblan casi tanto como el resto de su cuerpo y se sienta en la cama a mi lado. Al sentir mi cuerpo cerca del suyo respira más tranquilo y mis párpados se niegan a seguir abiertos. Si estoy soñando no quiero que nadie me lo demuestre y me dejo arrastrar por el calor que desprende Jack, por la seguridad y el amor que siento al tenerlo a mi lado.

—Mi verdadero nombre es Jack Abruzzo, mis padres eran Roberto y Teresa Abruzzo. No los recuerdo porque Fabrizio los mató cuando yo tenía tres años. —Jack me relata esa historia horrible, la historia de un niño que lo perdió todo y aun así consiguió encontrar el camino correcto, acariciándome el pelo o la espalda. Es como si mientras me toca esa maldad no pudiera alcanzarle—. Fabrizio y su esposa Amalia, la mujer que me crio, eran amigos de mis padres y esa tarde Amalia se quedó conmigo porque su hija, una niña llamada Alicia, quería ver los gatos que habían nacido en el taller donde trabajaba Roberto. Teresa la llevó allí y Fabrizio provocó el incendio sin saber que Alicia estaba dentro. Me gusta creer que si lo hubiera sabido no lo habría hecho, que parte de la locura que lo llevó a atacarte de esta manera está relacionada con la horrible pérdida de su hija, pero la verdad es que no estoy seguro.

Quiero decirle muchas cosas, pero la herida del cuello me lo impide y la medicación del hospital me ha dejado aturdida. Lo único que consigo hacer es atrapar una de las manos de Jack y acercármela a los labios para besarla.

—Fabrizio ha muerto. Le he disparado en el hombro, pero la hemorragia ha sido fatal. Ya no volverá a molestarte. No he encontrado ninguna prueba contra tu tío ni contra Nick, no sé si el superintendente Anderson les borrará para siempre de su lista de sospechosos, pero yo les dejaré en paz, te lo aseguro. No sé quién soy, Siena, y tengo miedo de averiguarlo. Sin embargo, en medio de todas mis dudas y de todo mi dolor, soy capaz de reconocer que tú has sido lo único que ha valido la pena en mi vida.

—Jack, no.

No puedo seguir, la herida me quema y se me llenan los ojos de lágrimas.

—Tranquila, es mejor así. —Se inclina y me da un beso en los labios—. La última vez que nos vimos, me comporté como un cretino, como un cerdo egoísta. Quería hacerte daño, quería que te fueras de Vanderbilt Avenue odiándome, quería arrancarte de mi vida y de mi corazón para siempre. Entré en la policía porque averigüé que los Tabone no eran mis padres, creía que me habían adoptado tras la trágica muerte de los Abruzzo. No tenía ni idea de que Fabrizio los había matado y creo, sé en el fondo de mis entrañas, que Amalia no lo supo nunca. Fabrizio era cruel, un borracho, me pegaba y disfrutaba haciéndolo y yo se lo permitía porque así le mantenía alejado de mi madre. —Habla como si fuera la vida de otra persona, como si esas atrocidades no le hubiesen sucedido a él. No puedo contener las lágrimas—. Ese día, la última vez que estuvimos juntos, tu tío vino a verme.

Abro los ojos de repente.

—No, no fue culpa suya. La verdad es que Luciano ha sido mucho más generoso y comprensivo de lo que yo habría sido. Luciano tenía una confesión firmada de Fabrizio, aún no sé cómo la consiguió, pero es auténtica. Conozco la letra de mi padre, de Fabrizio, quiero decir. Creía saber quién era, Siena. Gracias a ti había empezado a hacer las paces conmigo mismo y había empezado a creer que podía tener un futuro. Esa carta, esa confesión, me lo arrebató todo. ¿Quién soy? ¿Qué clase de hombre puedo llegar a ser?

Me crio el asesino de mis padres. Dios, Siena, no podía hacerte eso.

Se agacha de nuevo y me da un beso en la frente. Jack está ardiendo.

—Aún me falta mucho camino, pero estos días he descubierto que no soy para nada el hijo de Fabrizio. Tampoco soy, para mi desgracia, el hijo de Roberto Abruzzo, a él ni siquiera le recuerdo. Lo único que tengo claro es que soy el hombre que se ha enamorado de ti y —suspira—, Dios mío, si estás dispuesta a ayudarme, te necesito para averiguar el resto.

Tiene los ojos brillantes por las lágrimas y no me deja contestarle porque vuelve a besarme.

—No digas nada. Piénsatelo. Esta tarde estaba en la biblioteca porque quería verte después del concierto, iba a suplicarte que me perdonaras por todo lo que te había hecho. —Tiembla y deduzco que intenta imaginarse qué habría sucedido si no hubiese estado allí—. Sé que tenemos mucho de qué hablar. No espero que me perdones así sin más, pero si me das una oportunidad te prometo que no volveré a ocultarte nada. Seré tuyo, sea quien sea, para siempre.

Levanto una mano y Jack me sujeta la muñeca para darme un beso en la palma.

—Si aún sientes algo por mí, ven a Vanderbilt Avenue cuando estés lista. —Se pone en pie y se dirige a la puerta—. Creo que empecé a enamorarme de ti el día que me apuntaste con un arma en la librería Verona, y mi corazón te pertenece desde entonces. No sabía que tenía y, aunque no vengas a buscarme nunca más, no quiero que me lo devuelvas. Es tuyo. Adiós, Siena.

La puerta se cierra y yo me duermo con lágrimas en las mejillas.

Cuando vuelvo a despertarme, busco a Jack, pero no hay ni rastro de él en ninguna parte. Estoy convencida de que ha sido todo un sueño, hasta que Valenti viene a verme.

—¿Cómo te encuentras?

—Mucho mejor.

Mi voz suena rara y algo áspera. Me duele al tragar y la cicatriz me quema.

—Ayer Jack me pidió que le dejará hablar contigo a solas —empieza y yo abro tanto los ojos que las cejas casi me salen de la cabeza—. Tu tío había ido a acompañar a la señorita Moretti a su casa y Toni bajó a la cafetería. Jack, que debía de estar esperando el momento oportuno, entró y me pidió que te dejara a solas con él. Espero no haberme equivocado.

—No te equivocaste. —Me llevo una mano a la garganta—. Gracias, Nick.

Él asiente y se acerca a la ventana, se sienta en el alféizar y se cruza de brazos.

—Yo no conocía la historia de Jack. Sabía que su padre, Tabone, era un auténtico hijo de puta y que le pegaba, pero no conocía el resto. Es un gran tipo, le odié cuando se fue de Little Italy porque sentí que nos traicionaba, a mí y a Sandy, pensé que era un egoísta que solo pensaba en él. En realidad —se pasa las manos por el pelo—, pensaba en todos menos en él.

—Tú... —trago saliva—... tú tampoco estás mal.

Valenti sonríe.

—Soy un capullo egoísta y lo sabes, Siena. Pero Jack, joder, tiene que haber vivido un verdadero infierno. ¿Sabes cómo le conocí? —Niego con la cabeza y él continúa—: Estaba jugando en la calle y unos niños más altos y fuertes que yo se metieron conmigo. Yo les planté cara, cómo no, y cuando estaba tumbado en el suelo recibiendo la paliza del siglo, Jack se lanzó encima de ellos y amenazó con llamar a la policía. No le creyeron, pero segundos después un coche patrulla pasó por allí y salieron pitando.

—¿Llamó a la policía?

—No, fue casualidad. Pero así es Jack —se queda pensando y repite—, así es Jack, siempre se arriesga por los demás. Se merece que alguien se arriesgue por él.

Quiero decirle a Nick que sé que Jack se merece una segunda oportunidad, el problema es que tengo miedo y que no puedo correr a sus brazos sin tener en cuenta todo el daño que me ha hecho. No sería justo para ninguno de los dos y no puedo tomar ninguna decisión en esta cama de hospital sintiéndome tan débil e indefensa.

Quiero vivir, quiero estar con Jack y quiero que Jack esté conmigo. No podría soportar que él volviera a desaparecer o que volviera a esconderse tras esas horribles murallas. Tengo miedo de no ser lo bastante fuerte para derribarlas por segunda vez.

Catalina y mi tío entran en la habitación del hospital y Valenti se comporta como de costumbre, no vuelve a mencionarme a Jack ni a intentar hacer de alcahueta. Me dan el alta en cuestión de horas y nos vamos a casa.

Al entrar les confieso un poco avergonzada que necesito estar sola. Mi tío se siente dolido hasta que Catalina le explica que a nadie le gusta llorar acompañado y que me merezco esa intimidad. Luciano acepta, pero antes de irse me da un abrazo y un beso en la frente. Desde que he despertado está mucho más afectuoso conmigo y no sé si es porque Fabrizio Tabone estuvo a punto de matarme o porque Catalina Moretti ha reaparecido en su vida.

Catalina también me da un abrazo y se despide de todos diciendo que se va a su casa. A mi tío no le hace ninguna gracia y me alejo por el pasillo con su discusión de fondo. En mi dormitorio, lo primero que veo es el violín de mi madre encima de la cama.

Está arreglado y hay una sencilla nota delante.

Esto sí he sabido arreglarlo. Quiero oírte tocar algún día. Tuyo. Jack.

Lloro y sé que cuando deje de hacerlo le pediré a Toni que me lleve a Vanderbilt Avenue.

Es el lugar en el que necesito estar si de verdad quiero recuperarme.

CAPÍTULO 27

Jack
Vanderbilt Avenue
1940

Pasarme el día y la noche trabajando me ayuda a mantenerme alejado de Siena. No puedo dejar de pensar en ella, así que ni siquiera lo intento, pero después de lo que sucedió la última vez siento que debo darle tiempo.

Me comporté como un cretino y un egoísta. Mi numerito de los celos no estaba justificado, aunque si soy sincero conmigo mismo sigo teniendo ganas de estrangular al bueno de Gianni. Entiendo y sé, en lo más profundo de mi ser, que lo que Siena comparte conmigo no lo ha sentido por nadie. Pero eso no significa que tenga que gustarme la idea de que otro hombre haya estado dentro de ella y la haya besado. Yo nunca había sentido nada remotamente parecido por nadie.

Vanderbilt Avenue

Había estado con mujeres, no demasiadas, la verdad. El sexo no ocupaba ningún lugar en mi lista de necesidades hasta que conocí a Siena. Cuando necesitaba acudir a algo para olvidar o para recuperar la calma, la violencia y el dolor eran lo único que me ayudaba.

Eran lo único que mantenía a raya el vacío.

Hasta que llegó Siena y el vacío dejó de existir.

Fue doloroso, sigue siéndolo. Uno no puede llevar más de diez años sin sentir nada y empezar a hacerlo como si tal cosa. Por eso estaba tan confuso, por eso opuse tanta resistencia, porque dolía y porque me daba miedo no estar preparado para soportarlo.

Y no lo estoy. Nunca he estado preparado para Siena.

Al superintendente Anderson no le gustó que pusiera a Cavalcanti sobre aviso. De hecho, si esa noche en la biblioteca hubiera podido, me habría ordenado callar allí en medio de la negociación con Tabone. Pero mi comportamiento heroico ha dado sus frutos. En Little Italy hablan de mí como si fuera el hijo pródigo y la gente me trata con respeto y cierto cariño.

Es reconfortante, supongo, y un poco incómodo. De momento, sin embargo, me está siendo muy útil para conocer mejor a mis padres, a mis verdaderos padres. Al parecer eran personas increíbles y el barrio está lleno de gente que los recuerda con mucho cariño. Quizá algún día viaje a Italia en busca de mis raíces.

Quizá lo haga cuando tenga las mías bien plantadas junto a las de Siena.

La mañana después de que Siena se despertase en el hospital fui a ver a Anderson y le presenté la dimisión. Él la rompió ante mis narices y me dijo que me tomase unos días libres y que no dijese estupideces. Al parecer soy un «jodido buen policía» y no está dispuesto a perderme por una tontería.

Me abstuve de decirle que matar al hombre que me había criado porque este estaba a punto de degollar a la mujer que yo amaba no era ninguna tontería y acepté los días libres.

Llaman a la puerta y dejo lo que estaba haciendo, intentar colgar un estúpido cuadro en el comedor, para ir a abrir. Nick ha pasado a verme unas cuantas veces desde lo de la biblioteca. No me atrevería a decir que nuestra amistad es como antes, al fin y al cabo entonces teníamos dieciocho años y ahora tenemos diez más, pero puede llegar a ser algo muy interesante.

Abro sin prestar atención y cuando veo a Siena allí de pie me quedo sin respiración.

—Siena.

—Hola, Jack. —Ella está nerviosa, me mira, pero no se mueve. No da el paso que la llevaría a entrar en mi apartamento.

—¿No quieres entrar?

—Antes tengo que decirte algo.

«No quiere saber nada más de mí».

Veo que aún lleva una venda alrededor del cuello, es mucho más fina que la que llevaba en el hospital, y ha podido hablar.

«Pues claro que va a dejarme. El hombre que me crio ha estado a punto de matarla».

Me sujeto a la puerta y me digo que aguantaré estoico lo que quiera decirme.

—Te mentí, Jack.

No, no voy a poder soportarlo.
—¿Cuándo?
—Cuando te dije que me estaba enamorando de ti.
Respiro por entre los dientes. Joder, duele demasiado. Aprieto la puerta y por suerte una astilla de madera se me clava en la palma de la mano.
—No importa —me obligo a decir—. Lo entiendo.
—No, no lo entiendes. —Da un paso hacia mí.
No puedo respirar.
—Créeme, lo entiendo.
—Te amo, Jack. Te amo con toda el alma.
Jamás habría podido imaginar el impacto que me causaría oír estas palabras. Me quedo sin aliento y al mismo tiempo siento que puedo respirar por primera vez en la vida. Mi piel arde de lo rápido que circula la sangre y mis sentidos se sintonizan con esa mujer.
—Siena...
Suelto la puerta y me acerco a ella. Tengo miedo de tocarla, de que se desvanezca en cuanto lo haga o de que se quede aquí y yo caiga de rodillas ante ella.
—Te amo, Jack.
La cojo por la cintura y tiro de ella hacia el interior del apartamento. Cierro la puerta con un puntapié y aprisiono a Siena entre mi torso y la pared.
Allí estaba la primera vez que la besé.
Tengo que volver a besarla.
Siena aparece.
Siena aparece y me besa.
Siena me besa.
Siena me ama.
SIENA ME AMA.

No puedo contenerme, necesito estar dentro de ella, recuperar y acumular besos, memorizar los sonidos de su piel, dibujar caminos secretos en su cuerpo que solo yo recorreré durante el resto de mi vida.

La beso, mi lengua busca la suya, la rodea, la abraza, la saborea, no puede apartarse. Mis labios no existen lejos de Siena, allí respiran, viven, vibran. Solo allí sienten. Mis manos... mis manos enloquecen. Rompen los botones de la blusa y la desnudan con suma torpeza. Ni siquiera me importa, lo único que sé es que tengo que eliminar las barreras que me separan de ella. La blusa —rota— acaba en el suelo junto con mi camiseta, que ella me ha pasado por la cabeza. Su falda, creo que esta consigo mantenerla a salvo, también pasa a formar parte del montón de ropa. La camisola, los zapatos, mis pantalones.

Iba descalzo y me doy gracias por ese pequeño instante de genialidad.

Cojo a Siena en brazos, la levanto del suelo y la miro a los ojos.

—Si esto que siento es amor no entiendo que el mundo no estalle en mil pedazos. —Agacho la cabeza y devoro sus labios—. Es imposible que esto que tengo aquí dentro sea solo amor. Imposible.

Siena sonríe y con una mano en mi nuca tira de mí hacia ella.

—Dime que me amas, Jack. No te pasará nada.
—Te amo.

Vuelve a sonreírme.

—Te amo, Siena. Pero el amor es solo el principio.

No sé cómo explicarle lo que siento. No estoy siendo romántico cuando le digo que estoy completamente seguro de que no es solo amor. Lo que siento por Siena es mucho más, lo es todo. Sí, ella tiene razón al asumir que tengo miedo. ¿Cómo no voy a tenerlo?

He perdido mi identidad dos veces y he sobrevivido.

Si pierdo a Siena, desapareceré. Lo he sentido, lo sé.

Joder, la necesito.

LA AMO.

Siena lo es todo.

La tumbo en la cama y le recorro el cuerpo a besos. No me bastará con uno ni con infinitos, empezaré y no acabaré nunca. Un beso en una peca, otro en la clavícula. Otro en esta cicatriz de cuando era pequeña que he decidido que me pertenece.

Le beso los pechos, no me aparto hasta que su cuerpo y el mío se niegan a separarse, pero yo sigo negándonos esa unión. Esperaré.

Esperaré.

Le beso el estómago, recorro el ombligo con la lengua y la sujeto por la cintura. Siena desliza los dedos por mi pelo y me estremezco.

Beso su sexo, ella gime y pronuncia mi nombre.

—Yo odio que otro hombre te haya visto así —confieso antes de hundir la lengua en su cuerpo.

—Nadie me ha visto así, Jack. Solo tú.

Muevo la cabeza y me prometo recordar cada uno de los suspiros que le arranco.

No puedo más.

La necesito.

—Lo odio porque yo nunca he estado así con nadie —las palabras escapan de mi garganta. Quedo completamente desnudo ante ella.

—Jack, por favor... ven aquí.

Vuelvo a besarla, sentir su placer me convierte en un ser primitivo, me reduce a la única verdad que existe dentro de mí.

Amo a Siena.

—Estaba vacío por dentro, Siena —sigo hablando, no puede quedar nada entre nosotros—. Solo podía sentir dolor.

—Chis, Jack. —Me acaricia el pelo y las mejillas—. Ven aquí. Te necesito. Te amo.

Siena me ama.

No puedo más.

Me aparto de ella y apoyo el peso en los brazos. Al verla allí desnuda ante mí siento un deseo tan desgarrador que tengo miedo de hacerle daño. Lo quiero todo con ella, no seré capaz de contener nada ni de ocultarle ninguna de mis reacciones o de mis anhelos.

—Solo podía sentir dolor, Siena. Por eso iba al gimnasio de Shen a pelearme con esos pobres desgraciados, para sentir algo. Lo que fuera. Para sentir que estaba vivo. Pero ahora, contigo —me coloco frente a su cuerpo y la penetro despacio—, tengo miedo de sentir demasiado.

—Estoy aquí, Jack, y yo también tengo miedo.

—Joder, Siena, cuando estoy dentro de ti siento demasiado.

—Jack...

La beso, aparto una mano y le acaricio los pechos. Ella gime y arquea la espalda y la penetro aún más.

—Joder, es perfecto.

—Te amo, Jack.

Cierro los ojos, ella me acaricia la espalda.

—Yo también te amo, Siena.

El orgasmo me rompe y me recompone, mi cuerpo desaparece y se funde con el de Siena. Me basta con existir dentro de ella.

Siena me besa.

Siena me besa y me susurra una y otra vez que me ama.

Siena me conoce, ella sabe quién soy y me ayudará a encontrarme.

—Dios mío, Siena, no me dejes nunca. Te amo, te deseo, te necesito.

—Te amo, Jack.

La abrazo, mis brazos la aprietan y me dejan claro que no están dispuestos a soltarla. Solo tienen sentido con ella. Ella me acaricia el rostro, me aparta el pelo de la frente y vuelve a besarme. El beso sigue, es dulce, es apasionado. Es el principio de Siena y de Jack.

—Aún estás dentro de mí —susurra ella pegada a mis labios.

—Lo sé —sonrío.

Siena me hace sonreír.

Nos movemos de lado, Siena tiembla y echa la cabeza hacia atrás. Yo la acaricio entre las piernas, muevo la otra mano por su espalda y hundo los dedos en sus nalgas. Siena suspira en medio del beso y me hace gemir.

—Siempre había relacionado estar vivo con la violencia —le digo mirándola a los ojos. Es tan abrumador ver el amor allí reflejado—. Pero ahora, contigo, es distinto.

Tiro de Siena hacia mí, levanto una pierna y la coloco encima de su cintura para estar completamente unidos. Nuestras pieles resbalan por el sudor, los dos estamos tan excitados que nos cuesta respirar.

Siena me ama.

Tengo que cerrar los ojos un segundo, solo un segundo, para contenerme.

—Existo cuando estamos juntos, quiero besarte, acariciarte y hacerte el amor. Pero también siento el instinto animal de follarte, de gritar que eres mía y de poseer todas y cada una de las reacciones de tu cuerpo. Como esta.

Muevo ligeramente las caderas y ella abre los ojos y se humedece los labios.

—Jack...

—Y quiero que tú sientas lo mismo por mí. Quiero tu ternura y tu amor, pero también quiero tu deseo, tu verdad. Quiero que toques solo para mí, Siena.

—Jack, por favor. Ya lo tienes, lo tienes todo. —Me clava las uñas en el pecho—. Por eso estoy aquí.

—Dime que vas a quedarte.

—Voy a quedarme.

—No puedo más, Siena. —Gimo, la beso, estoy tan excitado que me duele moverme.

—Te amo, Jack.

Me rompo, me pierdo, me rindo. Siena me salva, Siena lo es todo.

Siena me ama.

Unas horas más tarde me despierto sobresaltado al no encontrar a Siena en mi cama y cuando abro los ojos salgo desnudo de ella. Si se ha ido, si me ha abandonado...

Me detengo en seco al encontrarla en el comedor observando atónita el cuadro.

—¿Estabas colgando un cuadro?

Ella también está desnuda debajo de mi camisa. ¿Por qué se me acelera tanto el corazón al verla así?

—Sí.

Siena se da media vuelta y se sonroja al descubrir mi estado, desnudo y excitado de nuevo.

—¿Este cuadro?

Sí, es una imagen de Siena, la ciudad.

Soy un estúpido.

—Sí, es un lugar precioso.

Siena me sonríe.

Yo tengo que acercarme a besarla.

—Te amo, Jack.

—Ven a la cama y hazme el amor —le pido.

—Me gusta el cuadro —me dice mientras la llevo en brazos a la cama—. Me gusta estar aquí.

Vuelvo a besarla, esos besos me desnudan y me obligan a confesarle hasta mi último secreto.

—Elegí Vanderbilt Avenue porque me pareció que desde aquí podía escapar a cualquier parte.

—¿Y ahora?

Me mira, me besa. Me convierte en un idiota.

—Ahora no quiero escapar a ninguna parte.

Siena me besa, se coloca encima de mí en la cama y sonrojada, pero decidida me desliza hacia su interior.

Me enloquece.

Me reduce a puro instinto.

Me arranca hasta el último temor.

—Joder, Siena. Te amo.

—Y yo a ti, Jack. —Se tumba encima de mí y me susurra al oído—: Bienvenido a casa.

CAPÍTULO 28

Casa de Luciano Cavalcanti
Little Italy
Unos meses más tarde

Luciano había perdido la cuenta de los intentos de asesinato y traiciones a las que había sobrevivido. Le gustaría poder decir que dicha capacidad de supervivencia era fruto de su astucia, pero tenía que reconocer que la suerte también había jugado un papel importante. Siempre había sido un hombre con suerte, suerte de no dejarse dominar por la absoluta oscuridad de Adelpho, suerte de no creer en la inocencia tan a ciegas como había creído Cosimo.

Suerte de ser una mezcla equilibrada de sus hermanos.

Esa era su mayor suerte, no ser tan negro como Adelpho ni tan blanco como Cosimo.

Pero si Fabrizio Tabone hubiese matado a Siena ante los ojos de Luciano, Adelpho habría parecido un ángel comparado con lo que él habría hecho. Se habría convertido en el monstruo que sabía que se ocultaba en su interior. Uno mucho peor que cualquiera que hubiese existido antes en su familia.

Luciano lo descubrió cuando era pequeño. Debía de tener ocho o nueve años cuando comprendió que los Cavalcanti eran mala hierba. Cosimo era la única excepción, era el único lo suficientemente valiente para tener corazón, o quizá lo fue porque se enamoró cuando apenas era un crío de esa violinista francesa y lo dejó todo para irse con ella.

Cuando Cosimo se casó y abandonó a Luciano en Italia, este supo que si no se iba de allí acabaría sucumbiendo a la maldad de Adelpho. Era lo más lógico, lo más cómodo, lo que todo el mundo esperaba de él. Quizá, si se hubiera quedado, las cosas habrían sido distintas, pensaba Luciano algunas noches antes de acostarse cuando se tomaba un whisky en el jardín de su casa y observaba el cielo de Nueva York, un cielo que no se parecía en nada al de Nápoles.

Quizá, si se hubiese quedado, Adelpho no habría conocido jamás a Teresa Abruzzo y no se habría encaprichado de ella. O quizá la habría conocido de todos modos, pero Luciano habría podido impedir que Adelpho contratase a esos matones para dar una paliza a Roberto, el esposo de Teresa.

Quizá entonces los Abruzzo no habrían viajado a América y seguirían con vida en Italia, quizá estarían a punto de ser abuelos gracias a su hijo Jack. Quizá tendrían más hijos. Quizá Jack nunca sabría qué se siente al matar a un hombre.

Demasiados quizá, pensó pasándose los dedos por el pelo. Quizá no habría podido impedir nada y el destino de los

Abruzzo habría sido aún peor, aunque le resultaba difícil imaginarse algo peor a lo que habían sufrido.

Adelpho y él se habían mantenido en contacto, al fin y al cabo no solo eran hermanos sino socios. Hasta ahora. Ellos dos no veían el mundo del mismo modo, Adelpho necesitaba el poder y el miedo que instauraba con él para respirar, a Luciano con el poder sobre las personas adecuadas le bastaba. Los dos querían amasar una fortuna, sin embargo Luciano sabía que en algún momento se detendría. A Adelpho tendrían que detenerle los demás. Por eso Luciano había visitado Chicago, para negociar con el resto de familias su salida del negocio y para dejar claro que Adelpho y él no tenían ya ninguna vinculación.

Le había costado muchísimo convencerles de que realmente los hermanos Cavalcanti eran dos personas distintas. Luciano suponía que no podía culparlos, pero al final había tenido que contenerse para no decirles que por él bien podían mandar un asesino a Italia y eliminar a Adelpho de lo poco que le importaba. No lo hizo porque a pesar de todo Adelpho era su hermano.

La sangre siempre estaría allí.

La única vez que había estado a punto de matar a Adelpho fue tras la muerte de Cosimo. Su hermano y su preciosa esposa volaron por los aires porque un enemigo de Adelpho creyó que a él le importaría, que sería un excelente modo de vengarse y de hacerle daño. Sí, Adelpho se puso furioso, pero no porque hubiese muerto parte de su familia, sino porque lo consideró un atrevimiento, un insulto hacia su persona. A Luciano eso le importó una mierda, él se habría dejado insultar o humillar por toda Italia si con ello hubiese conseguido recuperar a Cosimo.

Vanderbilt Avenue

Cuando Luciano sobornaba a la policía de Nueva York, compraba a un juez, o metía ilegalmente alcohol en Estados Unidos, se decía que no debía ser tan malo si tenía un hermano como Cosimo. La cruel muerte de Cosimo le obligó a abrir los ojos, se estaba engañando. Quizá él no fuese el asesino sanguinario que era Adelpho, pero distaba mucho de ser un hombre de negocios común y corriente.

Fue entonces cuando tomó la decisión de retirarse. Le llevó más tiempo del que había creído y se lo ocultó a su sobrina Siena hasta que creyó que ya no le quedaba ningún cabo suelto. Jamás se habría imaginado que Fabrizio Tabone fuera a resurgir de entre los muertos. Ese había sido quizá el segundo mayor error de su vida: subestimar a Tabone. El primero había sido no romper antes sus lazos con Adelpho y las familias de la mafia.

Alguien golpeó la puerta del despacho y le obligó a alejarse de sus pensamientos. No esperaba a nadie, había soportado visitas e interrogatorios durante semanas tras el incidente de la biblioteca y en cuanto la policía cerró el caso dio órdenes a sus empleados de que no dejasen entrar a nadie en casa.

Bajo ningún concepto.

«Siena».

Se giró sobresaltado hacia la entrada, no tendría que haber permitido que se fuera con ese maldito detective. El único motivo por el que lo había hecho era porque en el fondo sabía que no podía impedírselo, pero si le había sucedido algo...

La puerta se abrió y se detuvo en seco, había empezado a caminar y fue incapaz de dar un paso más.

—¿Qué está haciendo aquí, señorita Moretti? —Cerró los puños y respiró despacio. Dio gracias a Dios por los años que se había pasado ocultando sus emociones tras una perfecta máscara de indiferencia. Entrecerró los ojos—. ¿Cómo ha llegado aquí? Es de noche y creía que tenía el suficiente sentido común como para no salir a deambular por la ciudad a estas horas.

Catalina se había preparado para este momento, sabía que iba a encontrarse con un hombre frío y decidido, distante. Sabía también que él no iba a alegrarse de verla y que intentaría echarla o hacerla enfadar para que se fuera.

No iba a caer en la trampa.

—¿Quiere que hablemos del sentido común, señor Cavalcanti? —Se quitó los guantes y sujetándolos en una mano se desabrochó los botones del abrigo con la otra. Vio que él desviaba hacia allí la mirada durante un segundo y tuvo que morderse el interior de la mejilla para no sonreír—. Por mí, perfecto, ¿puede explicarme por qué lleva días sin apenas comer o dormir? Tiene a su sobrina y a sus amigos muy preocupados.

Luciano tardó un poco en reaccionar. La muy astuta llevaba ese vestido púrpura que encerraba tantos recuerdos entre sus costuras.

—¿Amigos? —Él no tenía amigos.

—El señor Valenti y Toni, entre otros —le explicó Catalina.

Luciano se percató entonces de que Valenti estaba de pie junto a la puerta y adivinó cómo había llegado la señorita Moretti hasta allí.

—No son mis amigos, son mis empleados. O lo eran. Estás despedido, Valenti, y dile a Toni que se largue.

—Por supuesto, señor Cavalcanti —afirmó Valenti sin inmutarse—. ¿Necesita algo más, señorita Moretti?

Vanderbilt Avenue

—No, Valenti, muchas gracias. Puede irse a casa, el señor Cavalcanti y yo estaremos bien —contestó sin apartar la mirada del hombre que tenía delante y que se la devolvió furioso.

Valenti les dio las buenas noches y cerró la puerta del despacho, convencido de que había hecho lo correcto al llevar a la señorita Moretti allí, aunque suponía que su jefe y amigo, Luciano Cavalcanti, no lo veía así de momento. Esperó unos segundos en el pasillo y no oyó nada. Se imaginó al hombre y a la mujer que había en el despacho midiéndose con sendas miradas, suspiró cansado y decidió irse a casa.

Llevaba demasiados días sin dormir más de dos horas seguidas. Ya tendría que estar acostumbrado a las pesadillas, pero desde esa maldita noche en la biblioteca habían aumentado. Todo había acabado bien, Siena, a la que él consideraba una hermana, estaba sana y salva, y Jack y ella estaban arreglando las cosas. A Jack iba a resultarle difícil recomponerse después de lo sucedido, pero Valenti confiaba en su amigo. Quizá llevaran años sin verse y sin hablarse, pero sabía que Jack era el hombre más valiente y más terco que había conocido nunca e iba a salir adelante. El hijo de puta de Tabone estaba muerto y la policía por fin les había dejado en paz. Los negocios iban viento en popa, tanto los de Cavalcanti como los suyos, y uno de sus proyectos más queridos pronto vería la luz.

Todo iba bien.

Sacó la moneda del bolsillo y la miró.

Todo iba bien, que él se sintiera como si tuviese ganas de gritar o que se despertase empapado de sudor no tenía nada que ver con eso. Llevaba meses, años, trabajando demasiado y nunca se había permitido ningún periodo de duelo por su *pérdida. Era normal que ver a Siena en manos de ese asesino, con una navaja en el cuello, trajese de vuelta los recuerdos.*

Guardó la moneda en el bolsillo y pensó que tenía que meterla en un sobre y mandársela a Sandy, era su turno, aunque quizá esta vez la recibiría con unos días de retraso. Se pasó las manos por el pelo ignorando que estaban temblando y se despidió de Toni. A pesar de las órdenes del señor Cavalcanti, Toni había decidido instalarse en uno de los dormitorios para invitados y, a decir verdad, a Valenti le parecía una decisión acertada.

Entró en el coche y tomó la carretera que lo llevaría al infierno.

Catalina Moretti sabía que esa iba a ser la única oportunidad que iba a tener de hacer reaccionar a Luciano, por eso no podía equivocarse. Tenía que ser completamente sincera con él y confiar en que entonces él lo sería con ella. Le sudaban las manos, no estaba ni la mitad de segura de lo que había intentado aparentar. Los efectos que ese hombre tenía siempre en ella eran ridículos, pensó mientras intentaba ordenar los pensamientos. Hacía cinco años que le conocía y había pasado de despreciarle a estar intrigada por él, de desearle a amarle como nunca había creído posible. Pero él no lo sabía, ella se había esforzado mucho en ocultárselo.

Ese había sido su mayor error, su única defensa era que estaba asustada. Ella había creído estar enamorada una vez. Dario había sido su mejor amigo, un chico dulce y encantador que había muerto por sus ideales. A Catalina le había costado mucho recuperarse, pero a medida que rehacía la vida en Nueva York no podía evitar caer en la cuenta de que Darío jamás habría encajado allí y que no le habría gustado que ella lo hiciera. Una noche, años atrás, se dio cuenta de que no habría sido feliz con Darío. Fue la noche que Luciano la besó por primera vez (y ella lo abofeteó), y cuando Luciano se fue del apartamento hecho un basilisco Catalina lloró durante horas.

—Deberías irte, Catalina —le dijo Luciano sin moverse de donde estaba—. Iré a buscar a Toni y le pediré que te lleve de regreso a tu casa.

Ella suspiró, él había vuelto a llamarla por su nombre y a ella el corazón había vuelto a latirle. No iba a irse de allí.

—¿Qué estás haciendo, Cian?

Él entrecerró los ojos, solo ella lo llamaba así.

—Iré a buscar a Toni —repitió, pero esta vez empezó a caminar y se dirigió hacia la puerta.

Catalina le cogió por la muñeca cuando pasó por su lado.

—No me iré.

—Suéltame —farfulló Luciano con la mirada fija en la pared.

—¿Qué ha pasado? ¿Ha venido a verte otra vez la policía? ¿Es la gente de Chicago? —Le costó formular la última pregunta. Tuvo que tragar para aflojar el nudo que tenía en la garganta.

Luciano se dio cuenta, soltó el aire que tenía en los pulmones y se giró a mirarla.

—Chicago siempre formará parte de mi vida y tú ni siquiera puedes hablar de ello sin temblar. Suéltame, Catalina.

Ella levantó la cabeza. Él era mucho más alto, y estudió aquel rostro que tanto significaba para ella.

—¿Por eso me dejaste el otro día? ¿Por Chicago? —No le soltó la muñeca y levantó la otra mano para acariciarle el rostro. Él respiró entre dientes.

—No, Chicago no tiene nada qué ver. Ya te dije que...

—Sí, recuerdo perfectamente lo que me dijiste —«y lo mucho que había odiado cada una de sus palabras»— recuerdo que dijiste que te aburrías conmigo, que preferías variar y que no querías hacerme daño con tus infidelidades.

—Así es.

Luciano palideció, su cuerpo lo estaba traicionando. Por mucho que lo había intentado había sido incapaz de apartarse de la caricia de Catalina. Aunque solo fuera durante unos segundos necesitaba sentir la mano de ella sobre su piel.

—¿Y bien?

—¿Y bien qué? —Luciano no podía pensar.

—¿Dónde está la cabaretera o la actriz de turno? ¿Te está esperando en el dormitorio? —Si él le contestaba que sí, no podría soportarlo, pero lograría fingir y no se derrumbaría hasta que estuviera a solas.

—Yo... —tragó saliva y tuvo que humedecerse los labios— no hay nadie. —Ella le sonrió y él comprendió que había cometido un error—. No vienen a casa, los hoteles son mucho más cómodos.

Catalina perdió la sonrisa, su corazón acusó el golpe. Hasta que vio que los ojos de Luciano se oscurecían y el marrón oscuro adquiría el tono caoba de sus emociones.

—Está bien, te creo —afirmó ella arriesgándose como nunca—. Te acuestas cada día con una chica de la edad de tu sobrina y a mí ni me necesitas ni me has echado de menos.

—Exacto.

—Pero dime, Cian.

—No me llames así —farfulló.

—¿Te sirve de algo, Cian? —Le soltó la muñeca y él no se movió de donde estaba, parecía petrificado, incluso incapaz de parpadear. Se puso de puntillas y le sujetó el rostro entre las manos—. Yo diría que no, yo diría que te has pasado estas últimas semanas encerrado en esta casa sin apenas comer y dormir. Diría que tu comportamiento tiene a tu sobrina tan preocupada que se plantea si es culpa suya que estés así y que tus empleados están tan perdidos que incluso han acudido a mí.

—Vete a casa, Catalina —dijo tenso entre dientes—. No deberías de haber venido. No quiero que estés aquí.

Catalina no le escuchó. Hizo lo que le pedía siempre a cualquiera de sus alumnos cuando no lograba tocar bien una melodía, le tocó. Buscó la verdad en los ojos de Luciano, en el modo en que tensó los hombros, en cómo el torso de él subió y bajó rozando el de ella, en la sien que palpitó bajo su mirada.

—Deja de mentirme y cuéntame qué te pasa.

—¿Entonces te irás? —Tenía la espalda rígida y apretaba los puños, rezando para que ella no se diese cuenta.

—Entonces me iré. —Apartó las manos del rostro de él, pero no retrocedió—. Si me dices la verdad.

Luciano suspiró exhausto y resignado se dirigió al mueble donde guardaba el whisky para servir dos vasos. Quería ofrecerle uno a Catalina, pero descartó la idea porque no se veía capaz de volver a acercarse a ella y no besarla. O hacerle el amor allí mismo.

—Chicago no desaparecerá nunca. Puedo haberme retirado y te juro por lo más sagrado que lo he hecho, no tengo intención de vulnerar ni la más estúpida e insignificante de las leyes de este país, y las hay muy estúpidas, créeme. —Bebió el whisky—. Y aun así, aunque me convierta en un ciudadano modélico, aunque me convirtiese en el jodido alcalde de esta ciudad, Chicago seguirá existiendo.

Catalina tuvo que tragarse las lágrimas porque podía adivinar qué le estaba diciendo Luciano y se negaba a aceptarlo.

—No es posible que me estés diciendo que me has dejado por mi bien. —Llegó adonde estaba él y vació el vaso que aún tenía whisky—. Y me niego a creerme que ahora, semanas después de lo que le sucedió a Siena, te sientas culpable o hayas decidido convertirte en un estúpido mártir.

—Tú no lo entiendes...

Le dio una bofetada. El rostro de Luciano giró casi noventa grados y Catalina se llevó horrorizada la mano a los labios, le escocía de la fuerza del golpe.

—¡No me digas que lo entiendo! ¡No te atrevas a decirme tal cosa, Cian! ¿Qué ha cambiado? Fuiste tú el que me dijo que teníamos que darnos una oportunidad, fuiste tú el que me pidió que confiase en ti. Y mírame, soy una idiota, confié en ti, te di una oportunidad y ahora... —Se secó dos lágrimas que le surcaban la mejilla—. A mí puedes dejarme, pero no te encierres en esta casa. Sal, has luchado mucho para tener una vida, vívela. Cuida a Siena y sé feliz con ella y con —se le rompió la voz— con quien tú quieras.

Tras esa última frase, Catalina supo que si quería conservar como mínimo una parte del corazón intacta tenía que irse de allí. Se dio media vuelta y caminó hasta donde había dejado los guantes y el abrigo. No corrió, se los puso despacio porque quería demostrarse que podía sobrevivir sin él. Quizá lo amara durante el resto de su vida, pero no se pasaría esa vida escondiéndose.

—Adiós, Cian —le dijo de espaldas al llegar a la puerta—. Le pediré a Toni que me lleve a casa —suspiró—. Procura salir a cenar algo y aféitate, tal vez así tu sobrina y Valenti dejaran de preocuparse por ti y no vuelvan a traerme aquí para ver si puedo hacerte entrar en razón. Cuídate.

Abrió la puerta y dio un paso.

No pudo dar un segundo.

Luciano cerró la puerta, la sujetó por la cintura y la giró para besarla. La besó dolido, furioso, excitado, preso de la confusión y del miedo y también de un amor que nunca había logrado comprender y al que no había podido resistirse.

—Me has pegado, Catalina —susurró entre dos besos.

—Te estabas comportando como un estúpido mártir. Vuelve a besarme.

Luciano sonrió y obedeció, y empezó a desabrocharle sin ninguna finura los botones del abrigo.

—¿Por qué diablos has venido? —Lanzó el abrigo al suelo y se dedicó al vestido—. Joder, Catalina, para una vez que intento hacer lo correcto.

—No es verdad. —Ella le desabrochó la camisa—. Dime la verdad.

—Ven aquí, aún no puedo pensar.

La levantó en brazos y la llevó al sofá que tenía en el despacho y en el que tantas veces se había imaginado haciéndole el amor a esa mujer. Solo a esa mujer.

—Cian...

Luciano perdió la calma y entró dentro de ella al mismo tiempo que quedaban tumbados en los cojines de piel y seda negros.

—Siempre habrá un Tabone, alguien a quien ofendí o jodí en el pasado que quiera hacerme daño.

—Lo sé —susurró ella besándolo.

—O quizá será alguien que busque vengarse de mi hermano.

—Cállate. —Catalina deslizó las manos por debajo de la camisa y él se estremeció perdido en los siguientes besos.

No era el momento de hablar, era el momento de reconocer por fin lo que eran el uno para el otro. Lo eran todo.

Al terminar, Luciano se quedó observando los ojos de Catalina y sin decir ni una palabra la levantó del sofá y la llevó en brazos hasta su dormitorio. Allí volvieron a hacer el amor, se entregaron el uno al otro en silencio y sin dejar de mirarse. Él no le ocultó nada y se permitió sentirla sin ningún remordimiento.

Después, cuando sus cuerpos pudieran soportar separarse, iba a dejarla de nuevo.

—No permitiré que me eches de tu vida, Cian —le dijo ella al oído adivinándole el pensamiento. Estaban desnudos, abrazados bajo la sábana—. Te amo.

Él cerró los ojos, ella nunca se lo había dicho, se había dicho que no le importaba, que podía entender que no sintiera amor por él, eso ella lo había sentido por el perfecto y santo Dario. Luciano se había dicho infinidad de veces que no le importaba, que se conformaba con el deseo, un sentimiento mucho más adulto y propio de su edad. Se había dicho muchas estupideces para ocultar la verdad, tenía miedo de que Catalina jamás pudiera amarlo.

Y tenía miedo de no poder amarla.

—No es verdad —farfulló Luciano a la defensiva. Estaba al borde del infarto y buscó instintivamente el arma que guardaba en la mesilla de noche, jamás había tenido tanto miedo.

—Por supuesto que es verdad. Te amo, Cian. Créeme.

Luciano se obligó a apartarse de ella y apoyándose en las palmas de las manos la miró. Se le paró el corazón. No tenía un infarto, él también la amaba.

—Yo... —balbuceó. Un hombre de su edad y balbuceó.

—Dime una cosa —Catalina le acarició el pelo y él movió el rostro para besarle la piel del interior del brazo—. Si tienes razón y aparece alguien de tu pasado, ¿por qué iba a tener que venir tras de mí?

Él enarcó una ceja y la miró.

—Sabes perfectamente por qué.

—Y si esa persona me encuentra y me hace daño, ¿qué pasará?

—Ni se te ocurra.

Ella levantó la otra mano y capturó el rostro de él entre ellas.

—Mañana puedo estar muerta, Cian, y tú también. Quizá no será nadie de tu pasado, quizá iré en un tranvía y tendré un accidente o quizá me pondré enferma. La vida es así y lo sabes. Sé que lo sabes porque tú me obligaste a reconocerlo, tú me has devuelto a la vida con tu insistencia, tus discusiones, tus besos y... —Le brillaron los ojos y se humedeció los labios—. Eres un hombre listo y te amo, así que dime, ¿quieres estar conmigo sí o no? Porque si quieres estarlo...

No la dejó terminar, volvió a besarla y sus cuerpos buscaron instintivamente el modo de quedar completamente unidos.

—Te amo, Catalina.

Ella sonrió y no dejó de besarlo y él no dejó de repetir «te amo, Catalina» una y otra vez. Llevaba demasiados años guardándolo.

EPÍLOGO

Siena
Vanderbilt Avenue

He salido del conservatorio y he venido directa aquí. Apenas puedo contener las ganas que tengo de ver a Jack y de contarle lo que he averiguado. Espero que le guste, estoy nerviosa, muy nerviosa.

El ensayo de hoy ha sido intenso, me ha servido para no pensar en el papel que tengo arrugado en la mano. Ahora, sin embargo, me entran las dudas, quizá debería de haber esperado hasta la noche. Jack iba a venir a buscarme a casa e iba a llevarme a un sitio especial, no sé cuál, pero se me anuda el estómago al recordar cómo me miró al decirlo.

Quizá debería irme. Busco las llaves del apartamento, sonrío sin darme cuenta al revivir en la mente el instante en que Jack me las dio.

La puerta se abre y entra Jack.

Vanderbilt Avenue

No puedo dar ni un paso más, el corazón se me ha escapado por la garganta al verle. Es sumamente ridículo que me provoque esta reacción incluso ahora, aunque me temo que será así toda la vida.

—Siena, estás aquí. —Cierra la puerta sin dejar de mirarme y sin pestañear. Sus ojos me acarician y me erizan la piel—. Estás aquí.

Camina hasta mí y me besa. Suelta el aliento cuando nuestros labios se tocan y yo lo siento deslizarse por mi garganta. Las manos de Jack tiemblan en mis hombros durante unos segundos como si dudase de mi presencia y cuando la da por confirmada aprieta los dedos. El beso sigue, le acaricio el pelo y me pongo de puntillas para estar lo más cerca posible de él.

—Siena —susurra Jack al apartarse—, ¿cómo es posible que te necesite siempre?

No sé la respuesta y él no parece necesitarla porque se agacha de nuevo, vuelve a besarme y busca los botones de mi blusa con urgencia.

Le sujeto las muñecas.

—Quiero decirte algo —le digo con el aliento entrecortado.

Él se detiene y me mira preocupado. Controla el deseo y su mirada se vuelve astuta, suspicaz, con rastros de odio. Le sucede siempre que algo le recuerda lo que sucedió en la biblioteca.

—¿Qué sucede?

—Tranquilo. —Le acaricio el pelo, él cierra los ojos un segundo como si no pudiera evitarlo—. Yo estoy bien. No es eso.

Abre los ojos de repente y los clava en los míos.

—Entonces puede esperar. —Me besa apasionadamente, hay cierta violencia en este beso, una necesidad que no puede permitirse ceder ante la delicadeza. Me muerde el labio y al notar el sabor de la sangre se aparta—. Maldita sea, lo siento, Siena. Lo siento. —Vuelve a acercarse a mí y me besa con cuidado.

—No me has hecho daño. La sangre es tuya.

Le acaricio el rostro y espero a que él asimile lo que le estoy diciendo.

—Aun así, tendría que tener más cuidado contigo.

Me besa el rostro, los pómulos, me rodea con los brazos.

—Me gusta que no puedas contenerte —confieso con el rostro oculto en su camisa. El corazón le late tan rápido que me asusta—. ¿Qué te ha pasado? —Apoyo una mano en el torso, justo por encima del órgano que no deja de bombear sangre a toda velocidad.

—Anderson.

Es solo una palabra, un apellido en realidad, pero sé que puede ocultar mucho más y que Jack necesita explicármelo a su manera. Me echo un poco hacia atrás para poder mirarle y levanto una mano para tocarle la comisura del labio.

—¿Te duele? —le pregunto.

Él sonríe burlón.

—No.

—Creo que debería asegurarme. —Me pongo de puntillas otra vez (su altura no me intimida, sino todo lo contrario) y con los dedos enredados en su nuca tiro de él para besarlo.

Jack me devuelve el beso, no me imagino un mundo en

el que no lo hiciera, y el corazón le late más despacio. Le quema la piel, la mía también está ardiendo, pero su corazón se tranquiliza igual que el mío porque por fin estamos juntos.

Me dispongo a desabrocharle la camisa y él se queda inmóvil hasta que apoyo la mano en su torso desnudo. La intensidad del beso cambia, se vuelve brutal, lleno del mismo fuego que nos devora el cuerpo, y nuestras manos no bastan para quitarnos la ropa y acariciarnos. Jack rompe y rasga algunas de mis prendas que van cayendo al suelo desperdigadas y yo no soy más cuidadosa con las suyas. El único objeto con el que Jack es capaz de ser delicado es su pistola, que deja con cautela encima de la mesa. Después, cuando se da media vuelta, vuelve a mí y me levanta en brazos al besarme.

Llegamos a su dormitorio, los besos no nos bastan, ni las caricias, ni nuestra piel, que insiste en fundirse con la del otro para no separarse nunca. Jack entra dentro de mí, le abrazo porque quiero que se quede para siempre. Jack no se mueve durante unos segundos, tensa la espalda, flexiona los dedos en la sábana a ambos lados de mi cabeza.

—Siena —pronuncia mi nombre—, mírame.

Abro los ojos, el placer me los había cerrado.

—Jack.

—Mírame, no dejes de mirarme. No me ocultes nada, no permitas que te lo oculte yo a ti —me pide con la voz ronca. Una gota de sudor le resbala por la frente.

Con una mano le acaricio el rostro y con la otra le aprieto el brazo con fuerza para intentar contener el impulso que siento de empezar a moverme. Le siento en mi interior, su cuerpo posee el mío con la misma certeza y autoridad que yo poseo el suyo.

—¿No sabes que eso es imposible? No puedes ocultarme lo que sientes, estoy aquí. —Coloco una mano en el corazón—, y tú... —Se mueve, agacha la cabeza para besarme el cuello y me estremezco— tú estás dentro de mí.

—No siempre —farfulla moviendo las caderas sin darse cuenta. Me mira a los ojos y aprieta la mandíbula—. No siempre.

—Siempre.

Se mueve y, tal como me ha pedido antes, no le dejo ocultarme nada. Jack no cierra los ojos y yo tampoco. Mi cuerpo desaparece, el placer y el deseo se entremezclan con el amor y este les convierte en fuego. Antes Jack ha dicho que me necesitaba y creo que ahora entiendo a qué se refería.

—Te amo, Siena.

Tensa la espalda, arquea el cuello y apenas respira de lo doloroso que le está resultando contenerse.

—No —le pido susurrando—, no te contengas, Jack. Hazlo por mí. Yo también te amo.

—No. Joder. —Aprieta los labios—. Es demasiado pronto.

—No, chis, es perfecto. —Tiro de él hacia abajo. Nuestras frentes se tocan, su nariz está junto a la mía—. Te amo.

Me besa antes de gemir y de rendirse. Le siento estremecerse, romperse, recomponerse y convertirse en el hombre más fuerte y hermoso que he visto nunca. Su placer es demasiado y el mío me sacude y me obliga a rendirme a él, a Jack, al hombre al que amo.

Minutos después, él se tumba a mi lado y me aparta el pelo del rostro para besarme con cuidado.

—¿Vas a contarme ahora qué ha pasado, Jack?

Él suspira y me besa despacio, un beso largo y tierno y

lleno de las emociones que solo Jack consigue despertar en mí.

—Anderson ha estado hoy en la comisaría del distrito —empieza mirando al techo—. Ha estado dos horas encerrado con el capitán y después me han pedido que me reuniese con ellos. —Suelta el aliento y gira el rostro hacia mí—. Me han preguntado qué me parecería ser capitán en Little Italy.

Le coloco una mano en el torso y descubro el corazón golpeándole.

—Serías un capitán magnífico.

—Al capitán aún le quedan dos años, pero Anderson insiste en que tengo que decidirme ahora porque necesitaremos todo ese tiempo para preparar la transición.

Quiere hacerlo, puedo sentirlo, igual que puedo sentir su preocupación por mí. Es un hombre maravilloso.

—Tienes que aceptar, Jack. Es tu destino y no se me ocurre ningún hombre mejor que tú para Little Italy.

—No quiero perderte. No lo soportaría.

—A mí no vas a perderme.

—Tu tío sigue siendo Luciano Cavalcanti, más de la mitad de miembros de la mafia de Nueva York visitan tu casa a diario. Será un infierno, Siena. La prensa nos descuartizará y tú correrás peligro por ambos lados. Ni la policía ni la mafia nos dejarán tranquilos.

No puedo negar que las preocupaciones de Jack son legítimas, pero no voy a permitir que sacrifique su vida por el pasado o incluso el presente de mi familia.

—Mi tío está retirado, Jack—. Veo que enarca una ceja y le detengo antes de que vuelva a hablar—. Sí, sé que eso suena ridículo ahora, pero dale tiempo y verás que es verdad. Y, aunque no lo sea, no me importa. Adoro a mi tío, él se convirtió en mi familia cuando perdí a mis padres, y creo desde lo más profundo de mi corazón que está retirado de verdad. Si no lo está, si comete algún delito, sé que harás lo correcto y que lo tratarás como el hombre justo y honrado que has sido siempre.

—No lo soy tanto, aún hay noches que sueño con encontrar a Tabone con vida y torturarle durante horas por lo que te hizo. —Sale de la cama y camina desnudo—. No es solo eso, Siena. Soy feliz contigo, a tu lado he descubierto una felicidad que ni siquiera sabía que existía y tengo miedo de perderla. Little Italy puede arrebatármela, no sería la primera vez que me destroza la vida.

—No, no podrá. —Me levanto y voy a su encuentro—. No vamos a permitírselo. —Le sujeto el rostro y le beso—. Si rechazas este trabajo y dejas la policía, ¿serás feliz?

—Solo te necesito a ti y jamás podría perdonarme ponerte en peligro.

—Aunque nos retirásemos al campo y te convirtieses en granjero, yo seguiría siendo la sobrina de Luciano y Adelpho Cavalcanti, Jack.

—Yo puedo protegerte.

—Lo sé, y también sé que puedo protegerme sola. Esta es tu ciudad, Jack. No podemos irnos de aquí. Vanderbilt Avenue es nuestro hogar.

—¿Lo dices de verdad? ¿De verdad sientes que este es tu hogar?

—Aquí es donde me enamoré de ti, así que sí.

—Cásate conmigo.

Me cuesta tragar, el corazón se me ha subido a la garganta y mi voz no está por ningún lado. Jack se agacha para darme un beso en los labios y ante mi silencio vuelve a hablar.

—No iba a pedírtelo así, iba a llevarte a la ópera esta noche y después… —Se aprieta nervioso el puente de la nariz—. No me esperaba la visita de Anderson de esta mañana. Mientras les oía hablar al capitán y a él, yo solo pensaba en ti, en que tú eres lo único que me importa. Contigo no necesito tener una vía de escape, no me hace falta ajustar las cuentas con el pasado o asegurarme de que nada me ate al presente. Contigo siento tanto que lo único que quiero es vivir, vivir a tu lado y dejar que me sorprendas y me destroces, que me beses, que me asombres, que me obligues a ser valiente y a tener nuevas emociones a diario. Dime que te casarás conmigo, Siena. Por favor.

—Cierra los ojos un segundo, Jack.

Él obedece y a mí me cae una lágrima, Jack dice que no sabe expresar lo que siente y sin embargo ha descrito a la perfección nuestro amor. Levanto una mano y le acaricio el rostro, es tan fuerte, tan mío… Hubo una época en la que creía que jamás derribaría las murallas que protegían sus ojos y ahora puedo perderme en ellos.

—Quieres ser capitán de la comisaría de Little Italy, sabes que lo harás bien. Sabes que te necesitan.

—Yo te necesito a ti.

—A mí me tienes, Jack.

Abre los ojos y sonríe. Está tan guapo cuando baja todas las barreras y solo siente.

—¿Te casarás conmigo?

—Me casaré contigo, capitán.

Me levanta en volandas y me besa.

Me besa.
Me besa y no deja de repetir que me ama.

Jack
Vanderbilt Avenue

Siena está conmigo. Está desnuda en mis brazos y puedo sentir su piel pegada a la mía. No me basta con esto, aunque tendré que conformarme. Hemos hecho el amor, Dios, he perdido la cabeza cuando ella ha accedido a casarse conmigo después de obligarme a reconocer que quiero ser capitán de la comisaria de Little Italy.

Supongo que siempre lo he querido, que una parte de mí necesita cuidar de esas calles porque allí fue donde perdí mi vida... y donde la recuperé.

Suspiro y le acaricio el pelo a Siena. Mi torso está pegado a la espalda de ella y la rodeo por la cintura con el otro brazo. Está despierta, lo sé por cómo respira. Los dos parecemos necesitar esos minutos de silencio para tocarnos y sentir que estamos juntos. Pero una idea reaparece en mi mente y me veo obligado a romperlo.

—¿Qué querías decirme antes? —Aún tengo la voz ronca. No puedo contener ninguna emoción cuando estoy con Siena, carezco de cualquier inhibición y necesito pronunciar su nombre, gemir, gritar lo que me hace sentir en sus brazos.

Siena suspira, suelta el aliento despacio y me hace cosquillas en el vello del antebrazo. Se da media vuelta y detiene los ojos en los míos.

—Valenti consiguió una copia de tu partida de nacimiento —empieza y pierdo parte de la languidez que se había instalado placenteramente en mi cuerpo.

—¿Cómo? ¿Por qué? —Aprieto los dedos en la cintura de Siena y ella incorpora un poco la cabeza para darme un beso.

—No sé cómo. Porque yo se lo pedí —me contesta—. No te enfades con él.

¿Enfadarme con él? Voy a darle una paliza cuando lo vea.

—¿Por qué se lo pediste?

Confío en ella, pondría mi vida en sus manos, pero sigue costándome compartir esa parte tan dolorosa de mi pasado.

—Los periódicos publicaron un montón de barbaridades sobre tus padres y sobre su muerte, pensé que quería darte algo bonito. Un buen recuerdo de ellos.

Mi maldito corazón se encoge ante sus palabras.

—No les recuerdo, amor mío —confieso.

—Lo sé, por eso quería darte algo, por pequeño que fuera. Y pensé que tu partida de nacimiento era tan buen lugar como cualquier otro para empezar.

—Poco a poco, haré las paces con mi pasado, Siena. Es doloroso, me temo que habrá días o momentos en los que el dolor que sentiré será insoportable, pero, mientras te tenga a ti, podré con ello. Podré con todo.

Los ojos marrones de Siena brillan con las lágrimas y ella me besa. Me besa, me besa. No deja de besarme hasta que nuestras respiraciones se convierten en una.

—Encontré el nombre del médico que atendió a tu madre cuando dio a luz —dice ella de repente—. Se llama Jack y se acuerda de ellos.

—¿Cómo dices?

—Fui a verle el otro día, sigue trabajando en el mismo hospital, aunque ahora es el director. Se acuerda de ellos porque tu padre le dijo que te pondrían su nombre en su honor. Al parecer quedaron unas cuantas veces, tus padres le invitaban a cenar por tu cumpleaños. Se hicieron amigos. —Siena habla rápido, quizá tiene miedo de que la interrumpa, pero yo soy incapaz de hablar—. No se enteró de sus muertes porque cuando sucedió él estaba en Europa. Cuando volvió fue a visitarlos y al encontrar el piso abandonado supuso que se habían ido a otra ciudad. No habló con nadie y jamás supo de su trágico destino.

—Dios mío, Siena. Te amo.

Ella me sonríe por entre las lágrimas.

—Le gustaría verte, tengo su dirección anotada en un papel. Creo que se me ha caído en el comedor cuando me has besado al llegar a casa.

—Es la primera persona que quizá pueda decirme algo de mis padres que no tenga que ver con Fabrizio ni con Little Italy —se me rompe la voz— algo de mi infancia.

—¿No estás enfadado? —me mira insegura.

—No, por supuesto que no. —Oculto el rostro en su cuello—. ¿Por qué iba a estarlo? Eres maravillosa.

—Te duele tanto hablar de tus padres que no estaba segura de que quisieras conocer al doctor.

Vuelvo a mirarla, no le oculto las lágrimas que ahora resbalan por mis mejillas.

—Quiero conocerlo, pero necesito que tú estés allí conmigo.

Siena me besa de nuevo.

—Te ayudaré a recuperar a tus padres, Jack. No puedo soportar la idea de que los perdieras por culpa de mi familia.

La aparto de mí despacio, esa frase me ha hecho tanto daño que tengo la sensación de que incluso estoy sangrando.

—No pienses eso, ¿me oyes? ¡Jamás pienses eso!

—No puedo evitarlo. Si Adelpho no se hubiese cruzado en la vida de tu madre, ella... —No puede terminar—. Quizá estaría viva, Jack.

La beso, soy feroz, elimino cualquier reserva y la beso con todo mi ser.

—Yo no puedo soportar la idea de no amarte o de que tú no me ames a mí, Siena, así que no insinúes que mi vida sería mucho mejor con otro pasado porque lo cierto es que sin ti no tendría vida.

—Jack...

Vuelvo a besarla, mi lengua se mueve frenética dentro de la boca de Siena, busca cada rincón, cada suspiro, y mis dedos se aprietan en sus hombros, la retengo contra mi cuerpo.

—Vamos a recuperar mi pasado juntos, pero nada de lo que averigüemos me hará dudar ni por un segundo de que te amo y de que tú no tienes nada que ver con el incendio que mató a Roberto y a Teresa Abruzzo, ¿lo entiendes?

—Pasaste un infierno, Jack, odio que sufrieras tanto.

—Yo no. —Necesito que sepa que es verdad, que jamás lamentaré nada de lo que me ha llevado hasta ella. La sujeto por la cintura y la coloco encima de mí. Guío la erección hacia el interior de Siena y los dos perdemos el aliento al unirnos—. ¿Sabes por qué no voy a cambiarme el apellido?

—¿Qué? —Me mira confusa, la piel de su cuerpo está erizada y se muerde el labio inferior al mirarme.

—Anderson me dijo que podía cambiarme Tabone por Abruzzo y le respondí que no.

Siena abre los ojos y me mira confusa. No se lo había contado y me incorporo sobre los antebrazos para acercarla a mí y besarla.

—Iba a decírtelo esta noche —le explico—. No voy a cambiarme el nombre porque Jack Tabone te conoció y se enamoró de ti. Jack Tabone no nació el día que Fabrizio incendió ese garaje y mató a los Abruzzo junto con dos ancianos y una preciosa niña inocente.

—Jack, yo... —Siena tiembla, sus labios buscan los míos y aprieta las piernas alrededor de mi cintura— te amo.

—Lo sé, por eso no voy a cambiarme de nombre. Te amo, Siena.

Levanto las caderas y entre nosotros no queda ni siquiera aire.

Es rápido, contundente, una prueba más de que nuestro amor es único. Yo no existiría sin Siena. No querría intentarlo.

Ella grita mi nombre, me besa, me muerde el cuello, enreda los dedos en mi pelo y me acaricia la espalda. Yo la beso más, la aprieto contra mi cuerpo, quiero perderme dentro de ella para siempre.

Después, tumbados de nuevo en la cama, le susurro al oído que la amo y que el único nombre que de verdad quiero tener atado al mío es el suyo.

Siena me sonríe y me mira. Me dice que no puede esperar a contarle a su tío que vamos a casarnos.

La verdad es que yo tampoco.

Mi vida empezó el día que me enamoré de Siena y estoy impaciente por ver qué sucede después.

Siena es mi vida.

AGRADECIMIENTOS

Escribir no es un trabajo de nueve a seis de la tarde, en realidad ni siquiera me atrevería a definirlo como un trabajo. Escribir es una locura, una pasión, una vocación, un sueño (y a veces una pesadilla). Escribir exige horas y horas y horas de dedicación, de cometer errores, de lectura, de relectura, de borrar archivos enteros, de dudar de ti y de tu historia, y también de creer en ti y de luchar por tu proyecto. Escribir significa que hay días en que no te enteras de lo que sucede a tu alrededor porque aunque te has levantado del ordenador en tu mente sigues tecleando, significa que hay noches que te levantas de la cama a hurtadillas porque necesitas poner por escrito esa idea magnífica que te ha venido a la cabeza de repente (aunque al día siguiente lo más probable es que la borres). Escribir significa que hay días horribles y días maravillosos. Así que gracias de corazón a mi familia por aguantar esta locura.

Escribir es también un proceso en el que intervienen muchas personas sin las cuales un libro jamás estaría completo. Muchas gracias a Mª Eugenia, Elisa, Ada, Mónica, Almudena, Jesús y todo, absolutamente todo, el equipo de

HarperCollins Ibérica. Gracias por los ánimos, por reñirme, por ayudarme siempre a mejorar mi trabajo.

Escribir, por último, no sería nada sin ti, sin todas las personas que leen. Muchas gracias por elegir esta historia, por quedarte despierto varias noches para leerla, por llevar esta novela contigo en el bus o al trabajo, por leer unas páginas entre clase y clase en la universidad o mientras haces cola en cualquier lugar o en tu pausa para comer. Saber que una de mis historias está en tus manos es lo que para mí le da sentido a escribir.

Gracias.

Últimos títulos publicados en Top Novel

Entre las azucenas olvidado – GEMA SAMARO
Cierra los ojos… – SUSAN WIGGS
Más allá del odio – DIANA PALMER
Historias nocturnas – NORA ROBERTS
Vacaciones al amor – ISABEL KEATS
Afterburn/Aftershock – SYLVIA DAY
Las reglas del juego – ANNA CASANOVAS
Luz de luna – ROBYN CARR
Cautivar a un dragón – LIS HALEY
Damas y libertinos – STEPHANIE LAURENS
Spanish lady – CLAUDIA VELASCO
Mi alma gemela (Mo anam cara) – CAROLINE MARCH
Corazones errantes – SUSAN WIGGS
Cuando no se olvida – ANNA CASANOVAS
Luces de invierno – ROBYN CARR
Nada más verte/Nunca es tarde – ISABEL KEATS
Amor en cadena – LORRAINE COCÓ
Una rosa en la batalla – BRENDA JOYCE
Tormenta inminente – LORI FOSTER
Las dos historias de Eloisse – CLAUDIA VELASCO
Una casa junto al mar – SUSAN WIGGS
El camino más largo – DIANA PALMER
Un lugar escondido – ROBYN CARR
Te quiero, baby – ISABEL KEATS
Carlos, Paula y compañía – FERNANDO ALCALÁ
En tierra de fuego – MAYELEN FOULER

www.ingramcontent.com/pod-product-compliance
Lightning Source LLC
LaVergne TN
LVHW030335070526
838199LV00067B/6297